吃貨出頭天

上

文創風 880

蘭果 著

風文創
880

目錄

序文

蘭果

文字是有溫度的，像美食一樣，吃到肚子裡，從胃到心都是暖洋洋的。

創作這個故事的時候，因為諸事不順，才提起筆想寫一個可愛又明朗的故事。其實這篇文有點像童話，沒有什麼討厭的事、煩心的人，一切都是明朗的。我幾乎抹去了所有陰暗，讓月牙兒、勉哥兒他們自由自在的過自己想要的日子，也因此幾乎沒有什麼戲劇性的衝突。

文中的世界處在隨心所欲發展的狀態，想開一朵花就開一朵花，想下一陣雨就下一陣雨，人們忙碌又悠閒，認真的享受生活，一有空就琢磨著這個時節可以吃什麼。立春了，該吃春捲；立夏了，該喝立夏粥；小暑至，新收的雞頭米可以熬糖水，吊在井裡的冰西瓜可以撈上來切；秋風起，趕忙蒸大閘蟹、做桂花糕；杏葉黃了，糖炒板栗的香氣四溢；冬日一來，該搗年糕的搗年糕、包餃子的包餃子，全家人熱熱鬧鬧齊聚一堂吃年夜飯……一年四季，在餐桌上來回更替，永遠有期盼。

願你們的生活，也和這篇文章裡的世界一樣，萬物明朗，生活可愛，未來可期。

第一章

天要下雨，娘要嫁人。

迎親的花轎一路吹吹打打，從杏花巷走出去，繞過一座小橋，便了無蹤跡。月牙兒倚著窗，隨著那花轎載著娘親馬氏遠去，輕輕一聲嘆。

若她不是一個穿越的西貝貨，而是一個土生土長的十四歲小姑娘，這會兒眼睛怕是都要哭瞎了吧。

她穿來的時候，月牙兒的爹正領著女兒回鄉祭祖，誰知竟翻了船。於是蕭家就沒了當家人，她也變成了月牙兒。小門小戶，日子本就過得艱難，這一下是徹底垮了。

蕭爹爹以賣炊餅為生，在杏花巷租賃了一間小院住。東西兩間廂房，正中一座兩層小樓，圍出個小院，樓下是廚房和正廳，樓上用木板隔了兩間臥室。麻雀雖小五臟俱全，一家人也算和和美美。

然而蕭爹爹死後，馬氏在娘家人的反覆勸說下，決定拋下女兒蕭月另嫁他人。如今蕭家就剩下月牙兒孤零零一個，這兩層小樓頓時空曠起來。

月牙兒發了一會兒呆，忽聽見樓下有人叫，探頭一瞧，原來是隔壁開茶坊的徐婆。月牙兒朗聲喊。「門虛掩著，乾娘上來坐。」

木梯嘎吱嘎吱，徐婆走了上來，逕自在凳子上坐下。「月牙兒，別傷心了。」

「我沒傷心。」

徐婆不信，面上一副「我知道妳很難過，只是嘴硬」的神情。「爹死了，娘又嫁人，誰不難過？但日子還是要過。」

月牙兒羞澀的低頭一笑，心裡想，管委會大媽愛管閒事的習慣竟然是一脈相承的。

徐婆感嘆了一回，又問：「那麼，如今妳打算怎麼辦呢？妳這屋子過了年租約就到期了。」

現在已是深秋十月，留給月牙兒的時間不多了。

「總會有法子的。」月牙兒輕輕說。

徐婆仔仔細細打量她一番，笑道：「我倒有個主意。隔壁水井巷的勉哥兒，妳知道吧。」

月牙兒露出一個標準的微笑。勉哥兒她知道，姓吳，叫吳勉。在原主的記憶裡是個賣果子的少年，大概十五、六歲，家裡只有個多病老爹，於是勉哥兒小小年紀便出來做買賣，從鄉里收來果子，走街串巷的賣。

自然，她也猜得出徐婆接下來要說什麼。

「妳一個姑娘家，日子不好過。那勉哥兒和妳年紀相近，若嫁了他，好歹有個歸宿。」

徐婆循循善誘。

月牙兒提著茶壺給她倒了一杯茶，說：「乾娘心裡念著我，我明白著呢。只是我爹新喪還沒到一年，我哪有心思想嫁娶之事？況且我娘也沒絕到把錢都帶走，好歹留了些給我，過日子還是足夠的。」

徐婆搖搖頭。「妳呀還太小，不知道一個姑娘家過日子的難處。罷了，等過完年再說。」

該到做晚飯的時辰，徐婆起身，拉著月牙兒的手說：「有什麼難處就同乾娘說，我能幫的，一定幫。」

月牙兒拉著她布滿老繭的手，心裡感到一陣暖意。

「乾娘放心，我會照顧好自己的。」

徐婆點點頭，一步步下了樓，忽然想到什麼，站在樓下喊。「月牙兒，晚上記得把門窗關好，要吹滅了火燭才睡！」

「我記著。」月牙兒在樓上朝她招手，嘴角不自覺的彎起一個好看的弧度。

天色已晚，她將油燈尋出來，點燃燈芯，手托腮，望著那熹微的光亮出神。

其實蕭家留給她的東西並不多，除了十兩銀子，就是這滿屋的零碎。以後獨自生存一切只能靠自己，先想法子賺錢是首要之務。

錢從何來呢？

她持著燈檯，一件件看過屋內的東西，待走到樓下廚房時，眉心一動。

微光照著鍋爐和幾件做炊餅的工具，還有一副炊餅擔子。這副擔子是蕭爹爹年輕時訂做的，一左一右安著兩個木櫃，蓋著厚實的布料保溫。

扁擔用的是楠木料子，雕著花，樣子很好看。月牙兒蹲下身，將擔子往肩上一挑。呵，分量還真不輕，她在屋裡走了幾步，那擔子雖沈，但走起來卻很穩當，不至於將裡頭的東西晃出來。

她很滿意，將擔子放下，鬆了鬆肩膀，然後翻箱倒櫃的將自家餘下的麵粉、豬油等物尋出來。江南潮濕，放了這些時日，不免有些壞了，月牙兒將能用的挑出來，壞的丟到牆角的竹簍裡，預備明天早上拿去丟。

在現代的時候，她是一個富二代，沒有生活壓力，只有一個愛好——美食。平日裡天南地北的跑，搜羅各地的美食，寫寫專欄、拍拍烹飪教學影片。為了學到正宗臭豆腐的做法，她甚至在一家知名臭豆腐老闆家的隔壁買了一間套房，住在那裡整整兩個月。

這樣的事，月牙兒做了不止一次，她對美食的虔誠可見一斑。

現如今最方便謀生的方式就是擺小吃攤，月牙兒很有幾分底氣，秉著有什麼吃什麼的原則，她決心做最簡單的花捲，但太過普通了又怕賣不好，索性玩點花樣，做雙色花捲。

馬氏出嫁之前，買了好些菜放在屋裡。月牙兒挑了一把菠菜，用清水洗淨，放在擂缽裡，用木杵搗得碎碎的，直到壓出汁來。用紗布過濾出菠菜汁，盛在碗裡備用。

麵粉分作均勻的兩份，一份添了水揉成團，另一份則加入菠菜汁，揉成碧綠的麵團。依照她從前的習慣，該放些糖提味，可這時候糖是貴重品，都鎖在櫥櫃裡，月牙兒在家裡翻箱倒櫃的找，只找到一小罐，還是粗粗的紅砂糖。想了想，還是算了，放糖的成本如今她還負擔不起。

揉麵是件難事，且不說要耗費力氣，就拿揉麵的時間來說，揉的時間短，麵團不夠勁道；揉的時間長，在溫度的作用下麵團會產生許多小氣孔，蒸出來既不好看也不好吃，一般以十五分鐘為佳。可這時候又沒有鐘錶，哪裡知道準確的時間呢？只能全憑經驗，月牙兒用手掌根的位置壓著麵團，左右手交替和麵。

燈影下，她全神貫注盯著麵團的狀態，等瞧見麵團揉至表面光滑平整，她才停手，這時候她已是一身薄汗。

料備好了，該燒灶了。明代的土灶和現代鄉下農村的土灶已經很像了，都是用柴火茅草。蕭家靠南的牆角就堆了好些柴火，拙幾根塞在灶裡，再放上好些豆萁、茅草之類的易燃物，用火摺子點燃一把茅草，急急丟進灶裡。

月牙兒一手拿著舊蒲扇，一手拿著火鉗，坐在一張小板凳上，一雙杏眼目不轉睛的盯著灶口。燒灶，這可不是一件簡單的事，柴火受了潮，煙氣極重，嗆得她淚水都要流出來了，還得不停的搖扇子，時不時用火鉗撥弄灶裡的柴火，饒是她花了十二分心思，還是燒了兩回才把這灶燒熱。

灶上填著一口碩大的鐵鍋，足以燒一整隻鵝。蕭爹爹活著的時候，最愛顯擺自家的鐵鍋，這可是他掙下的一份大家業呢！月牙兒站起來，拍拍身上的灰塵，從土陶缸裡勺了兩、三瓢水倒進鍋裡，等著它沸騰。

這時候，就等麵團發酵了。這個時代沒有酵母粉，想要使麵團發酵，只能用老法子——麵肥。所謂麵肥，是將一小塊揉好的麵放在罐子裡密封，等上一夜，揭開紗布嗅見酸味時，便知麵團已經發酵好了。將這老麵同新揉的麵團揉在一起，就可以替代現代的酵母，做成「老麵饅頭」。

如今是深秋，天氣涼，發酵的速度慢，等的時間久，月牙兒索性熄滅了灶裡的火，將蒸籠放在溫水上，藉著水的溫度加快發酵的速度。

等待麵團發酵的間隙裡，她肚子咕嚕嚕的叫，該吃晚飯了。

能吃什麼呢？月牙兒忽然想起昨夜的事，轉身從櫥櫃裡捧出一大罈炒米。炒米算不上什麼美味，不過是方便、抗餓，抓幾把填到肚子裡，便算吃過一餐，因此在小門小戶裡算是家常必備。

這一大罈炒米，是月牙兒的娘馬氏辛苦了三日炒出來的。旁人新娘子出嫁，出嫁前給自己繡嫁衣，偏馬氏是忙著給自己的女兒炒炒米。米是她親自去鋪裡挑的，上好的脫殼白米，還要挑來挑去，被蟲咬的絕對不能要，直挑到米鋪的夥計幾乎發火，馬氏才將自己的私房錢花了大半，買回來大米和一些糯米，又不知道從哪裡借來了一面大篩子和一桿長柄的鐵鏟，吃力的將炒米炒熟。

月牙兒還記得那時的情景，自己坐在門檻上，昏暗的油燈照著她娘兒倆，廚房裡飄過來一陣香。馬氏手持長柄的鐵鏟，翻幾下，就要歇一會兒，但仍不肯停，翻來覆去的炒，直到手上磨出了兩、三個豆大的水疱，才炒出了這一大罈炒米。

她背對著月牙兒，鍋鏟聲裡，月牙兒分明瞧見她止不住顫抖的肩膀。是煙火太大，熏得她落淚了嗎？

然後，一頂花轎把馬氏帶走了，只留下一罈炒米……

月牙兒低垂著眼眸，緩緩揭開蓋子，抓了兩把放在碗裡，就著溫水泡開，吃了個乾乾淨淨。

這時候，原先揉的麵團也發酵好了。

月牙兒將原色麵團揉了又揉，等排氣完便搓成一長條，按扁之後，用沾了麵粉的麵杖擀成一張長麵皮，碧綠色麵團也如法炮製，最後把兩張異色的麵皮疊在一起，白色在外、青色在裡，繼續擀，上頭刷上一層油，撒上極少的鹽與麵粉，摺扇子一樣摺起來，再用刀切成拇指長的小塊，捏成花型，雙色花捲就做好了。

花捲的捏法多種多樣，月牙兒隨心所欲，捏了幾個繡球花捲，又捏了幾個牡丹花捲，小巧玲瓏，怎麼看都美。

時間剛剛好，她抱著蒸籠，將花捲依次放好，蓋上蓋子。這時候不能急，若是慌慌張張的就將蒸籠往燒熱的鍋上放，花捲總會有些沒發起來，需要靜置一會兒，讓其內部組織充分融合。等過了十分鐘，二次發酵完，才能放在水上蒸。

月牙兒坐在小板凳上，一手托腮，一手搧風，拿捏著火候，靜候佳音。

等到蒸籠上的白氣將散盡時，花捲就蒸好了，但也需放上五分鐘左右，讓它燜一會兒。月牙兒心裡默數著時間，握著抹布揭開蓋子，頃刻間，麥子的香氣摻和著蔬菜的清新爭先恐後跑出來，勾得人食指大動。

儘管饑腸轆轆，月牙兒還是忍著挾出三、四個花捲，整整齊齊擺好盤，這才用筷子挾著咬一口，味道還真不錯。

她一口氣吃了兩個，沒忍住，又吃了一個。

她只蒸了五個，還剩兩個，說什麼也不能吃了，瞅一瞅窗外，瞧見徐婆家還亮著燭光，於是她將雙色花捲盛在食盒裡，一手提著推開門。

農曆十月的晚上，風吹得急，怪冷的，所幸徐婆家離得不遠，月牙兒走了沒幾步就到了。

她叩了叩門，沒人應答，風颳得呼呼響，把叩門聲蓋住了，月牙兒只得高聲喊。「乾娘，您睡了嗎？」

隔了一會兒，屋裡有人喊。「沒呢，我就來開門。」

木門往裡一拉，徐婆走出來，她忙引月牙兒進屋。「風真大，快進來。」

堂屋裡只點著一支蠟燭，昏昏暗暗。徐婆的丈夫徐大爺坐在板凳上抽旱煙，見了月牙兒，打了個招呼，掀簾進臥室去。

徐婆一邊倒水，一邊招呼她坐。

月牙兒將食盒放在方桌上，邊揭開蓋子邊說：「我爹在時，我跟他學了些手藝，所以想近些日子可以試著賣賣點心，剛剛做了一些花捲，送來給您嚐嚐。」

蓋子一揭，白玉翡翠色的花捲大大方方的亮相，還真捏成了牡丹花的模樣，小巧玲瓏，好看極了。

徐婆不自覺將燭檯往食盒邊挪了挪，好看得更清楚，笑說：「好俊的點心！妳爹賣了這麼多年炊餅，我還沒見過這樣的。」

「請乾娘試一試味。」

月牙兒正想遞筷子給徐婆，誰知她直接用手捏起一朵花捲。

月牙兒見狀，若無其事的用衣袖遮住筷子。

徐婆端詳著雙色花捲，一時之間，竟有些捨不得吃。她在燈下看了好久，才咬一口。

月牙兒緊盯著她的神色。

「怎麼樣？」

「滿香甜的。」徐婆又吃了一口，含糊不清道。

月牙兒放下心來，看樣子，這裡的人還能接受。

等徐婆吃完一個，月牙兒問：「乾娘，我想賣五文錢一個，您覺得行嗎？」

「那可比尋常炊餅貴一半了。」徐婆接話道，但仔細想想，這雙色花捲看起來就費時費工，加上多了耗材，定這個價也說得過去，只是……她斟酌道：「月牙兒，乾娘拿妳當自己人看，才和妳說實話。咱們小門小戶的，花五文錢買個新鮮也是有的，但誰家會天天吃呀？都是飽肚子的，過日子呀，還是會買便宜的炊餅。妳若真想做這營生，怕是有些貴喲。」

徐婆說的，月牙兒何曾沒有想到，因而笑說：「乾娘，我是個女孩兒家，若真像我爹那樣每日挑著炊餅滿街賣，怕是兩、三日便走不動路了，說不定還要賠些湯藥費。如今花捲價格雖貴些，但我也少做些賣，那擔子不就輕了嗎？

「我也同您說實話，這雙色花捲光是成本就要兩文半呢。我賣五文一個，已經是極低的價了，若是小門小戶不會費這個錢，那我就挑到殷實人家的巷弄裡賣好了，那些姑娘、太太，瞧著樣子好看，應該是不會計較這一文、兩文的。」

聽了她這話，徐婆心裡有了譜。「妳說的也有理，那麼，妳想在哪兒賣花捲呢？」

月牙兒抿著嘴，笑得靦覥。「我出門少，委實不大清楚，還請乾娘指點指點。」

徐婆點點頭，邊思量邊說：「富貴人家姑娘、太太住的地方，我想一想，怕是長樂街那一帶離咱們這兒近些，大概要走上小半個時辰。」

長樂街嗎？月牙兒暗自記在心裡，連連道謝。「乾娘指了個發財的地方，我明天一早立刻去瞧瞧，回來再謝謝您。」

徐婆笑說：「妳不識路，別走岔了。明天辰時到這兒來，讓妳徐大爺領妳去。」

「那怎麼好意思呢。」月牙兒忙說。

「有什麼要緊的。」徐婆說：「左右他明天要去雲鶴觀買東西，與妳順路。」

這樣就說定了，月牙兒再三道謝，便告辭回去了。

沒有鬧鐘，對時間的掌控也就差了許多，月牙兒在路上想了想又不免有些擔心，好在回家時遇見更伕，心裡便安穩了。

兩個更伕，一人手裡拿鑼，另一人手中拿梆，由遠及近，「篤篤——」的打更聲長長短短，從響到輕，時辰的變換，都藏在這鑼梆中。

當五更天的響鑼一過，這座城便甦醒了。

月牙兒梳洗罷，編了個麻花辮，紮著頭繩，再換上一身鵝黃襖、秋香裙。蕭家並不富裕，但蕭父一向疼他的獨女，因此給她買的衣裳都是揀好的料子買。看著銅鏡裡的小美人，她心情也好了些，忍不住轉一個圈，原以為裙襬會像花兒一樣綻開，誰知僅是三尺的裙襬，轉不出飄逸的感覺。

還是要賺錢呀，月牙兒很是感慨，不然她就得錯失妝花織金長襖、六尺織金馬面裙，那多可惜呀。

用過早膳，她推開門走出去。

今日有霧，粉牆磚瓦都朦朦朧朧的，看不真切，徐婆家的門是虛掩著的，月牙兒輕輕推開，只見一個少年坐在簷下吃茶。

霧色朦朧裡，少年眉目清洌，抬眸定定望向她，像一幅潑墨山水畫。

月牙兒的手搭在門上，停了一會兒。此情此景，讓她想起很久以前看過的電影「情書」——男主角藤井樹抬眸的那一剎那。

這時徐婆迎了出來，她嗓門大，聲音又響，像打雷一樣。「月牙兒來了，剛好。」她一指那少年。「這是勉哥兒，我和妳說過的，他今天正好也去長樂街送果子，妳就和他一起去，都是街坊，好歹有個照應。」

月牙兒回過神來看向勉哥兒，勉哥兒也望著她，彼此之間，都有些尷尬。

這不是亂點鴛鴦譜嘛！

不管怎麼說，長樂街還是要去的。

太陽還未露臉，街道上仍是霧濛濛一片，只有眼前人看得清楚。

勉哥兒提著一籃柿子，走得飛快，只留給月牙兒一個背影。

很明顯，他不想搭理自己。

月牙兒倒不關心這個，她一邊望著沿途的標誌性建築記路，一邊疾走，有一種趕在上課鈴響之前衝到教室的錯覺。就這樣走了一炷香的工夫，她終於忍不住了。

「你是要飛過去嗎？」

勉哥兒頭也不回，也不接話，只是悄無聲息的放緩了腳步。

抵達長樂街時，霧淡了些。街市熙攘，叫賣聲、還價聲、寒暄聲交織在一起，雖然亂烘烘的，但別樣生動。月牙兒眼睛一亮，像瞧見「清明上河圖」在眼前活過來似的，什麼都好奇，什麼都細看。

長樂街往裡，有一條容兩架馬車通過的大道，土地平整，夾道乃是各家貴人的園子。馬頭牆圈住亭臺樓閣，偶爾有金黃的銀杏葉被風吹落，墜在道路兩側的水渠裡。

儘管沒有明文規定，但大夥心裡很明白，講究的富貴人家，家門前是不許擺攤的。這也在情理之中，高門大戶前亂烘烘擠著一堆小攤販，像什麼樣子！所以做生意的，都擠在長樂街上，緊挨著貴人家住著的一片矮房。

人，分三教九流；生意，也分三六九等。第一等的生意，都在店鋪裡。頭頂著瓦片，風吹不著、雨淋不著，掌櫃穿著長衫，笑盈盈的招待老主顧；次一等的，像做斗笠的人、鞋匠，全副生財工具都擺在人家的屋簷下，風吹得著，雨卻淋不到。而排在最末一等的生意人，只能挑著擔子，擺在街道兩側，原先是一窩蜂的擺，擠滿了大半個街道。有一次挨著一位貴人的馬車，人家同官府一說，第二日就出來了一項新規，隔幾丈遠，就叫力士往街邊立著兩根木柱，栓上紅繩。攤子只許在紅繩裡頭擺，誰要是阻了貴人們的道路，輕則挨罰，重則打板子！

勉哥兒見她看得津津有味，終於發話了。「妳自己玩去，我去送果子。過了午時再見。」

月牙兒正瞧著熱鬧，心情好，加上想瞧瞧高門大戶的買賣，試圖撒嬌，笑盈盈拉住他的衣袖。「我想跟你一起去。」

勉哥兒劍眉緊蹙，斷然答道：「不行。」

說完，自顧自的走了。

不行就不行，誰稀罕。月牙兒也不惱，饒有興致的做起市場調查來。

街上生意人多，各行各業都有，她專挑賣餐飲的來看。街南街北各有一家大酒樓，都是兩層高的樓，掛著酒幌子，一瞧就是星級酒店。

街上還有一間糖鋪、一間肉鋪，除此之外，便是路邊的小吃攤，有挑著擔子賣餛飩的，有熬著糖吹糖人的，也有賣炊餅的，價格都便宜，不過兩文、三文。月牙兒陪笑探問，她生得好，音色如鈴，旁人也不好不搭理她。

原來這條街的富貴人家雖多，但主人外出買早膳的卻不多。他們家裡養著廚子，何苦到外頭來買？多是採買食材自己料理，有些講究的，覺得路邊小攤販的吃食不乾淨，不許少爺、小姐們吃。因此這些攤販的主顧，大多是貴人們的養娘、小廝，只偶爾有機靈的，買些新鮮玩意兒，像糖人之類的討小主子歡心。

月牙兒聽了，心裡有些打鼓。這雙色花捲，會賣得好嗎？

她從街頭走到街尾，心裡頭有些怯，但轉念一想，麵粉之類的都是家中存貨，除去買菜的花費，幾乎沒什麼成本。不如先將家裡存貨用完，再想下一步該賣什麼。

將街逛了兩遍，勉哥兒也提著空籃子出來了。他跟個悶葫蘆似的，即使見面也沒什麼好說的。正是午膳時候，兩人買了最便宜的炊餅填肚子，而後勉哥兒去替徐婆買東西，從線鋪出來，瞧見月牙兒抱著一卷大紙，正低著頭看毛筆。

他慢吞吞走過來，說：「妳買紙筆做什麼？」

「想畫張畫。」月牙兒答道。

筆店的夥計一個勁的說這筆有多好，誇耀道：「姑娘有眼光，這可是上好的湖筆，富貴人家子弟都用這種筆。」

聽了這話，勉哥兒劍眉緊蹙，從月牙兒手裡搶過那枝筆，放了回去，同她說：「該回去了。」說完，不由分說的往外走。

月牙兒丈二金剛摸不著頭腦，糊裡糊塗走出去，等到看不見那家筆店了，才問：「怎麼了？」

「那不是湖筆，他坑妳。」勉哥兒乾淨俐落道：「我看妳只買了一張紙，是畫著玩的吧？筆墨我家裡有，我借妳一次，何苦花這冤枉錢？」

月牙兒跟在他後頭走，忍了許久，沒有把心中的疑問說出口。

一個賣果子的，家裡為什麼有筆墨？

要知道這時候筆墨可是稀罕玩意兒，大多數平民連字都不認得，活到八十了都是個睜眼瞎，比如徐婆和自己爹娘，都是大字不識一個，吳勉家裡聽起來也不富裕，要筆墨做什麼？

吳家離月牙兒家並不是很遠，就隔了一條巷子，從長樂街回去，會先路過他家。勉哥兒要她在門前等一等，逕自進屋拿出一套筆墨來。

「用完了放徐婆那兒，我自去拿。」他將替徐婆買的線一齊給她。「妳順路帶過去。」看樣子，他是懶得再走一條巷弄了。

月牙兒便抱著紙筆，握著線繞過巷口的老杏樹，看見了自家的小院。她先將紙筆放回去，鎖了門，又往徐婆家去。

徐婆家門口就是她自己經營的小茶坊，前店後住。今日霧散之後，日光很好，所以小茶坊裡坐了幾個街坊。

月牙兒掀簾子進去時，徐婆正伏在櫃檯上嗑瓜子，見了她，忙將嘴裡的瓜子殼往地上吐。

「怎麼樣？」她笑得擠眉弄眼。

月牙兒思量一番，答道：「長樂街是個好地方，只是我的花捲能不能賣出去，我心裡還真沒底。」

「誰同妳說這個啦？」徐婆輕聲道：「那勉哥兒，妳覺得怎樣？」

月牙兒早就知道她要問這個，心裡不願意談這事，於是裝傻充愣。「不知道呀，也沒說兩句話。」

徐婆恨鐵不成鋼。「妳也上點心。」

「點心自然是要做的。」月牙兒一本正經的胡說八道。

徐婆一時間竟不知如何接話。

「噗嗤」一下，月牙兒笑出聲，眉眼彎彎。「好啦，不逗您玩了。乾娘，勉哥兒人瞧著是好的，但我現在並不想想嫁娶之事。」

「眼看就及笄了，怎麼能不想呢？」

「我一沒錢，二沒房，想什麼結婚呀？」月牙兒說道：「再說我還年輕呢，這時候不掙錢，什麼時候掙錢呢？」

徐婆看著她發愁。「妳這丫頭哪兒來這麼多歪理呀？咱們女人家，尋個疼人的夫君才是正經事。房子呀、銀錢啊，那都是爺兒們操心的事。」

月牙兒看著她笑，不贊同也不反對，一副油鹽不進的樣子。

徐婆給她倒了碗茶，勸道：「月牙兒，妳別把事情想得太簡單了，妳一個姑娘家，想支撐門戶，多難呀！就說這賣吃食，妳瞧著容易，做起來可難得很，妳今天去長樂街，瞧著那麼多擺攤的人，可有像妳這麼大的姑娘家？」

月牙兒不說話，她真沒瞧見幾個同她這樣大的少女出來擺攤，偶爾有幾個賣花的婆子，提著桂花花籃從她身邊走過，已是僅有的做生意的女人。

徐婆繼續勸。「妳若真上街拋頭露面，日後怎麼尋夫婿呢？那些有錢人家屋裡的媳婦，都裹著小腳呢！何況，妳這爹娘都沒有了，誰來當戶主？就是想立為女戶，那女戶人家通常是寡婦，又有幾個十幾歲的女兒家當女戶？」

她說得情真意摯，月牙兒知道徐婆是為她好，柔聲道：「乾娘莫憂，船到橋頭自然直。」

徐婆嘆了口氣。「我們這些過來人說話，你們都不愛聽，算了，我也不是妳親娘，妳自己想清楚吧。」

思想上的差異，不是一、兩句話能夠消解的。月牙兒同她告別，轉身回了家。

家裡餘下的麵粉，她分作三份，每一份夠做三籠花捲。她又買了好多斤菠菜和一個大南瓜，依次料理了，捏成更多不同模樣的花捲。

灶裡的火一直沒熄過，沸水咕嚕嚕滾著泡，她將蒸籠合上，另外將筆墨紙硯拿出來，攤在小方桌上。

賣點心有一件不好，點心都是放在盒子裡的，不能時時刻刻拿出來展示招攬顧客。說起來，酒香還怕巷子深呢。今日月牙兒在長樂街所見，人家招攬生意，不是等老主顧光顧，就是扯開喉嚨吆喝。那聲音的穿透力，她是自然不如。

既然比吆喝比不了，她宣傳上總得有些亮點。月牙兒想了許久，決定畫一張海報。畢竟如今街上走的人大多是不認得字的，還是圖畫宣傳來得有效。她在現代時是從小學畫的，畫一張海報不過是小菜一碟。

心裡先定了稿，她決定就畫一隻熊貓捧著點心盤，畢竟顏料是買不起的，她手裡只有從吳勉家借來的一套筆墨，畫熊貓最合適。

於是她用水墨畫了一隻萌萌的胖熊貓，點心的繪製則是重中之重，月牙兒伏在桌上，一筆一筆、小心翼翼的勾勒，沒法子，紙就買了一張，手一抖，整張紙就廢了。

正勾熊貓耳朵呢，突然聽見一聲驚天動地的罵娘聲，原來是隔壁鄰居吵架了，猝不及防，她嚇得一激靈，手一抖，畫中熊貓耳朵忽變得很尖。

她看著未完成的海報，欲哭無淚，這怎麼辦呢？

想了想，她抱著破罐子破摔的態度，改成畫了另一種動物哈士奇，好歹是幾百年後風靡一時的流量動物呢，她邊畫邊笑。

直到日落西山時，月牙兒才畫好一張畫。

這一日她睡得很早，雞鳴時便起來了。

原本月牙兒還有些得意，她竟然能這麼早起來，誰知推開窗一瞧，原來鄰居家的大娘已經坐在門前納了半只鞋墊了。

這也是常理，為了節省燈火，小家小戶的誰不早早就睡？睡得早，自然起得早。

月牙兒挑著擔子，先敲開徐婆家的門，將借來的筆墨暫擱在她家。徐婆看著她，有些發愁。「妳這小身子骨兒，怎麼挑得起這麼重的擔子喲？」

「沒事，習慣就成。」

然而才走到半路，月牙兒就跟霜打的茄子一樣，懨懨的。這肩上的擔子越挑越沈，壓得她直不起身，月牙兒咬著牙，在心裡給自己鼓著勁，不能停！一停準不想動了。

好不容易將擔子挑到目的地，一看，好位置都給人占得差不多了，這些人到底是幾點鐘就來占位置的？

有個賣花的婆娘瞧見她愣在原地，笑道：「還愣著做什麼？小姑娘，妳不快占著那塊地，就連個停腳的地方都沒有了喲。」

聽了這話，月牙兒連忙走到街邊，將擔子放下來，肩膀驟然一輕，這時才發現，自己背上早出了好多汗。

她一面向賣花婆道謝，一面將自己的生財工具擺出來。因是初次擺攤，多少有些手忙腳亂的，賣花婆瞧她可愛，現在又沒有生意，便指點了幾句，月牙兒聽了照做，果然順利多了。

攤子擺好了，用樹枝糯米膠黏起來的海報也立住了。

「真是多謝您了。」月牙兒連聲道謝。

賣花婆一擺手，端詳著水墨畫，笑說：「妳這攬客法子倒是少見，這狼怎地瞧著這麼搞笑呢！」

她說得不錯，這時候招攬顧客，要麼喊，要麼手裡拿一串竹梆子，搖得篤篤作響。若是走街串巷的貨郎，除了一副好嗓子，多半手裡還會拿一個「驚閨葉」，那是一個帶著鈴鐺的小鼓，一路搖著、嘴裡邊喊，才好招攬顧客。

可月牙兒手中一沒「驚閨葉」，二又放不開喉嚨喊，這才別出心裁的弄了個海報。這緣故三言兩語也說不完，月牙兒只對賣花婆笑笑，沒有接話。

賣花婆看了一會兒「狼畫」，好奇問：「小姑娘，妳賣的是什麼？點心嗎？」

「是呢。」月牙兒索性揭開盒蓋，拿了一個花捲出來，擺在盤裡做樣子。

「這個是翡翠花捲。」她指了指摻和了菠菜麵團的。

「這個是金玉花捲。」這是摻和了南瓜麵團的。

賣花婆見了眼睛一亮，看看那花捲，又看看自己籃子裡賣的碎桂花，嘖嘖稱奇。「妳這花捲，倒比我這真花還好看些。」

聽了這話，旁邊的人紛紛湊過來瞧。眼見圍成了一小圈，外邊路過的更好奇了，瞧熱鬧是人的天性，紛紛圍攏過來，直擠到紅繩邊上。

「這是啥味的？」人群中有人問。

月牙兒笑盈盈的答道：「翡翠花捲是鹹的，金玉花捲是甜的。」

「多少錢一個？」賣花婆問。

月牙兒有些猶豫的說：「五文一個。」

這價錢，他們到底買不買帳呢？

眾人圍著看，卻沒人買，都等著第一個出手的。

「給我一個。」

月牙兒心裡一喜，循著聲音往人群裡一探，卻見是吳勉，一手提著果籃，一手遞過來五文錢。

她愣了一剎那，立刻回過神，用油紙包了一個花捲遞給他。

吳勉接過，咬了一口，面無表情道：「味道不錯。」說完，轉身就走了。

賣花婆傾過身，笑道：「那個哥兒我認識，從不說假話。小娘子，給我也拿一個。」

有一就有二，有二就有三，等到日上三竿時，月牙兒挑來的幾籠花捲幾乎都賣完了，她掀開盒蓋，看著剩下的最後一籠花捲，盤算著何時才能賣光。

這時候走來一個梳著雙鬟的丫鬟，問也不問，只說：「給我拿六個。」

月牙兒看她一身布衣，瞧著不像富貴人家的家人，不知怎地出手這樣闊綽，但她也不是好打聽之人，老老實實包了六個花捲給她。

這下子，只剩下四個了。

一時沒有客來，月牙兒在小板凳上坐下，心裡想著，若是沒人過來買，她索性將這四個花捲當作午飯，早些收攤回去算了。

她坐了一會兒，因為起得太早，睡意上頭，只能強打精神守著攤子，突然，一雙繡花鞋停在擔子前。

是一個二十來歲的女人，穿著白羅裙，鬢上戴著一支釵。她是薛家的陪嫁丫鬟絮因，穿戴卻比尋常小家碧玉的閨女都講究。

絮因盯著擔子上貼的那幅畫，瞧了一陣子，才問：「妳這畫賣不賣？」

月牙兒頓時睡意全無，睜大了眼問：「您想買畫？」

這姑娘的審美真是超脫了時代的桎梏啊。

絮因微微收了收下頷，說：「多少錢。」

月牙兒還真不知道，她愣了一下，說：「您看著給，比五文錢多就成。」

五文錢，是買紙借墨的成本價。

絮因雙眉微蹙，心想這丫頭怎麼做的生意？她思量片刻，取出一錢銀子——這是她荷包裡最小的碎銀了。

「給我包起來。」

「唉。」月牙兒也不知道那一小粒銀子值多少，但總比五文錢多吧？便喜笑顏開的替絮因將熊貓圖捲起來，用繩子捆了，遞給她。

絮因接過畫，隨口問：「妳這賣的是什麼點心？」

月牙兒揭開蓋子。「翡翠花捲和金玉花捲，就剩四個了。」

「多少錢一個？」

月牙兒攤開手掌。「五文。」

絮因瞧著那花捲漂亮，便又拿出一錢銀子。

望著那粒銀子，月牙兒有些發愁。「這位姑娘，我這兒找不開呀。」

她見過掌櫃的用銀子找錢，那得用一種特殊的工具將銀子絞開，放在小秤桿上一一量，差多少找多少。

可她沒有那玩意兒，怎麼用銀子找錢？何況她連銀子換算銅錢的數都不是很熟悉，莫非要用牙齒咬嗎？

絮因又蹙了蹙眉。「不必找了，妳給我就是。」說完，她接過花捲，轉身就走。

月牙兒連聲道謝，看著她的身影消失在高牆深院之中。

絮因回到府裡的時候，已是正午，丫鬟、婆子們忙著擺飯、傳菜，花廳的楠木桌上，滿滿的都是菜餚。

她的主子薛令姜倚在靠椅上，側身望著庭院裡的花樹。

花葉早就落了。

絮因將手裡的東西塞給小丫鬟，從席上端起一碗當歸生薑羊肉湯，勸道：「三娘子好歹吃一口，身子要緊。」

薛令姜耳邊的明珠輕輕晃，轉過身來。「一股藥味，我吃不下。」

是了，本就是藥膳，如何沒有藥味呢？兩月前，薛令姜與夫婿趙三爺爭執一場，竟然落了胎，纏綿病榻整整一月，連命也去了半條。

許是心中有愧，趙三爺命廚房備了好些珍貴藥材，日日送藥膳來清萱閣。起先薛令姜還吃兩口，如今卻是再不肯動了。

絮因嘆了口氣。「三娘子，您就是不為自己想，也要為老夫人想想。她若泉下有知，知道您這樣蹧踐自己，不知怎樣心疼呢。」

她口中的老夫人，乃是薛令姜的祖母張氏，以湯藥吊著最後一口氣，風風光光的將孫女兒嫁出，卻沒撐到薛令姜回門，便撒手人寰。

聽絮因說起祖母，薛令姜眉心微動。「我不吃這些難聞的東西，妳叫廚房熬一鍋清粥來。」

絮因有些為難，趙府的規矩和薛府不同，只有一個大廚房，各房吃食都是由廚房烹飪，而後送來的。前兩天她親去大廚房問了，人家說趙三爺發了話還定了食譜，不肯給除食譜之外的東西。

這群狗眼看人低的小人。絮因心裡恨起來，不就是看老爺、太太都不待見自家小姐嗎？給了根雞毛令箭，還真抖起來了。

但這話又不能直說，免得傷了小姐的心，絮因柔聲勸。「這一來一回，不知道要耗費多少工夫，娘子豈不餓壞了？還是略微用些吧，這薏仁粥如何？」

薛令姜直皺眉，冷笑道：「好好好，如今我想吃點什麼都不行了！」

聽了這話，一屋子人垂下頭，大氣不敢出。

絮因忽然想起帶回來的花捲，心想死馬當活馬醫吧，說：「娘子別急，我在外頭買了些新鮮點心，您要不要試試？」

靜了一會兒，薛令姜長吸一口氣，往後靠在椅子上。「拿出來看看。」

絮因出去向丫鬟討了一個青瓷盤，將買回來的花捲擺好，再掀簾子進來。

「那賣的人是個小姑娘，長得清婉靈秀，心思也巧。您看這花捲，不像點心，倒像真花。」

青瓷盤捧上來，叫陽光一照，襯得花捲更小巧玲瓏。碧玉與雪白重重疊疊，一瓣一瓣舒展開來，真像嬌貴的花兒。

旁邊的小丫鬟用碟子盛了一朵，呈給薛令姜。

薛令姜輕輕咬了一口，軟而勁道，比尋常饅頭多一絲清香。

還成。

見她終於用膳，絮因長吁一口氣，逗趣道：「那丫頭還畫了張怪模怪樣的畫，貼著作招牌，我瞧著好玩，買了回來。」

說完，一個才留頭的小丫鬟將畫展開來。

「噗嗤」一聲，薛令姜竟笑出聲來。這是這幾個月來，她第一次這樣笑。

絮因看了眼畫上那頭怪模怪樣的狼，心裡有些欣慰。

眾人一齊笑起來，引得看門的小丫鬟都好奇的往裡探，過了一會兒，笑聲方停了。

薛令姜又嚐了口金玉花捲，品味道：「樣子好看，味道也算清冽，只可惜用的材料一般，損失了一些滋味，她該多放些糖。」
絮因端著盞茉莉花茶，上前道：「娘子不知道，他們外頭的人家，糖是稀罕物。」
「原來如此。」薛令姜接過青瓷盞，淺呷一口。「妳尋兩瓶上好的玫瑰蜜，再拿些蔗糖，給那賣點心的丫頭送去。對了，再帶些今年新收的麵粉，要上好的，叫她重新做一份花捲送來，價格上，也別虧待她。一個小姑娘，拋頭露面的做生意，怪不容易的。」
主子發了話，自然得漂漂亮亮辦好。絮因一口應承下來，待伺候完薛令姜午睡，出府尋人的時候，卻有些發愁。
熱熱鬧鬧的長樂街，哪裡還有那個小姑娘的身影？

風吹落幾片樹葉，有一片正打在月牙兒身上。
她把小板凳拖出來，放在屋簷下坐著，午後的陽光被秋葉剪裁成破碎的金黃，將小院照得很亮。
在她面前，擺著一只裝滿水的木盆和一只大陶罐。陶罐原本的用途是醃鹹菜，月牙兒家的這只醃的是鹹鴨蛋，鹹鴨蛋早就被她取出來了，列在灶臺上，總共有七、八個。
她拿著絲瓜瓤，裡裡外外將陶罐刷乾淨，好不容易洗完了，她站起來，扭動扭動身子，開始醃豆腐……不，準確的說，是醃臭豆腐生胚。
豆腐是採買來的，她方才回來的時候，路過一家豆腐坊，聽見一陣打罵聲，看了一眼，原來是一個男人在打他女兒。

挨打的小姑娘瘦瘦小小的，一聲也不吭，只用手護著臉，任憑她爹打，打得疼了，身子會顫抖一下，然後縮得像刺蝟一樣。四周看熱鬧的人多，卻沒誰去勸的，大概心裡想著，爹教訓女兒，天經地義。

月牙兒看得有些心疼，但畢竟她現在孤女一個，自身難保，實在沒有逞英雄的本錢……她一雙腳已經走過那家豆腐坊，但沒走幾步，腳步又停了下來！

她嘆一口氣，心想，穿越到這年頭，她遲早會被這心軟的毛病害死！不由自主的，她轉身回到豆腐坊上前擋住男人即將落下來的巴掌。

男人愣了一愣，惡狠狠道：「哪來的臭丫頭，給爺滾開！」

月牙兒有些怯意，但轉念一想，她好歹是巴西柔術黑帶，硬是沒鬆手。

「她做錯什麼了？要被你這樣打？」

男人見她是個小姑娘，語氣很不客氣。「老子自家的事要妳管？走開，不然連妳一起打！」

見月牙兒不讓，男人氣得動手來拽她，當他的手碰到她的時候，月牙兒反手用手肘勾住他的脖子，緊接著就地一帶，藉著自身的重力，男人一把被她摔在地上！

月牙兒嘆了口氣，心想這樣總可以好好說話了。

果然，男人爬起來，拍拍手上的泥，雖然嘴裡仍是罵罵咧咧的，卻不敢再輕易動手了。

「你們看我丫頭做的好事！老子好好的豆腐叫她禍害的，都發霉了……」

男人說得亂七八糟，講幾句事，又罵幾句娘，月牙兒好不容易聽明白了。

原來這男人叫辜大，他女兒辜瓶兒昨天沒把豆腐賣完，剩了一些沒存放好，今天就發霉了。

這麼點事，至於這麼毒打自己女兒嗎？

月牙兒眉頭緊鎖，攔在辜瓶兒身前。「你別打她，這些豆腐我買了。」

「當真？」

「當真。」

商議之下，月牙兒把今天賣花捲的錢全給出去大半，買了一缸霉豆腐和好幾斤好豆腐回家。

看熱鬧的人指指點點、議論紛紛。

「這丫頭真敗家，花錢買壞豆腐。」

「這豆腐都不能吃了，她留著也沒用啊。」

任憑人家怎樣風言風語，月牙兒都沒放在心裡。

你們懂什麼，她心想。要知道，後世聞名的臭豆腐，相傳就是源自一缸壞豆腐呢！她在現代拍美食VLOG的時候，就曾聽說這個故事。

說是康熙年間，有一個落榜的考生王致和，一邊讀書，一邊靠家傳的做豆腐手藝謀生，有一天疏忽了，剩下一擔豆腐沒賣完。等回過神來一瞧，好傢伙，全壞了，雪白的豆腐竟然成了青黑色。

壞了的豆腐就該丟掉，可王致和窮呀，他心疼錢，變著法子的想怎麼吃這樣的豆腐。最後他用鹽把豆腐醃起來，過了幾天，硬是頂著臭氣吃了一口，味道竟然還可以，人也沒吃死。後來逐漸改良，就成了知名小吃「臭豆腐」，據說連慈禧太后都喜歡，賜了文雅的名字——「青方」。

陶罐洗好了，月牙兒先把臭豆腐上的一層絨毛挑乾淨，過了一遍水，整整齊齊的碼在罐子裡，放鹽醃著，就算大功告成。

這時她看了一眼天，時辰已經不早了，鄰居家有炊煙升起。月牙兒吃力的將罐子挪到陰涼的角落，走進廚房準備晚飯。

飯早就煮上了，蒸在灶上，嘶嘶冒著白煙。柴火燒出來的飯，有一種獨特的香氣，時間剛剛好，月牙兒揭開蓋子盛出來一瞧，鍋底還有焦黃的鍋巴呢！

她忙著將買回來的豬肥膘切成小塊，而後下鍋。白色的豬肥膘塊遇火炙烤，體積漸漸縮小，染上一層焦黃，脂肪的香氣頓時充盈於室。

等豬肥膘縮成油渣，月牙兒才不緊不慢的盛裝起來，油渣和熬出來的豬油分別放在兩個小碗裡。

滾燙的豬油往柴火飯一澆，嘩啦啦的響，香得要命。再倒一勺醬油，細細拌好，就到了油渣該出場的時候，金黃酥軟的油渣蓋在豬油拌飯上，勾得人食指大動，月牙兒甚至覺得自己能吃三碗！

她正打算就鍋吃，好少洗一個碗，忽聽見外頭有人喊。「月牙兒姑娘在家嗎？」

如同洞房花燭夜被無辜打擾的官人，月牙兒不得不暫離一鍋豬油拌飯，戀戀不捨的走出廚房。

門外一前一後站著兩個人，竟是絜因和勉哥兒。

這兩人怎麼會摻和在一起？

第二章

月牙兒腹誹著，開了門。「有什麼事？」

絮因舒了口氣。「幸好妳在。」她朝外頭喊了聲。「把東西拿進來。」

門邊擠過來一個小廝，懷裡抱著一堆玩意兒，笑說：「絮因姑娘，妳看我這兄弟靠譜不？」

能被他稱為兄弟的，在場只有一個。

勉哥兒提著小半籃山楂，掀起眼簾瞧了他一眼。「沒別的事，我就走了。」

「真是多謝這位哥兒。」絮因忙道，轉頭對月牙兒說：「我家娘子吃了妳做的花捲，覺得滋味很好，想請妳用一些好材料再做些，不知方不方便？」

月牙兒很想說，有銀子就方便，但覺得還是要含蓄些，便說：「什麼材料？單做幾個倒挺費事的。」

絮因見狀，知道有門兒，笑著從袖子裡摸出一個小荷包，遞給她。「這是辛苦費，煩勞妳費神了。」

挺漂亮的一個小荷包，像是緞做的，還繡著梅花。最重要的是，分量不輕。

月牙兒一邊說著「客氣客氣」，一邊將荷包收了起來，引著兩人進廚房。

東西挨著灶放下，月牙兒看了一眼，大概是些糖、蜜和麵粉之類的，品相不錯。絮因先同她說了一會兒要求，約定明日送到府上，說著說著，一雙眼卻被香氣勾著，不自覺地往灶臺上瞅。

等該說的話交代完了，絮因好奇的問：「妳這煮的什麼？這樣香？我還沒進屋就聞見了。」

「豬油拌飯。」月牙兒客氣道：「姑娘還沒吃吧？要不要嚐一嚐？」

按照常理，這大戶人家的婢女估計會禮貌拒絕吧？畢竟她比尋常人家的小姐也不差什麼，不知吃了多少美食。

絮因的確想推辭，可鬼使神差的，話出口竟然變成。「那我嚐一嚐。」

月牙兒愣了一瞬，心想這人怎麼不按套路來？

但好歹這是她目前最大的客戶，月牙兒忍痛裝了一小碗，雙手奉上。粗陶瓷碗裡，豬油拌飯直冒熱氣，絮因不自覺的咽了口唾沫。她用筷子尖撥了一點兒，心想就試一試味道，誰知豬油拌飯才入口，她竟霸著碗不放了，滿腦子只一個念頭：真香！

這米算不得什麼良品，還有一股放久了的澀味，只是堪堪可入口而已。奈何油脂的香氣將米本身的缺點全部掩蓋住，加上摻和在飯裡、煎至恰到好處的油渣，更是為口感增添一分嚼勁。焦而香，妙不可言。

絮因雖然吃相斯文，但吃的速度卻一點兒不慢，不多時，一碗豬油拌飯就被她吃了個乾乾淨淨。等她抬起頭，看見月牙兒和小廝都目瞪口呆的望著自己，方才為美食失去的神智終於回來，絮因有些不好意思。

「的確是美味呢。」

月牙兒笑說：「姑娘是沒吃過這樣的做法，要不我寫張食譜，明兒個下午一起送到府上。妳要想吃，叫廚房做就是。但有一樣，不要多吃，不然會胖。」

「那就煩勞妳了。」絮因用手絹掩著嘴，輕聲道，而後忽然想起什麼，又道：「妳若是還會做什麼點心，一起做了送來。」

互相說了幾句客套話，送上門來的金主終於走了。

月牙兒才目送兩人遠去，就忙不迭的衝到廚房裡，將剩下的豬油拌飯一口氣吃完。吃完時，她摸一摸圓滾滾的小肚皮，心滿意足的去察看絮因送來的食材。

一罐白砂糖，但從其如雪般潔白的顏色就知，這一定是上等的糖，還有一大包紅糖和一瓶玫瑰花蜜。麵粉裝在袋子裡，揭開口一瞧，細膩白皙，端得是不凡，估計比月牙兒自己的料貴上一倍。

月牙兒用絮因送來的食材做了一籠至尊版花捲，而後又做了兩籠普通版的，預備明晨出去賣。蒸籠上氣，她終於可以休息片刻。從壺裡倒了一杯水，月牙兒喝了幾口，忽想起答應給絮因的食譜。

差點把這事給忘了。月牙兒看了看家裡，倒還有一小張黃紙，只是沒有筆墨，少不得又要麻煩吳勉了。她看了眼窗外還不算太晚的天色，心裡想著。

既然是麻煩人家，總不能空手去，月牙兒帶了四個新出爐的花捲，徑直往隔壁巷子走去。

吳勉家裡果然還亮著燈，只是光很熹微，看樣子用的也是油燈。隔著土牆，月牙兒瞧見他家庭院裡竟然種了一株梧桐樹，被月光朦朧照著，樹影婆娑。

怪不得叫勉哥兒呢，她心想。

月牙兒上前，輕輕叩門，喚道：「勉哥兒，我是月牙兒，你睡了嗎？」

不一會兒，有人來開門，正是吳勉。吳勉擋在門邊，皺眉道：「有事？」

月牙兒揚了揚手裡提著的食盒。「那個，謝謝你借我筆墨啊。我蒸了點花捲，你別嫌棄。」

吳勉正要回絕，忽聞裡屋他爹問：「勉哥兒，是誰啊？」

「隔壁巷的鄰居。」他回頭喊，而後轉過身來，手搭在門上，一副要閉門送客的樣子。

「哎，等等。」月牙兒伸出一隻腳，擋著門，可憐兮兮的說：「能再借我用一次筆墨嗎？我發誓，是最後一次。」

月光照到她身上，襯托得她越發楚楚可憐。吳勉將目光移開，道：「又要做什麼？」

「我答應了絮因姑娘，就是今天你領來的那位娘子，給她寫一份食譜。」

「妳還會寫字？」

月牙兒一愣，才意識到自己無法解釋，一個賣炊餅人家的女兒，會畫畫可以說天賦異稟，但會寫字算怎麼回事？

她正支支吾吾呢，聽見一個溫和的男聲。「別板著一張臉，你嚇著人家小姑娘了。」

是一個中年人，身材瘦長。他穿著一襲長衫，雖然打了兩個補丁，卻很整潔，眉眼同吳勉有些相似，應該是吳勉他爹。看著比月牙兒爹爹年長，她該叫吳伯。

但令人驚奇的是，他竟然拄著一根枴杖，右褲腿空空盪盪。

吳勉急道：「爹，您出來做什麼，仔細腿疼。」

吳伯笑道：「有客人來了，迎進門吃茶，是禮數。我沒教過你？」

吳勉看了看他，又看了看月牙兒，心想說：她一個未嫁的小姑娘，冒冒失失到男人家裡，沒得招人閒話，敗壞她名節。但這話不能說出口，又不好在外人面前不給爹面子，吳勉只好將門敞開。「進來坐，我去給妳找筆。」

月牙兒很是乖巧，往前走了兩步，在院子裡的梧桐樹下駐足，道：「吳伯好，我是隔壁巷的蕭月，小名月牙兒，我這兩天外出做生意，勉哥兒幫了我大忙，我做了些花捲來，禮輕情意重，你們不要嫌棄。」

她一邊說，一邊把手中用油紙包著的花捲遞給吳伯。

吳伯笑著接過，揭開看了眼，稱讚道：「我好久沒見過這樣漂亮的點心了，挺好。」

月牙兒謙虛道：「哪裡哪裡。」

吳伯扶著枴杖，往牆邊走，從一個竹籃裡抓出來一把山楂。「妳吃，挺甜的。」

月牙兒忙接過，笑問：「這時候出山楂嗎？」

「今年山楂熟得晚，這是最後一批了。」吳伯解釋道：「原本上個月勉哥兒就要去收山楂，但下了好久的雨，山路不好走，山楂也運不出來。耽擱到這時候，妳瞧這半筐山楂，都熟透了。」

「那不是要趕緊賣了才好？」

吳伯嘆了口氣。「勉哥兒主要是給長樂街的人家送果子，這品質的，人家不收。妳等會兒帶些回家吧，反正我爺兒倆也吃不完。」

聽到這兒，月牙兒忽想起才到手的糖，不由得眉心一動。

山楂有了，糖和蜜也有了，不正好能做糖葫蘆嗎？

她笑咪咪道：「我倒是想起一個用山楂做的點心，要不您把這些賣給我？」

吳勉剛拿了筆墨出來，聽了這句，劍眉微皺。「不必如此。」

月牙兒反應過來，他莫不是以為自己是因為感謝他，才接手這些賣不出去的山楂吧？

她方想解釋，吳伯便笑咪咪道：「一點山楂而已，妳想拿多少就拿多少，提錢就見外了。」

他使喚吳勉。「你給月牙兒裝點好的，天這樣黑了，你順便送她回家去。」

「不用不用。」月牙兒忙道：「又沒幾步路，不必麻煩了。」

吳伯點了一盞燈籠，說：「要他給妳打燈，這路上黑得很，別崴了腳。」

「真的不用了。」

兩人言語間，吳勉已將筆墨同好些山楂放在月牙兒的食盒裡，一手提著，另一隻手接過燈籠。

「行了，走吧。」

一盞燈籠，火光雖熹微，但也足以照亮腳下的路。

月牙兒走在小巷裡，吳勉在她左邊，離得不遠。

這裡的夜，是很純粹的。仰望夜空，能瞧見明滅萬點的星光，不知哪一顆是牛郎星，哪一顆是織女星……

月牙兒想找些話說，又不知該說什麼，正構思著，忽聽見吳勉的聲音。

「妳能合趙三夫人的眼緣，是件好事。只是趙家規矩多、名堂大，妳別跟他們多牽連。聽說趙家四爺是個花花太歲，妳別惹上他了。」

這是在提點自己吧？月牙兒「嗯」了一聲。

「趙府在哪兒，知道嗎？」

知道，長樂街第二條岔路口往裡走十來步，門前有兩個石獅子的就是。絜因走之前和她細細講過。

可月牙兒卻答道：「不清楚。」

吳勉頷首道：「妳明天賣了花捲，在原地等我，等我尋著妳，帶妳到趙府門前。」

「好呀。」

這段路本就不長，月牙兒很快回到家，推開門進屋前，對他回眸一笑。「明天見。」

「明天見。」

闔上一道薄薄的木門，月牙兒雙手捂住臉，心想：我剛才是色令智昏了吧？

都怪今夜的月色太好。

她輕輕拍一拍紅透的臉頰，洗了手，去處理山楂。

據說冰糖葫蘆源自南宋，但不知是不是因為地域的原因，本地並沒有瞧見很多賣冰糖葫蘆的。聽絮因姑娘說，她家娘子最近胃口不好，山楂開胃，想來應該能討她的歡喜。

山楂洗淨，去蒂後需要去核，但眼下沒有順手的剔核工具，月牙兒只能退而求其次，將山楂攔腰切開，取出果核，而後整個合上。

其實山楂依照去核的不同，能做成不同種類的糖葫蘆，比如若是用已有些爛的山楂做糖葫蘆，可以把腐爛的地方削去，趁勢去核，而後串在一起。這種糖葫蘆需要微微壓扁，再上糖漿，不然怕顧客看出端倪。但因為用的是熟透的山楂，較之完整的山楂而言，多了一分酥軟，所以有些不明就裡的人會偏愛這種冰糖葫蘆。

而若想吃到上好品質的冰糖葫蘆，應該專挑大而完整的山楂串，縱使價錢會貴上一點兒，喜歡的人也不少。

像月牙兒這樣攔腰切開去核，最合適的是做成夾心糖葫蘆，比如其中塞些其他水果。奈何她只從吳家拿了些山楂和一個橘子，只能做兩串夾心糖葫蘆，其他的都是普通的紅衣冰糖葫蘆。

沒有竹籤，她只能用筷子將山楂一串起來，放在盤裡。模樣是醜了些，但味道應該差不離。

熬糖這道工序是必不可少的，也是能決定冰糖葫蘆味道關鍵的一環。月牙兒將鍋燒熱，將綿白糖同水一起倒入鍋中，往灶裡添了把茅草，慢慢熬。在火的催促下，糖溶於水，漸漸成就琥珀色，糖汁稠密。月牙兒用鏟子一攪，糖已拉絲，且表面泛起許多泡沫，她一見便知道是火候到了，拿起一串山楂，緊緊貼著糖汁，將山楂串均勻地轉一圈，火紅山楂便裹上一層薄如蟬翼的糖衣，在燈下一望，晶瑩剔透。

黏糖這一道工序，萬萬急不得，要不緊不慢。月牙兒將四串冰糖葫蘆依次轉動，擱在抹了油的木板上，靜候糖液凝固。

灶裡的火失了柴，漸漸熄滅，只剩下星星點點的火星子，這時候糖已經穩穩包裹住山楂，渾然一體，色澤如同被冰雪覆蓋的寒梅，誘人至極。

月牙兒握著一串冰糖葫蘆，輕咬一口，「嘎」一聲，薄如冰似的糖衣應聲而碎，糖的甜與山楂的鮮躍動在舌尖，可口得恰到好處。

儘管耗糖又耗筷子，這樣一次成功的嘗試，著實是令人喜悅的，第二日月牙兒醒來時，雖眼下有淡淡的青黑，但仍是高興的。

她照例將擔子挑到昨日的街上，同附近的攤主打了聲招呼，再一一把東西擺開。

第一位主顧仍是昨日那個梳著雙鬟的丫鬟，斜著眼，道：「給我拿六個花捲。」

月牙兒手腳麻利的包好，丫鬟正要給她銅錢，卻見她搖搖頭，說：「煩勞姑娘往罐裡放吧，這樣乾淨。」

丫鬟定眼一看，她擔子上真擺著一只白瓷並蒂蓮小罐，裡頭放著些銅錢，不禁奇道：「這是為什麼？」

「我今天沒挑水來，為了乾淨，如果接了錢還要洗手。」月牙兒細心解釋道：「昨日第一天出來，匆匆忙忙的，連這都沒想到，請您多包涵。」

丫鬟接過油紙包，看了一眼小罐，道：「窮講究。」說完，轉身就走了。

月牙兒望著她的背影，搖頭失笑。很快，下一位主顧又到了。

也許是她做的花捲本來就不多，也許是昨日看了熱鬧的人打算嚐嚐鮮，還沒到晌午，今日份的花捲就銷售一空。

月牙兒看看時辰，將擔子收起來，給了鄰近茶肆幾個銅錢，託他們照看一下。自己則在茶肆沿街的地方挑了一個位子坐下，敞著竹簾，瞧吳勉來了沒有。

這時候的茶肆正熱鬧，本地人但凡有點錢、有點閒的，都愛約在茶肆裡會友或談天，但縱觀整個茶肆，來光顧的多是男子，偶爾有幾個婆婦，而像月牙兒這樣年紀的少女，還真沒有，所以當她走進來的時候，許多目光不由自主的落在她身上。

月牙兒半點不在意，逕自點了一壺茶，當然是最便宜的茉莉花茶。

話說這茉莉花茶又香又好喝，怎麼會價錢最賤呢？要從茶葉的源頭說起，如今交通不便，茶葉離了茶田，到吃茶人的嘴裡，少則幾日，多則幾月，這時候並不講究什麼陳年老茶，因為製茶技術還沒那麼發達，是以茶葉越新鮮越貴，倘若真放久了，變成劣質的陳茶，內行的人一口就品出來了，自然賣不上價。但好好的茶總不能丟了吧？於是便有人在劣茶裡混進曬乾的茉莉花，讓花香味蓋住茶澀味，是以茶肆裡最便宜的茶，就是茉莉花茶。

月牙兒光顧的這一家茶坊雖然不大，但服務卻很周到，親自沖了花茶送來，茶博士照例問：「客人要些茶點嗎？」

「有什麼？」月牙兒一邊給自己倒茶，抬頭看他。

眼前的茶博士是個年輕的小夥子，大概二十來歲的模樣，微微有些發福。人瞧著喜慶，總是笑呵呵的，似乎沒有憂愁一樣。

茶博士深吸一口氣，表演起報菜名來。「小店有醬乾、生瓜子、小果碟、酥燒餅、水晶糕、花豬肉、燒賣、餃兒、油糖饅頭……」

他這一連串噼哩啪啦的說下來，連個停頓也沒有，月牙兒驚嘆道：「你這嘴皮子真索利。」

茶博士笑了。「謬讚謬讚，這是吃飯的傢伙，怎能不索利？姑娘要些什麼？」

「拿一些生瓜子。」

「好。」

月牙兒將食盒擺在茶桌上，就著香片嗑瓜子，坐了沒一會兒，瞧見吳勉的身影，她忙朝他招手喊著。「我在這裡。」

吳勉提著空果籃進來，並不坐。「走吧。」

月牙兒把裝著瓜子的小碟往外挪了挪。「你好歹歇一會兒，都晌午了，吃了飯再去。」

確實到了飯點，隔壁座位上的茶客要了幾籠油糖饅頭，大口大口的吃著。吳勉看了眼天色，微微頷首，算是認同了月牙兒的說法。他揀了月牙兒對面的一張椅子，從袖裡掏出塊手帕擦了擦，而後才壓著衣襟坐下。

月牙兒看他一副正襟危坐的模樣，不覺有些好笑，調戲道：「你是坐在茶館，還是在吃皇上的杏林宴？」

吳勉看了她一眼，正色道：「站有站相，坐有坐相。」

倒是一副少年老成的模樣。月牙兒笑笑，揭開食盒的蓋子，將第一層的吃食取出來。「你還沒吃午膳吧，湊合著吃點。」

四個花捲、兩串冰糖葫蘆一一拿出，吳勉的目光停在那串冰糖葫蘆上。

雙色花捲他見過，也吃過，但這糖葫蘆倒是第一次見。他的目光掃過月牙兒的臉，心想，這丫頭昨夜怕是做這玩意兒做到很晚。

「山楂做的。」月牙兒舉著一串在他面前晃。「實在沒法子，沒有竹籤，只能用筷子湊合湊合，但味道還行。」

一看就是甜的，吳勉並不愛吃糖，但還是接過咬了一顆。

「怎麼樣？」月牙兒手托腮，一雙杏眼望著他。

還沒等吳勉答話，過來續水的茶博士忽然插話道：「這山楂倒像北邊的做法。」

「你見過？」月牙兒來了興趣。

茶博士定眼一瞧，說：「我從前跟著掌櫃做生意，倒見過一次，那時就覺得好，不過可惜行程匆忙，沒來得及打聽。姑娘，妳能捨一顆給我嚐嚐嗎？若行，這頓茶錢我給你們打折。」

「行呀。」月牙兒痛快的從自己那串糖葫蘆夾下來一顆，遞給他。

茶博士道完謝，咬了一小口，眉開眼笑。「是了，就是這個味道。」他追問著。「請問，這是姑娘自己做的？」

月牙兒點點頭。「聽人說過，自己瞎玩著做的。」

茶博士稱讚道：「也是妳聰明才做得成，姑娘，可願把這方子賣給我們？」

月牙兒一愣。

茶博士忙說：「我叫于雲霧，是這雙虹樓老闆的兒子，我說的話，妳可以放心。」

倒也不是不行，若是將這方子賣出，不知該要幾兩銀子？若要收益最高，是該一次性賣出呢？還是按比例抽成呢？

月牙兒心裡飛快想著這些問題，面上做出一副為難的樣子。「可是，我這糖葫蘆，是給趙府的三娘子做的。」

趙府的三娘子？于雲霧自然知道是誰，她兩年前出嫁的時候，嫁妝擔子抬過長樂街，那才叫一個十里紅妝呢！若真能得她的肯定，想來這椿買賣應該不差，只是相應的，自己想要買方子也得多出些錢。

于雲霧有一個長處，不以貌取人，若換了茶肆裡的其他茶博士，見月牙兒年輕，少不得想讓她吃些虧，用低價將方子賣出。但他一向看不上這種做法，明明自己願意買，非要將人家的東西一貶再貶，只為多得兩分利，這怎麼是做生意的長久之道？

只是講誠信不代表他沒心眼，這姑娘到底能不能進趙府的門，到三娘子眼前去呢？

他試探道：「那是姑娘的東西做得實在好。我看妳這模樣，等會兒是要去見三娘子吧？巧了不是，我有個熟人叫侯大，是趙府的家生子，他接了他老子的差事，如今當門房呢！姑娘進趙府有什麼不方便的，只管問他，就說是我于雲霧的朋友，他自然會幫忙的。

「我給姑娘包些茶點，等會兒一起帶過去，倘若有幸，希望也能給三娘子嚐一嚐。要是不方便，請姑娘留下自己當點心吃。茶點都是自家茶肆做的，味道不敢說頂好，但也不差。」

正說著話，他果真招來一個夥計，要他去包幾樣茶點。

這人倒是有趣，明明是想試探自己的斤兩，非說得跟豪俠一樣，倒挺會做人的，說不定，是個極好的商業合作夥伴呢！

她笑說：「當真？那我就託于老闆的福了。三娘子跟前的綮因姑娘愛吃甜的，若有些甜食，便再好不過了。」

見月牙兒脫口而出三娘子大丫鬟的名字，于雲霧心裡便有底了，只陪著笑說話。「等姑娘從趙府回來，也該到用晚飯的時辰了，請再到我這裡來，我家就在後頭，咱們邊吃邊談，如何？」他說著說著，看向一邊沈默的吳勉。「這位兄弟，你說好不好？」

吳勉沒回話，心想關他什麼事？但轉念一想，她一個姑娘家，倒真不好自個兒跟人談生意。徐婆曾託他多照看月牙兒，左右街坊，場，又能混口飯吃，自己並不損失什麼，於是他點了點頭。

就這樣說定了。

月牙兒進雙虹樓只提了一個食盒，出來倒提了兩個。

「這樣會不會太沈了？我叫一個夥計幫妳提？」

大可不必，挑了三天擔子，這分量她還提得動，何況趙府就在這長樂街往裡走，又用不了多久。月牙兒自然是謝絕了于雲霧的好意，但兩個食盒拎在手上，她明顯感覺出不同了，于雲霧的食盒比她的更上等，食盒外還雕著花呢。

等自己掙了錢，一定要買漂亮的餐具，上頭刻著「君幸食」，好好文藝一把！

月牙兒邊走邊想，一旁的吳勉有心幫她提食盒，卻怕唐突了她，糾結了半天才開口。

「我可以幫妳提。」

「不用，沒多重。」月牙兒心裡想著怎麼賺錢，下意識回道，說出口這才察覺不對。按照套路，她是不是該讓吳勉幫她提？

失策失策，果然一想到錢的事，她就無心撩漢了。

趙府的大門是很氣派的，門前蹲著兩個大石獅子，只開了兩扇角門，有好幾個門房將手揣在袖子裡，站在簷下聊天。

月牙兒駐足，回頭對吳勉道：「真是麻煩你了，等會兒咱們在雙虹樓見吧。」

吳勉微微頷首，叮囑道：「這種人家規矩多，妳要小心。」

怎麼小心？難道她要像林黛玉那樣「不肯輕易多說一句話，多行一步路嗎？」說起來，自己倒更像是劉姥姥呢。

月牙兒笑起來，謝謝他的好意，轉身往趙府去。

趙府的門房多少有些傲慢，見月牙兒提著兩個食盒過來，幾雙眼往她身上瞥了一回，見穿的是布衣，便不願搭理，仍自顧自的說話。

月牙兒將手中的東西輕擱在地上，問：「幾位爺，我是給三娘子送東西的。」

沒人理她。

月牙兒提高了聲音喊。「侯大在不在？」

她喊得響，幾個門房不由得皺起眉，覺得有失體面，只有一個人扭頭往裡喊。「侯大，有人找！」

不一會兒，裡頭跑出個青年來，面相有些憨厚，問：「誰呀？」

方才喊他的那個伸手一指月牙兒，侯大定睛一看，奇道：「這位姑娘是？」

「雙虹樓的于雲霧，他要和我談一樁生意。」月牙兒答道：「我剛好要來趙府辦事，他說你是他的好兄弟，該同你打個招呼。」

侯大恍然大悟，熱情起來。「于老闆的朋友就是我的朋友，姑娘貴姓？」

「姓蕭。」

「原來是蕭姑娘。」侯大說：「妳有什麼事？」

月牙兒將自己的來意一一說出。

侯大聽了，問左右的門房說：「我怎麼沒聽說過，三娘子那裡來人吩咐了嗎？」

「彷彿是有這麼回事。」一人抱怨道：「那位主兒一點規矩都不懂，家裡明明有廚房，非要從外頭買吃的，這不是打三爺和太太的臉嗎？」

侯大笑了笑，同月牙兒說：「姑娘可有憑證沒有？這家大，事就多，萬一有個差池，我們也不好擔待。」

月牙兒將昨日絮因給的荷包解下來拿給他瞧，對著光，果然瞧見荷包一角有個小小的「薛」字。

「沒錯，三娘子的娘家是姓薛的。」侯大確認之後，衝一個坐在板凳上的人喊。「麻子，既然是女客，該你送到垂花門，叫你娘老子接到冰心齋去。」

「我不去。」那人快言快語。「不是你朋友嗎？你自己送去。」

侯大再看看周圍的同事，他們都很快的將視線移開，說起另一個話題。

若是按尋常的例，侯大也會推說沒人來接不能進，把人打發走，可這是于雲霧的朋友，讓人空走一趟像什麼樣子？想來想去，侯大只得硬著頭皮道：「行，蕭姑娘，妳跟著我來。」

看了這麼一會兒，月牙兒心裡有些明白了，看來三娘子嫁到這趙府，同夫家不大合得來，連從外頭買個吃的送來，門房都不大想搭理，私下裡指不定怎麼議論三娘子呢。

看清了形勢，她也不多費口舌，跟著侯大往裡走。

入門院子裡有一堆假山，用的全是太湖石，皺、瘦、漏、透，一看就知道是花了大價錢從無錫拉過來的。假山之後，隱隱約約見一正堂，應該是待客用的，但侯大不領月牙兒往那裡走，只繞著假山另一端的小路前行。

過了一道寶瓶門，是條走廊，行在兩道夾牆裡，黑濛濛的，漸而有光，從粉牆上的梅花窗透射過來。月牙兒踏著梅花形的光斑，向右一望，窺見窗外湖光之景，也聽聞枝頭有鳥兒啼鳴，行出走廊，路過一間小閣，流水出閣下，卻被一道纏枝花牆攔住，只聞流水聲，不見其蹤跡，這道花牆便是趙府內外宅的分割線。

垂花門下守著兩個婆子，斜倚在月亮門洞上，正歇息呢，見有人來，一個婆子打了個哈欠，道：「有女客？怎麼是你帶過來？」

侯大站在月牙兒前邊，苦笑道：「是送三娘子從外面買的吃食來著。」

他這一說，這婆子就明白了，另一個午睡的婆子聽見這話，索性不睜眼，甚至輕輕打鼾。

那個接話的婆子皺了皺眉，說：「好吧，妳跟我來。」邊說這話，邊一掌拍到另一個婆子的肩上。「睡死鬼投胎啊！我領人進去，妳好生看著門。」

那午睡的婆子不滿的瞪她一眼。

侯大轉身，叮囑月牙兒道：「妳謹慎些，送完東西就沿著舊路出來。」

月牙兒一口答應下來，隨著那婆子進了垂花門，繞過一池秋水，兩人停在冰心齋前。粉牆黑瓦圈住的小院，庭前栽了桃樹與杏樹，正是杏葉黃透的時節，一個婆子正拿竹掃帚掃地，有個才留頭的小丫鬟守在門前，拾了兩片杏葉玩，見有人來，抬頭問：「做什麼？」

那婆子回道：「外頭賣吃的，說是來給三娘子送東西。」

小丫鬟歪頭道：「是有這麼回事。」說罷，她打起湘簾，讓月牙兒在西間等，自己則去通傳。

才將盒子放下，坐在椅子上，另一個丫鬟就捧了茶來，月牙兒接過來，揭開一看，原來是一盞蜜餞金橙子茶。基底選的是紅茶，搭配上切分得恰到好處的蜜餞金橙子，果香濃郁，入口清爽。在茶的清亮裡，橙子的香甜一覽無遺。

看來這三娘子愛吃甜食，月牙兒心想。

她才喝了一口茶，絮因便來了。「三娘子正寫字呢，請妳去明間坐。」

月牙兒應了一聲，提著食盒隨她往東去。自有丫鬟掀簾，只見明間內擺著各色菊花，一樽銅獸香爐，沈水香的香霧自獸口裊裊而出，讓人心不由得靜下來。

屋中筆硯俱備，還擺著一扇山水屏風，原是做書房用的，背對一窗湘妃竹，一個女子正伏在桌上寫字，雲鬢戴狄髻，當中一個佛字鎏金頂心，身穿白綾對襟襖、湘妃色織金裙，罩一件寶藍海棠繡花襴比甲，清清爽爽的，像是從仕女圖上走下來的美人。

聽兒通傳聲，薛令姜從容落下最後一字，飛白藏鋒，端得是一手好字。

日色掠過竹影，朦朧照上她的容顏。月牙兒在暗中看了個真切，心中不禁讚一聲，好一個雍容華貴的美人，臉若銀盤，眉似遠山，清淺含笑。

月牙兒素愛美人，因此不自覺地對她多了一分喜歡。

薛令姜的音色很是溫柔，甚至有股空靈的感覺。「勞累妳跑這一趟，請坐。」

早有小丫鬟搬了個瓷質霽紅釉坐墩來，因天涼，上頭覆了塊黑綢。

月牙兒按照禮數，向她深深道了個萬福，但畢竟不熟練，行禮有些不標準。

絮因見了，抿著嘴笑，正想拿她打趣，卻見薛令姜掃了她一眼，只得將玩笑話咽下去，恭恭敬敬扶她往榻上坐。

薛令姜落坐時，裙襬微提，月牙兒窺見她的繡鞋，卻是一雙纏過的小腳，心裡頓時有說不出的滋味。

待兩人坐定，又有小丫鬟進茶來，仍是蜜餞金橙子茶。月牙兒等薛令姜吃了茶，才將來意說明。「三娘子，妳要的點心我帶來了，都是特地做的。妳給的原料又足又好，我便用餘下的蜜糖另做了一樣點心，一併帶了來，給三娘子嚐嚐。」

「妳有心了。」三娘子將茶盞擱在几案上，一旁的絮因忙接過盒子，揭開一看，一層是翡翠花捲，另一層則是糖葫蘆。

花捲是見過的，糖葫蘆倒沒有，絮因笑出聲來。「妳這人真有意思，好好的山楂，偏用筷子串起來，做什麼這樣折騰？」

月牙兒接話道：「本來該用竹籤串的，可姑娘瞧我這雙手，哪裡會削竹籤呢？只能因地制宜了，別看它模樣怪，味道是好的。」

薛令姜微微頷首，絮因便拿了小描金碟，揀了一串糖葫蘆，放在碟裡遞與她。

一串糖葫蘆掛了四個山楂，紅通通的，瞧著可愛，薛令姜沒試過這種吃法，遲疑片刻，從袖裡拿出一塊錦帕，一手遮著鼻口，方咬了一粒。糖的綿軟在凝固後化作薄脆，嘎一聲在舌尖綻開，甜到人心裡去。若光有這甜味，興許會膩味，所幸山楂的酸爽中和了這甜味，使得這甜恰到好處。

薛令姜吃完一粒，笑說：「味道不錯。妳方才說，這什麼『糖葫蘆』需要用竹籤串是嗎？我叫他們弄一些竹籤給妳。」

「這怎麼好意思？」月牙兒道：「三娘子給我的夠多了。」

「不過小事。」薛令姜看著她，道：「我看妳年歲還小，及笄了不曾？」

「還差一歲。」

「這樣小，就出來走街串巷，也是難為妳了。」

月牙兒笑一笑。「各人有各人的難。」

薛令姜好奇道：「我看妳談吐不錯，又會畫畫，莫非上過女學？」

她口中的女學，並非真正的學校。而是一些沒有功名的秀才為了生計開私塾，收一些女學生，教幾個字、學一些詩詞歌賦唱本。送女兒上女學的人家，有真想讓女兒學些東西的，但大多數只是將女兒做貴妾培養，期望日後嫁到富人家當妾。

「哪裡有閒錢呢，不過去了幾回而已。」月牙兒含糊道。

薛令姜頷首道：「那便是天賦異稟了。」

這時候，外頭有婆子喊。「送茶點的來了。」

月牙兒不明所以，難道三娘子還在外面另買了吃食？

湘簾一掀，走進提著食盒的兩個丫鬟和一個老婆子，齊齊向薛令姜道萬福。

絮因冷哼一聲，半點好臉色也沒有。「我以為妳們廚房那些人多矜貴呢！昨天還和我鬧。今日還不是乖乖送了點心來。」

她聲音雖俏，說話卻有些刻薄。那老婆子聽了，臉上青一陣、白一陣，罵道：「三娘子還沒說話呢，就妳這小奴才話多。」

「老奴才說誰呢！」絮因瞪了她一眼。

薛令姜將手中杯盞往小桌上重重一頓。「賴嬤嬤，妳在太太面前，也是這樣口無遮攔的？」

賴嬤嬤朝絮因翻了個白眼，轉身向薛令姜道：「三娘子，太太心疼您，才讓我送點心來。太太可說了，若三娘子有什麼想要的、想玩的，只管和她說去，咱們趙家好歹也是江南一等一的富貴人家，怎麼能讓媳婦和外頭那些三姑六婆往來，沒得敗壞了名聲。」

她說到「三姑六婆」這四個字時，特意加重了語氣，瞥了月牙兒一眼。

月牙兒不料吃瓜吃到自己身上來，心生不喜。說誰是三姑六婆呢？我大大方方做生意，怎麼就敗壞了三娘子名聲？她本欲還口，奈何瞥見薛令姜陰沈的臉色，到嘴邊的話硬是咽了下去。

她到底記得自己的身分，一介孤女，還沒底氣去摻和豪門大院的爛事。

薛令姜的唇緊緊抿著，深呼吸幾回，方道：「妳去回太太，說我謝謝她好意。」

看三娘子這樣隱忍，賴嬤嬤便有些得意。她原是太太的陪房之一，伺候太太久了，旁人都捧著她，多少有些自以為是。

她乘勝追擊。「外頭做的東西，誰知道放了什麼、乾不乾淨？還是自己家裡做的好。況且咱們趙府的菜餚，那可是聞名汀州，哪個來訪的老爺、太太不想在咱們家用膳呢？三娘子要惜福才是。」說完，她瞥一眼案上的冰糖葫蘆與花捲，嗤之以鼻道：「什麼不三不四的小吃，花裡胡哨的，上不得檯面。」

絮因上前一步，冷笑道：「哪裡來的臉說人家做的東西上不得檯面？妳賴嬤嬤做的金湯銀湯，捧到咱們冰心齋來都是冷的，說什麼廚房離咱們這兒遠，要先緊著給太太、爺兒們傳膳，還偏偏不許開小廚房！夏天也就罷了，如今已是深秋，眼看著就入冬了，再過上一月，妳們捧過來的湯，怕是蒼蠅站在上頭腳都打滑，誰吃得了！」

「我臉有十八層城牆厚，就敢說。」賴嬤嬤回道，一手揭開蓋子，一手指著月牙兒。「妳問她，這花樣的點心她能做嗎？就說這酥油泡螺，全汀州就屬咱們趙府的味道最好，她怕是生下來，聞都沒聞過這樣的好東西！」

揭開蓋子看，一盒裝著宮裡用的果餡椒鹽金餅，另一盒裝著酥油泡螺。前一樣果餡椒鹽金餅，月牙兒是會做的，可後一件酥油泡螺，她還真沒吃過也沒學過。

所謂酥油泡螺，是一種當下時興的甜食點心，樣子像螺螄，色白如雪，看著像一種奶製品。

作為一個資深富二代，月牙兒從小到大哪裡受過這等氣，更不用說她對於自己積累的中西美食知識，總有一種優越感。時代是不斷在進步的，吃食也是越來越美味的，因此她對自己的手藝很有自信，比起傳統全憑經驗傳承下來的美食秘方，絕對有潛力得多。

她忍不住道：「這位嬤嬤，水滿則溢，月滿則虧。話還是不要說得太滿，否則若我真做出了這酥油泡螺，味道還比妳做得好，妳的臉面往哪裡放呢？」

像聽了什麼有趣的笑話，賴嬤嬤大笑幾聲，才道：「鯉魚也想躍龍門呢！那也得躍成不是？小娘子，妳還是乖乖的賣妳點心去，做吃的，可不是憑著一張臉就行的。」

她這分明話中有話，月牙兒起身，定定看著她。「既這麼說，妳敢不敢同我賭一回，就賭我七日之內能不能做出比妳好吃的酥油泡螺！」

「就給妳再回一次娘胎，也未必做得出。」賴嬤嬤環抱手臂，輕蔑的瞧著月牙兒。

「妳到底敢不敢呢？」

「什麼敢不敢的，」賴嬤嬤滿不在意揮手。「我鹽吃多了閒得慌才會和妳賭，賭贏賭輸和我有半毛錢關係？」

月牙兒點點頭。「也是，沒有彩頭，想必妳也不願意，那這樣吧，我若輸了，給妳十兩銀子；妳若輸了，也給我十兩。就是這般，妳敢不敢應？」

賴嬤嬤好笑道：「我有什麼不敢？只是不想讓三娘子說我占小丫頭的便宜。」

她拿眼睛瞥薛令姜，明晃晃的嘲諷。

絮因忍不住了，高聲道：「蕭姑娘，妳就別添亂了！這老貨臉皮子厚不假，她能在廚房待這些年，到底有幾分本事傍身，不然就這討厭勁，早給人打死了埋了算完！妳在這裡放什麼大話，到時候連累咱們三娘子的名聲怎麼辦，妳還是請回吧，左右妳來這一趟，也不損失什麼。」

月牙兒聽了這話，轉身向薛令姜深深道了個萬福。「三娘子，我從不做沒把握的事，說要做出這酥油泡螺，就一定做得出，還會做得比她好，妳若信我，便與我做個見證。」

屋內一時靜下來，只聽見簾外風動竹林。

好一會兒，薛令姜才蹙著眉道：「妳真有把握？」

月牙兒笑一笑，重重點了點頭。

「那好，」薛令姜起身，走向書桌。「我便替妳們起一張賭約。」

見動了真格，賴嬤嬤心裡有些打鼓，於是喊了一聲。「等一下，還有一個條件……妳要是輸了，不僅給我十兩銀子，從此以後還不許再賣點心。」

賴嬤嬤故意威脅她，心想這種賭約眼前這丫頭一定不敢接。

果然，連薛令姜提筆的動作也是一滯。

月牙兒卻不慌不忙，淺淺一笑。「好呀，若我七日之內做不出比妳好的酥油泡螺，不僅給妳十兩銀子，從此以後，再不賣點心。」

白紙黑字將賭約寫下來，月牙兒走出趙府的時候，天色已晚。

來時無人願搭理，走時倒是有人看熱鬧。有幾個小廝模樣的人在一邊指指點點，想來她同賴嬤嬤打賭的事已經在下人間傳遍了。

就是再好的性子，叫人這樣嘲諷也難免不悅，月牙兒又不是泥人兒，心裡窩了火，連步子都走得急些。

等她到了雙虹樓，吳勉已經坐在那兒等。

這時候茶肆裡的人並不多，大都回家吃晚飯去了，因此茶博士也得閒，她前腳跨進雙虹樓，後腳于雲霧就從櫃檯裡鑽出來招呼。

他在生意場上混慣了的，才看一眼月牙兒的臉色，便知趣的不問趙府事，只招呼月牙兒和吳勉上他家吃飯去。

于宅離雙虹樓不是很遠，約莫走過兩座小橋，就到了。

兩扇門一開，肉的香氣就撲面而來，于雲霧朝廚房喊一聲。「蕓娘，來客了。」

裡頭那人應了一聲，迎出門來，是一個年輕的婦人，穿著家常衣裳，鬢上簪一根金釵，瞧著就很俐落。

「這是拙荊，錢蕓娘。」于雲霧引見道：「這是蕭姑娘、這是吳小哥。」

蕓娘語速快，帶著江南特有的軟糯語調。「好漂亮的小姑娘和小哥，一看就有福氣。進來坐，菜就好了。」

行過粉牆圍住的小天井，便是于宅的堂屋。方桌已經擺好了，半舊的木材，卻很乾淨，一點兒油膩也沒有。

于雲霧笑道：「來者是客，蕭姑娘、吳小哥，你倆請上座。」

「我們上門打秋風的，哪有坐主位的理？」月牙兒婉拒。

少不得彼此客套一番，蕓娘嫌囉嗦，壓著月牙兒的肩膀讓她坐。「妳就坐這裡，咱們姊妹好好說話。」

她力氣還真不小，月牙兒坐到小杌上，有些驚訝。「嫂夫人倒挺有手勁的。」

于雲霧笑著接話。「那是，她可是屠戶家的女兒，我可不敢惹她，不然拿把殺豬刀砍我跟剁菜一樣。」

「編排誰呢！」蕓娘瞋怪的看他一眼。「還不到廚房去，幫著把飯菜端過來！」

于雲霧起身，拍一拍吳勉的肩膀。「珍惜現在。」

吳勉一時沒反應過來這話是什麼意思，等他想清楚要辯解，可于雲霧已經自顧自往廚房去了。

他偷看月牙兒一眼，發現她正和蕓娘說話，半點沒察覺，吳勉不自然的將目光移開，悄悄紅了耳尖。

菜一樣一樣端出來，四樣下飯菜、一碗爛肉粉湯，每道菜用的都是豬油，充分彰顯了蕓娘的身分，其中有一道紅燒獅子頭，取新鮮豬瘦肉同肥膘，切成細細的肉糜，揉成小團，蒸製時須往肉丸下墊一葉青菜，最是清新解膩。

蕓娘又張羅著拿來一壺菊花酒，用溫水燙著，倒了四盞。

何以解憂？唯有美食。

吃吃喝喝一場，月牙兒方才心裡的那股氣漸漸消了。回想起自己的舉止，她忽覺得有些好笑。

她怎能把往日大小姐的脾氣搬到這時代來？今非昔比，身分境遇千差萬別，她就是把自個兒氣死了，也沒誰會在意。儘管自己常常自省，但還是有些嬌氣了，像今日對上賴嬤嬤，爭強好勝的心思一上頭，便什麼也顧不得了。怎能讓人家三娘子替她作見證呢？若自己的手藝勝過賴嬤嬤，那麼是趙府沒臉，三娘子也未必臉上有光；若自己輸了賭約，那是三娘子沒有識人之明，也丟了三娘子的臉。橫豎說起來，對三娘子都不大好。

這樣毫無利處，只為爭一時之氣的賭約，三娘子竟許了，她對自己可真沒話說。

月牙兒思及此，心裡有些感激，事已至此，她怎樣都不能辜負了三娘子這一番情誼。

酒足飯飽，月牙兒的臉上終於見了笑意。她同丁雲霧商量了一回，約定糖葫蘆的方子直接以十兩銀子賣給他，自己保准教會。還有一個條件，她想在雙虹樓簷下擺攤子，好歹給自己掙片瓦，她也不白要這好處，願意拿出五兩銀子做租金。

于雲霧心裡盤算一番，這樣一來，自己可謂是空手多了一個方子，且結交了一個朋友。這姑娘年紀小，但的確有一顆七竅玲瓏心，這樣的合約，誰會不答應呢？

他給月牙兒和吳勉斟上半盞菊花酒。「蕭姑娘夠義氣，我沒什麼好不答應的，只是我家小店好歹也是個茶肆，上上下下養著這些人，還望蕭姑娘不要教我為難就好。」

這就是說，不能在雙虹樓屋簷下賣和雙虹樓一樣的東西。月牙兒聞弦知音，舉起杯盞來，痛快道：「這是自然，我怎麼也不能在西施面前捧心不是，咱們一定能雙贏。」

眼看氣氛大好，月牙兒趁勢將她與賴嬤嬤的賭約說了出來。

等她一五一十說完，于雲霧皺眉道：「趙府的賴嬤嬤，我也聽說過，她做的酥油泡螺可是一絕，少說也有二十三年了吧，確實是個老師傅。恕我直言，」于雲霧問道：「蕭姑娘是有家傳做酥油泡螺的方子？」

靜默許久的吳勉忽然開口。「我從來沒聽說妳家還有這種方子。」

月牙兒微微側過臉來，笑盈盈看著他。「從前沒有，不代表今後也沒有。」

她索性將放在一邊的食盒提上來，揭開一瞧，拿出一碟酥油泡螺來。

「這是三娘子贈我的，好讓我做個參考。試一試？」

其實一碟並不多，只有六個，月牙兒之前還吃了一個，是以這碟酥油泡螺看起來少得可憐。

于雲霧笑說：「這倒不用了，這東西矜貴著呢，我們家一年到頭也買不了幾回，妳帶回去慢慢品吧。」

至於吳勉，他本就不好甜食，所以只掃了一眼，繼續在腦海裡搜尋他認識的人裡有沒有會做酥油泡螺的。

「嚐一個，味道真的不錯。」月牙兒殷勤得好像這碟酥油泡螺是她親手做的，而非賴嬤嬤做的一樣。

正說著話，蕓娘掀簾子進來。「什麼好東西？見者有份，給我吃一個。」她徑直拿起一個吃了。「這泡螺做得好，又甜又潤。」

于雲霧正想攔沒來得及，便扶額道：「總共沒幾個妳還吃了，人家蕭姑娘還要研究的。」

「沒事。」月牙兒饒有興致道：「蕓娘，妳說說看，這酥油泡螺妳吃出了什麼味？」

「奶味和甜味，怎麼啦？」蕓娘丈二金剛摸不著頭腦。

月牙兒往前傾一傾身子。「想當一個好廚子，必定要有一條好舌頭。像學音樂的人聽見絲竹聲，會下意識的分辨奏樂用的是簫還是笛，我吃東西，也會分辨裡頭用的什麼料。奶味自當源自牛乳，甜味是蔗糖之甜而非蜂蜜，油酥味道濃厚，只有羊脂才有這種感覺，所以論主要原料，不過這幾種。」

蕓娘笑道：「妳這張嘴可真刁，我娘家賣豬肉，最不喜歡這種客人，新不新鮮，一眼就瞧出來了。」

月牙兒看一看她，又望一望于雲霧。「所以，我有個不情之請。」

「我年紀輕，不知道該往哪裡買牛乳和羊脂，所以想問一問。」

蕓娘接話道：「羊脂我倒曉得一家，至於牛乳……」她走過去按住于雲霧的肩。「你知道哪家賣牛乳的？」

于雲霧皺眉道：「做泡螺的牛乳，自然要上好的，聽說趙府專門養了一隻奶牛。」

月牙兒點點頭。「三娘子同我說了，可到底是那賴嬷嬷手下人養的，我也弄不著。」

于雲霧的手輕輕叩著方桌，說道：「我倒想起一個人，只是不知道他還養不養牛。」

「于大哥只管說，我尋一尋便知道了。」月牙兒忙道。

「那人姓魯，大家都叫他魯伯。他家住得遠，只怕妳記不住。」于雲霧清了清嗓子，唸道：「過關帝廟大街，往東越過河曲，見一長堤，堤上栽柳樹，向右走一里路，可見到綠蔭間有兩戶人家，便往曲廊裡頭折，盡頭處有座茅屋，籬笆上纏了絲瓜的那家就是。」

他起先說什麼關帝廟大街、長堤，月牙兒還留心記著，等聽到後來，整個人都不好了。這時候又沒有導航系統，要找路簡直是一大麻煩事，于雲霧將地址說得那樣清楚，言下之意怕是要她自己尋路去。

月牙兒苦笑道：「于大哥，你莫不是消遣我吧？這誰記得住呢？」

于雲霧哈哈大笑，笑完了才道：「這倒有些麻煩，我這幾日事多，不好領妳去。」他接著說：「我倒是可以用筆給妳寫下來，可妳識字嗎？」

月牙兒謙虛道：「略認得幾個字。」

于雲霧點頭。「我聽妳說話，就像有見識的，不像我們家蕓娘，河東獅一樣。」

他後頭幾個字雖放低了聲音，但蕓娘還是聽見了，一時發狠，打了他一下。「說什麼呢！」于雲霧連連告饒，蕓娘又擰了他幾下，方才放過他，起身道：「我去找筆墨來。」

蕓娘轉身正要去，卻被吳勉喊住了。

「過關帝廟大街往東，越過河曲，沿著長堤向右走一里路，有人家處往曲廊裡頭折，走到盡頭有一間茅屋，籬笆上纏了絲瓜的那家就是。」吳勉抬眸望向于雲霧，語氣淡淡。「是不是？」

忽然一靜。

月牙兒一雙杏眼瞪得溜圓。「這你也記得住？」

「還好吧，」吳勉說：「在外頭跑久了，都記得住。」

于雲霧連連擺手。「我只聽一次，可記不了這麼清楚。」他轉頭向月牙兒道：「妳身邊有人好記性，倒省紙筆。」

月牙兒望著吳勉笑。「你真記得住？那我就不打劫于大哥的筆墨了，你回頭多唸幾遍給我聽，我也一定能記住。」

「行。」

貨源問清了，月牙兒心裡的一塊大石頭方才落下。她同于家夫婦又吃了兩盞酒，說了些話，方才告辭。

第三章

今夜無星也無月。

月牙兒步伐輕快，走在吳勉左邊。方才所飲的桂花酒，雖然是酒精濃度極低的米酒，但連吃幾盞，她的笑靨染上一層薄薄的雲紅，晚風一吹，只覺躁熱得厲害。

吳勉在暗中窺見她的醉顏，輕聲提醒。「女孩子家在外頭，不要吃太多酒。」

「我有分寸的。」月牙兒轉了半圈，回過身望著他。

她手背在身後，戲言道：「你說這話的時候，倒像勸自家官人不要飲酒的小娘子。」

「莫要胡言亂語。」

月牙兒輕輕笑了一聲，仰頭望著吳勉。「你記性這樣好，莫不是過目不忘？」

吳勉不敢再看她，只看著眼前路。「算不上。」

這人真是擅長把天聊死。月牙兒失了逗趣的心思，老老實實往前走，走了一會兒，她又說：「你把地址再說與我聽，我背一背。」

「等我空下時間，領妳一起去吧。」

「這事耽誤不得。」月牙兒正色道：「既然答應了，就要全力以赴，你多說幾遍，我記下了明天自去，別耽誤你的事。」

吳勉莫名有些失落，他自己也說不清這失落感來自何處，只將地址說了幾遍與月牙兒聽。說了兩回，月牙兒便記住了個大概，這時忽然風吹樹搖，落下雨來。

是急雨，倒豆一般噼哩啪啦朝人打過來，弄得人手足無措。

風雨聲急，吳勉不得不提高了音量。「找個地方躲一會兒吧。」

月牙兒看了眼四周，這裡離吳勉家不遠了，便道：「才下的秋雨，不知幾時停呢！左右不遠，我們先跑到你家去，我借把傘再回。」

她說完，逕自小跑起來，一邊跑一邊回頭招呼吳勉。「快點呀！」

吳勉無法，只得緊緊跟在她後頭。

這丫頭有時也真是不著調，跑在雨裡還笑著哼小曲，唱著。「莫聽穿林打葉聲，何妨吟嘯且徐行。」他心裡雖然抱怨，唇邊卻有了一絲笑意。

晴也好，雨也罷，她好像總能把自己活成冬日的暖陽，讓人忍不住要靠近一些。

吳勉心裡這樣想著，腳下步伐加快，同她一起並肩跑起來。

等到兩人奔至吳宅，雨還沒停，月牙兒先跑到院門簷下，吳勉跟在她後頭，在石階前站定。

月牙兒見門是關著的，方想敲門，吳勉卻喊住她。「門沒關實，妳用力往裡推就是。」

月牙兒心裡一想，也就明白了，吳伯腿腳不方便，總不好讓他出來開門。

誰知才進院，一眼就瞧見吳伯。他搬來一張小凳，正在屋外簷下坐，想來是在等兒子回家，見兩人回來了，忙起身迎接。「怎麼弄得一身的雨，也不躲一躲再回來。」

他張羅著給月牙兒遞上一方白巾，責怪的看向吳勉。「你這渾小子淋雨就算了，怎麼能帶著蕭丫頭淋雨？」

吳勉正欲答話，月牙兒卻搶白道：「是我催他，想借把傘快些回去。」

聽了這話，吳伯也不好說什麼，先讓兩人進屋，一面支使兒子往後屋去拿傘，一面請月牙兒坐。

「我煎些濃濃的薑湯給妳吃，這要是鬧風寒，可不是好玩的。」吳伯邊說，邊蹣跚的往廚房去。

月牙兒忙攔著，愁眉苦臉。「不用麻煩了，何況——」她聲音漸漸弱了。「我不喜歡薑的味道。」

「那也得喝。」吳伯板起臉。「妳要是不喝，下次就不用來了。」

月牙兒無法，只得隨他去。

她用白巾擦擦頭髮，忽見一旁的牆角處放了一只土陶瓶，瓶裡有一枝快要開敗了的菊花，這是家徒四壁的屋子裡唯一的裝飾品。

她閒著無聊，起身湊過去瞧，誰知鞋浸滿了水與泥，滑得厲害，一腳滑竟直直跌了下去，身子勾到花瓶，她一慌，連忙抱住花瓶，這樣一側身，正好撞開一旁的房門。

這一跤跌得可不輕，月牙兒倒吸一口冷氣。

聽見動靜，廚房裡的吳伯大聲問：「怎麼啦？」

怕吳伯拖著殘腿立刻出來察看，月牙兒忙道：「沒事，凳子倒了而已。」

「妳莫扶，等吳勉去扶。」

吳伯叮囑兩句，聽到月牙兒的附和聲，便忙著看火候。

月牙兒看了看懷裡的花瓶，昏暗的油燈下，只能看出它是完整的，應當沒碎，這才齜牙咧嘴的爬起來，正欲關上房門，忽然一怔。

透過小小的一扇木門，月牙兒瞧見裡頭的四壁都貼著畫，也沒有裝幀，光禿禿一張紙，用糯米膠糊在黃泥巴牆上。畫作沒有絲毫匠氣，質出於天然，汪洋四溢，全是水墨，卻靈巧有神，貼在榻邊的那一幅畫，最為出眾。

畫中是一座小樓，庭間有株梧桐樹，一對年輕夫婦坐在門前幹活，笑盈盈望著梧桐下玩耍的小女孩。

月牙兒初看這畫，卻無端有一種熟悉感，彷彿在哪裡見過，還來不及深思，吳勉卻攜傘出來，見狀皺眉道：「妳在做什麼？」

「我……」月牙兒忙把花瓶放下，訕訕道：「方才差點撞倒花瓶，幸虧抱穩了，不過不小心把房門撞開了，抱歉。」

吳勉一望地上的痕跡，心知她說的是真話，走過來輕輕帶上房門。「瓶子摔了不要緊，妳沒摔著吧？」

「皮厚，摔不壞呢。」月牙兒笑道。

她有心想問一問那畫，但剛才的情景，弄得像她在打探人家家裡的隱私一樣，似乎不是說話的時機。吳勉略微有些不自在，轉身去打掃屋子。

幸好這時吳伯端了兩碗濃濃的薑湯來，月牙兒嗅見討厭的生薑氣味，不由得愁眉苦臉的。

等月牙兒硬著頭皮喝下薑湯，吳勉便打著傘送她回家。

雨聲點點滴滴，落個沒完。

月牙兒回到家進門時聽見雨打梧桐聲，不經意望了一眼庭前那梧桐樹。

她終於恍然大悟，難怪方才看那幅畫那般眼熟，那畫裡的景象，分明就是她家呀。

「哈啾。」來不及細想，月牙兒便很不淑女的打了個噴嚏。

她忙關上門，回房換下濕衣裳去。

屋子裡冷門冷灶的，連火都沒點，更別提熱水了。

月牙兒淋了一身的雨，布鞋上盡是泥點，實在忍不了不擦洗就睡覺，硬是點火燒了些水，擦洗之後才睡了。

她是伴著雨聲醒來的。

一早，窗外淅淅瀝瀝，手觸碰上窗紙的時候，能感到一股潮意。月牙兒拉開門，秋意撲面而來，滿庭梧桐落葉，真是一場秋雨一場涼。

昨日借來的傘仍放在牆角，月牙兒出門時拿了兩把傘和一個小氈包，徑直往吳家所在的巷子走。

雨落在傘面上，綻開一朵花。月牙兒邊走邊想，吳勉為什麼要畫那一幅畫呢？

還傘的時候，吳勉卻不在，吳伯溫和的說：「他一大早就出去了。」

是在躲她嗎？月牙兒心裡閃過這個念頭，卻覺得自己未免過於自作多情。

算了，反正現在的要緊事不是這個。

她怕忘了賣牛乳人家的地址，昨夜睡前背了一回，今晨起來又默了一遍，一路上雨時大時小，等月牙兒摸到那賣牛奶的魯伯家，一雙布鞋又淋濕了。

這就是古時候下雨天的難處了，鞋子都是布納的，若沒有上棕油，遇上雨天保准鞋廢了，加上泥地為雨水所沖刷，全成了稀泥，走起來硬黏著鞋底，又重又難走。

當月牙兒敲魯伯家的門時，還有些為難，要是踩髒了人家的地板可怎麼是好？可很快，她發現自己的擔憂完全是多餘的，因為魯伯家裡也是泥土地，只不過是較為平整的夯土。

魯伯身材是五大三粗的壯實，罵起人來中氣十足。「他個狗娘養的，老子給他打了一年的長工，不肯發工錢，硬是拿兩頭水牛抵帳。我牽回來的時候，路邊的叫花子跟我這牛一比，嘿，成大富人了！妳說可氣不可氣？」

他一面嘟嘟囔囔的說早該把牛殺了吃了，一面領著月牙兒往牛棚去。

牛棚就在他屋子後頭，上頭還蓋著茅草，乾乾淨淨的，裡頭的水牛一見魯伯就哞哞的叫，魯伯罵罵咧咧道：「叫死啊。」

他一邊罵，一邊不忘給水牛們的石槽裡添幾把乾草。

月牙兒起先聽魯伯抱怨，還以為會見著瘦骨嶙峋的牛，現在一看，才知不是這麼回事。這兩頭牛雖然有些瘦削，但毛光水亮的，一看就是受到精心照料的。

牛照料得好，所產出的牛奶品質會好些，她知道後世有些牛肉賣高價，那些特級牛的日常照料還有聽音樂和按摩的待遇呢。

月牙兒沒見過趙府養的牛，但想來養在豪門，照料肯定是周到的。沒來魯伯家之前，她原先還有些顧慮，萬一她買到的牛奶品質太差，從源頭上就差了人家一截，那還怎麼比？

這也是她堅持親自來賣家家中察看的原因，不親自看，誰知道是什麼牛產出的牛奶？若不走運，買了病牛的牛奶，她哭都沒地方哭去。

議定了價錢，魯伯便找了個小桶出來去擠牛奶。

牛吃了草，很溫馴，但到底是水牛，產出的牛奶有限，兩頭牛才裝了大半桶。

水牛奶和現代常見的牛奶有些不同。主要牛的種類不同，黑白相間的奶牛此時還未引進，能擠牛奶的只有水牛，雖然說產量低，但營養含量比花奶牛的牛奶還要高。

說是小桶，但裝滿了牛奶提起來，重量也很可觀。魯伯看一看外頭的天，說：「雨還沒停，丫頭，要不吃過飯，我給妳拎回去。」

「會不會太麻煩了？」

「沒事，我家丫頭就要回來了。」

兩人正說著話，木門嘎吱而開，閃進來一個少女抱怨道：「這賊老天，我鞋子都濕透了！」

她手裡挎著一個籃子，裡頭裝著帶雨水的蔬菜。

魯伯介紹了一下，原來這是他的女兒魯大妞，才賣了菜回來。

「說了這個天氣就不要出去賣菜了。」魯伯吼道，接過女兒的菜籃。

「放一天青菜都老了，鬼買！」魯大妞爭辯道，邊朝月牙兒點點頭，進廚房做飯去了。

中午吃的是粥，不是精細脫穀之後的白米粥，而是糙米粥，柴火煮至沸騰時加一把切碎的青菜粒，既有嚼頭又管飽。另外還有一盤艾窩窩，也是粗糧做的，乍看上去有些粗糙，但是很紮實，分量足。

魯伯擺飯桌的時候，月牙兒忽然想起她的氈包，忙打開來拿出一個小罐。「我自己做了些霉豆腐，配粥吃最好。雖然現在還沒到風味最成熟的時候，但是勉強也可以吃了。」

魯大妞湊過來一瞧，掩著鼻子道：「妳這霉豆腐都醃成青色了，能吃嗎？」

「怎麼不能？」月牙兒拿筷子挑了一坨，攪和在粥裡，吃了一口。「你們試一試。」

魯家父女便學著她的樣子，用霉豆腐拌著粥吃了。

「挺有味的。」魯伯讚了一句，又取了些抹在艾窩窩上吃。

霉豆腐的鹹香一入口，頓時壓倒了粥和艾窩窩的平淡，舌尖上的味道忽然充盈豐沛起來，果然妙！

魯大妞來了興趣。「月牙兒，妳這豆腐怎麼做的，真好吃！」

「瞎打聽什麼？」魯伯瞪她一眼。「有吃的還不消停。」

他怕月牙兒多心，畢竟許多手藝都是密不外傳的。

月牙兒倒不以為意。「這些你們留著吃吧，我家裡還有一大罈子呢。」

魯大妞腦子轉得快。「這麼多——那妳賣不賣？」

「會吧。」月牙兒撥了撥粥。「要等一會兒，現在我還顧不上呢。」

「不然妳先賣給我，我再幫妳分賣出去？」魯大妞興沖沖道：「我可會賣菜了，保准虧不了。」

月牙兒看她一臉認真，忍不住笑了。「行啊，妳要到我家去拿，我優惠給妳一些，看妳能賣得怎麼樣。」

「兩個小丫頭，天天說錢的事。」魯伯嘟囔道。

「總比你打了一年長工牽了兩頭牛回來好！」魯大妞氣鼓鼓的說。

吃過飯，雨已經小了許多，天地間只朦朧著一片煙雨。魯伯幫月牙兒把新擠的水牛奶送到家，果然又買了幾十文錢的霉豆腐回去。

東西放在家裡，月牙兒急急忙忙去買羊油。

等原料買齊了，回家把灶燒熱，月牙兒盯著一桶水牛奶，認真思考起該用什麼方式做酥油泡螺。泡螺這種點心，到了現代幾乎沒人做了，所以如何配料、如何烹飪，全得靠自己試。

所謂泡螺，按照《金瓶梅》裡的描述是「上頭紋溜，就像螺螄一般，粉紅、純白兩樣兒。」一趟府的泡螺尚沒高級到有雙色，但模樣也是很小巧的，她心裡大概有個構想，泡螺是奶製品，入口即化，其實和奶油奶酪有些相似，至於這螺的形狀如何製成，倒真有些麻煩。

保險起見，月牙兒只用了一碗水牛奶做實驗。

要做成奶油奶酪，第一步要分離乳清。託化學老師的福，月牙兒知道能夠幫助牛奶分離乳清的物質是酸，因此水開之後，她先煮牛奶，直到鍋邊泛起一圈小氣泡，再依次倒入少量白醋。煮牛奶的同時要用木勺緩緩攪拌，直到牛乳呈現出碎豆腐腦的模樣再熄火。

紗布是早就準備好了的，將乳清全部過濾，只留白絮狀的凝乳在紗布裡，再用山泉水淌過幾遍。這時候，乳清與奶油奶酪便已經全部分離好了。

接下來就是體力活了。往奶油奶酪裡加酥油和糖之後，月牙兒活動活動筋骨，深吸一口氣，用大力攪打著奶油奶酪。

直到她打至手臂發酸，奶油奶酪才呈現出順滑的姿態，月牙兒無奈的轉動一下胳膊，略歇了歇，才繼續下一步。

攪好的奶油奶酪香濃新鮮，奶味直往鼻子裡鑽，月牙兒沒忍住，蘸了一丁點兒吃。

剛才的辛苦都是值得的！她簡直有些熱淚盈眶。自從穿越到這時代，她有多久沒有嚐到奶酪和冰淇淋的味道了！

味道雖然出來了，可泡螺的形狀還是個難題。

她記得在趙府的時候，絮因說賴嬤嬤最會揀泡螺了。為什麼要叫「揀」泡螺？月牙兒百思不得其解，從字面意思看，應當是放在液體裡的東西定形後取出，才能說得上是揀。月牙兒決定試一試，重新煮開一鍋水，小心的挾了點奶油奶酪放進去。

因拿不準火候，前兩次的奶油奶酪不是消了泡就是沒定形，能撈出來的形狀都稱不上美好。

月牙兒看著失敗品，有些頭疼。這可不是材料隨便買得到的時代，她只有小半桶牛奶，可禁不起失敗，用完就沒了，這泡螺的形狀，到底要怎樣才能做好呢？

月牙兒一時想不明白，索性將難題放下，先吃晚飯。

時間緊，事情又急，她也沒心思弄吃的，索性簡單下一碗蔥油拌麵吃。

麵是現成的，放在沸水裡一燙，軟了就挾上來，嫩綠的小蔥洗淨切斷，放入燒熱的油裡煎至焦黃，等蔥香四溢時才撈出來。滾熱的蔥油澆在麵上，綻開星點油光，再加上一勺醬油，好吃又簡單。

正吃著蔥油拌麵，月牙兒忽然有個念頭，倘若用熱水定形不成，那用冰水呢？

她想試一試，奈何家裡沒有冰，只得出去跟別人打聽。

徐婆正在自家茶肆點油燈呢，見月牙兒過來，和她打了聲招呼。

等聽完月牙兒的來意後，徐婆奇怪道：「這都秋天了，妳買冰做什麼？成色好的冰夏日就賣得差不多了，今年的新冰又沒到採的時候，花錢都買不著好的。」

「也不用上好的冰，我只是要冰水而已。」

徐婆來了興趣。「妳是不是要做什麼吃食，說來聽聽。」

她天生愛打聽，月牙兒有求於她也不好不答，只能用簡短的話語將做酥油泡螺的緣故說與她聽。

徐婆聽了故事，心情愉悅的給月牙兒指了路。所幸那賣冰的人家住得不算太遠，只隔三條巷，月牙兒連忙趕了過去。

冰窖的歷史，也算源遠流長。冬月伐冰，藏之於窖，以供一年的使用。官家有官窖，民間也有小窖，但到底她在南方，取冰麻煩不少，所以此地的冰價也高些。夏日的時候，除了小有積蓄的人家和豪門大族，也沒人能奢侈到在家裡堆冰盆降溫，即使買冰，也多為做吃食之用，例如冰鎮綠豆湯、酸梅湯之類的。

月牙兒造訪的這戶賣冰人，就開鑿了一個藏冰的小窖。

不是做生意的熱門時候，月牙兒要買的冰分量又不多，賣冰人只當她像夏日批碎冰買的孩童一樣看，用鑰匙打開窖門，讓她自己選一些碎冰。

冰窖地面鋪著稻草和蘆蓆，涼颼颼的，果然沒有多少存冰了，大部分空著的地方都放著水果。

月牙兒奇道：「你家賣冰還兼賣水果呀？」

賣冰人打了個哈欠。「左右空著也是空著，讓他們賣水果的借放著，還能掙幾個銅錢。」

月牙兒這才明白了，心想這時候人的商業頭腦也不能小覷呀！他這冰窖所存的冰，在三伏天時能賣完大半，空出來的地方止好出租，賣果子的最重新鮮，而冷藏最能保證新鮮度，所以便同賣冰人商量，租用他的冰窖保鮮。

月牙兒笑道：「我也認識一個賣果子的，叫吳勉。」

「妳認得勉哥兒？」賣冰人打量她一眼。「那孩子雖小，但為人挺不錯，既然都是認識的，如此我再給妳便宜些。」

月牙兒裝了滿滿一碗碎冰，才花了十文錢，這價格著實算公道了。

端著一碗冰回到家，月牙兒只覺自己的手都冷成冰了，活動活動手指之後，她繼續折騰酥油泡螺。

有些冰已經融化成水了，沁涼入骨，月牙兒連忙又做了些奶油奶酪，攪拌好，小心翼翼放入冰碗，被冰水一激，那奶油奶酪倒真的呈現出形狀來。

只是這形狀——有些不雅觀。

像狗屎。

月牙兒不信邪，又試了幾回，雖然成品漸漸有幾分樣子，但到底比不上賴嬤嬤的泡螺漂亮。人家的經驗是數十年練出來的，她就是中華小當家在世，怕也不能三、兩次試驗，就能超越賴嬤嬤十幾年的手藝。

做一個酥油泡螺，怎麼就那麼難呢！

月牙兒抓一抓頭髮，欲哭無淚。

第二日醒來時，剩餘的牛乳已經漸漸有些分層。月牙兒試了下味，儘管因為天冷，牛奶還沒壞，但估計也不能再放下去。

照舊燒灶煮牛奶，月牙兒沈住氣又試了幾回，但成品仍是不盡人意。

眼看窗外日光大盛，她「啪」的一下將鍋鏟放在灶臺上。不能這樣被人家的思路牽著鼻子走了，不過是要有個好賣相，既然短時間內她練不出這手藝，倒不如另闢蹊徑。

都是奶油製品，她乾脆用做西式糕點的法子！

月牙兒緊接著就出了門，路過徐婆家時，徐婆正捧了一個海碗坐在簷下吃粥，白底藍邊的瓷碗，紫紅紫紅的濃粥，一邊放著些許榨菜，還挺熱乎，正散著白煙。

徐婆原先正嘟尖了嘴呼呼的吹粥，見了月牙兒，便抬頭向她打了聲招呼。「去哪兒呀？妳那泡螺做出來了？」

「沒呢，」月牙兒停了停。「得先去鐵匠家。」

做個泡螺，跟去鐵匠家有什麼干係？

月牙兒趕時間，丟下話就匆匆的走了，她氈包裡還揣著五兩銀子，原是薛令姜給她的買食材經費。

鐵匠倒起得早，聽她描述了半大，狐疑的打出一坨小鐵製品，淬過之後挾給她看。

「是不是這個樣子的？」

月牙兒湊近看。「對，就是這樣的裱花嘴！」

訂製鐵製品的價錢，比尋常的要貴上一錢銀子，但用的鐵水少，所以月牙兒尚能接受。都到街上來了，月牙兒索性將其他東西買齊。等她回家的時候，氈包裡裝滿了東西，像什麼竹編的小籃子、草木染料之類的。

工具齊全了，事半功倍。月牙兒依著順序又做了一小鍋奶油奶酪，倒了些在油紙裡，套上裱花嘴，輕輕一擠，果然擠出了好看的形狀。

她心下大定，選了玫瑰汁翻拌在奶油奶酪裡，翻拌的動作要輕，跟炒菜撥鏟一樣，不然怕不均勻，也怕消泡。

照舊用裱花嘴擠，一個一個酥油泡螺齊齊整整列在瓷盤裡，都是一樣的形狀、一樣的漂亮，做好後，月牙兒小心地用盤子盛，走到小院裡日光充足的地方，橫過來看、豎過來看，怎麼看怎麼喜歡，只恨這裡沒有手機，不然一樣要拍個照留念。

趙家姑奶奶趙秋娘回娘家的時候，聽說了一件新鮮事。她弟媳不知從哪兒找到一個賣點心的黃毛丫頭，要同賴嬤嬤比試手藝，看誰做的酥油泡螺好吃。

趙秋娘聽了這消息，當下就笑開了。「和賴嬤嬤比誰做酥油泡螺好，這丫頭不是失心瘋了吧？三弟媳婦就非要上趕著丟臉？」

趙太太坐在官椅上淺呷一口茶，悠悠道：「別說姜丫頭，她只是被人矇蔽而已。」

「娘心腸好，可對著白眼狼有什麼用？」趙秋娘一急，調子就高。「薛令姜那個人，看著是個端莊的閨秀，實則一肚子壞水，才嫁進來多久，就想當趙家的家，她吃了熊心豹子膽，還敢把娘的老家人趕出去！跪三天祠堂，我看還輕了！」

賴嬤嬤正領著丫鬟上點心，聽了這話接口道：「咱們太太心腸好，哪裡想和小輩計較。」

「就她事多，睡個午覺，連旁人院子裡聽戲都不許，說什麼有動靜就睡不著。」趙秋娘拿了一片白糖薄脆在手裡。「真是嬌滴滴的大小姐，還當是她爺爺做禮部尚書的時候呢。再說了，這裡是江南，可不是她的京城，怎麼一點兒都不識趣呢。」

她輕咬了一口白糖薄脆，花生油炸過的麵粉焦得恰到好處，又脆又薄，白糖在熱力的作用下，同麵粉緊密的結合在一起，酥而甜。

「我在顧家，成天就想吃賴嬤嬤做的點心。」趙秋娘笑道。

賴嬤嬤慈祥的看著她。「姑奶奶想吃什麼，打發人過來說一聲，我立刻做了給您送去。」

「真的？」趙秋娘又拿了一片。「我可真不會客氣。」

趙太太瞋她一眼。「都是做娘的人了，還這樣孩子氣。」

娘兒倆正說笑，忽聽見一個丫鬟通傳，說三娘子來請安了。趙秋娘連忙拿帕子將指尖碎渣擦乾淨，拂一拂她的馬面裙。

錦簾一打，薛令姜向婆婆道了個萬福。「給娘請安。」

趙太太早將茶盞放下，手裡拈一串楠木佛珠，轉完一圈，才道：「起來吧。」

薛令姜方挺直了肩，向趙秋娘微微頷首。「姑奶奶一向好。」

趙秋娘「嗯」了一聲，微抬下頷。「聽說妳找了個賣點心的丫頭，要和賴嬤嬤比試比試手藝？」

「是有這麼一回事。」

「恰好我回來了，想看一看這熱鬧，三弟妹不會不許吧？」

薛令姜怔了一下。「原是小打小鬧的事，姑奶奶若願意，自然也可來。」

才說沒幾句話，小丫鬟剛剛搬來繡墩，趙太太便說：「妳歇著去。」

薛令姜應聲而退。

回到冰心齋裡，絮因氣憤道：「姑奶奶來摻和什麼？她從小吃賴嬤嬤做的點心長大的，哪裡會說旁人的好話，不知道賴嬤嬤這老貨背地又編排了些什麼。」

聽著熟悉的抱怨，薛令姜腳步一停。「絮因，妳的性子也收斂些。薛家已今非昔比，我那庶出哥哥又是個荒唐的，誰管得著妳呢。」

更何況，真正心疼她的祖母、父親，早已不在了。

她語氣平淡，帶著些許惆悵，像親眼見著秋風凋零花瓣。

絮因有些委屈，但她知道三娘子能說出這種程度的言語，已是隱忍著不滿。她陪伴薛令姜多年，知道小姐往日裡就是再受委屈，也只會抿緊唇說句「這樣不好」。

主僕黯然相對，靜默片刻，薛令姜復緩緩前行，一雙小腳纏了這麼多年，雖早不復當初新裹腳時踩著碎瓷片的痛，但到底還是疼的。

薛令姜拿了一帖《太上感應篇》來抄，抄了一半，忽然聽人通傳，說月牙兒來了。

今日的雨，將天空洗刷乾淨，像一面澄澈的湖。月牙兒踏著日色進屋來，這種老式的房子多少有些昏暗，將好些陽光擋在外頭。

她手裡提著食盒，上前先給薛令姜道個萬福，眉眼彎彎。「三娘子，我也算不辱使命了。」

薛令姜抬頭看她，頷首道：「辛苦妳了，請坐。」

等月牙兒坐定，絮因也叫小丫鬟捧上茶來，忍不住說道：「都是妳惹的事，趙家姑奶奶今日回來了，也要過來看熱鬧，說要做一回判官，妳可不許給三娘子丟臉。」

月牙兒疑惑道：「我倒是有些信心的，可讓趙家姑奶奶來當判官，誰知道她拉不拉偏架？」

「誰說不是呢？」絮因說：「那姑奶奶每回一次娘家，就折騰我們家娘子一番，上回正午睡呢，她偏叫戲班子唱戲，咿咿啞啞地，以為別人都聾了是不是？」

聽上去倒像個愛找碴的人，月牙兒皺眉，想起對策來。

「秋娘說起話來是心直口快了些，」薛令姜苦笑。「我也不知怎的，就得罪了她。」

「不若這樣，」月牙兒心生一計。「她既是心直口快的人，多半也好面子，既然要當考官，那索性將話說開，把咱們的疑慮清清楚楚和她說，然後讓她答應盲選比較。」

這法子可行，薛令姜聽得也點頭。

得了三娘子的首肯，在冰心齋的比拚開始前，絮因特地挑著家裡娘兒們妯娌都在時，同趙秋娘說了這顧慮，還依著月牙兒的意思拿話激她。

「都說姑奶奶行事公平，那就盲選，兩盤泡螺擺在面前，誰也不知是誰做的，只說哪一個好就是。」

趙秋娘聽到旁人質疑自己，頓時不開心了。「說的什麼話，我秋娘是這樣的人嗎？盲選就盲選，賴嬤嬤難道還會怕妳們找來的那個黃毛丫頭？」

在一旁的賴嬤嬤原來還想勸，但聽了這話，不得不擠出笑容來附和。

一眾人本就守在家裡無聊，閒著也是閒著，都紛紛往冰心齋看熱鬧。

趙秋娘頷頭，心想薛令姜送上門來給自己羞辱，自己定要好好替娘出一口氣。所以到了冰心齋，左右變著花樣的挑毛病，說什麼鋪的繡墊針腳太粗，沒本地的靈秀；又說用銀器過於誇耀，哪有天青瓷來得風雅？

絮因強壓著怒氣，私下裡反覆叮囑月牙兒。「妳可不能丟臉。」

冰心齋的人越是面色不豫，賴嬤嬤等人就越開心。

賴嬤嬤自恃幾十年揀泡螺的手藝，就算那丫頭真做出來了，味道也好、模樣也好，定然差自己一截，心裡這樣想著，她越發顯得胸有成竹。

此時一個小丫鬟拿過來一方絲帕，繡著大紅石榴花，趙秋娘接過，橫了月牙兒一眼。「我做事一向公正，誰好誰差，絕不妄言，不像有些人，笑面虎一樣。」

她將絲帕遮在眼上，命人將兩碟酥油泡螺呈上來。

趙秋娘的貼身丫鬟便捧著兩個描金碟，依次用梅花匙餵與她。

屋裡坐了許多年輕妯娌，簾外也有丫鬟、僕婦探頭探腦，都沒說話，靜靜的盯著趙秋娘的神情。

酥油泡螺這種東西，對尋常人家來說，至多一年只能吃上幾回；可於趙秋娘這等千金，卻是唾手可得的點心。但她從前並不常吃，因為覺得吃著怪膩味的。出嫁之後，趙秋娘更是很少吃到娘家做的點心，因此只記得個大致味道。

第一碟酥油泡螺，味道中規中矩，入口甘甜，但吃過後還是有淡淡甜膩感。趙秋娘吃了口茶，中和了齒間的甜味。

這碟酥油泡螺有些甜了，估計是那窮丫頭做的，沒見過世面，忽然有了糖就拚命放，殊不知過猶不及，倒顯得有些膩。不過她一個小丫頭，能做成這樣，也算有天賦了，難怪能唬住薛令姜。

慢條斯理的吃完茶，趙秋娘又試一試另外一碟酥油泡螺，尚未入口，奶香已充盈於鼻尖，餵進嘴裡，如甘露灑心，入口而化，最妙的是濃郁奶香之中夾雜著若隱若現的玫瑰花香，沒有半點膩味。糖在奶油裡是很矜持的，似肥瘦相宜的美人，回味甘長。

賴嬤嬤的手藝，怎麼精進了這麼多？

不自覺地，趙秋娘唇角微微揚起。許是這泡螺做得小巧玲瓏，又或者是過於美味，她吃完一整個泡螺還意猶未盡，於是叫丫鬟又餵了一個。

「這個好！」趙秋娘斬釘截鐵道，一把掀開絲帕，卻瞧見賴嬤嬤臉色微青，很是尷尬的樣子。

絮因「噗嗤」笑出了聲。「姑奶奶當真有眼光，您讚的那碟是我們月牙兒做的。」

誰是月牙兒？不是賴嬤嬤做的嗎？趙秋娘身子微微前傾，眼睛睜大，很吃驚的樣子。

「什麼，是妳們找的那個窮丫頭做的？不可能啊！」

「怎麼不可能？」絮因上前一步，獻寶似的將兩碟酥油泡螺擺在一起。「您看月牙兒做的，樣子比賴嬤嬤的小巧，還是一紅一白兩色，多好看啊！」

她刻意看著賴嬤嬤說。趙秋娘說月牙兒做的好吃，看妳這老貨還有什麼可說的！

賴嬤嬤臉上青一道、白一道，壓抑著情緒，上前給趙秋娘和薛令姜分別道了個萬福。

「是老身托大，技不如人。」

她轉身欲退下，絮因追著喊，得意洋洋的。「哎，妳的十兩銀子呢？這麼大的歲數，還想欠人小姑娘銀子不成？」

賴嬤嬤駐足。「正要去拿。誰沒事帶著銀子在身上到處亂晃，叮叮噹噹跟沒蓋子的半桶水似的，不知幾時有麻煩！」

絮因全然不以為意，瞧瞧，這老貨就是急了。

月牙兒倒是上前一步，說：「承蒙姑奶奶厚愛，多謝賴嬤嬤指點，否則我也做不出這樣好的酥油泡螺來。」

「賴嬤嬤指點過妳？」趙秋娘連聲問。

「三娘子給我嚐過賴嬤嬤的手藝，我也是在此基礎上加了些自己的想法，若不是賴嬤嬤，我也學不會。」

她說得情真意摯，並沒有半點嘲諷的意思，讓趙秋娘覺得稍稍找回來了些臉面。

背對眾人，賴嬤嬤「哼」了一聲。「輸了就是輸了，妳不用給我戴花帽子，放心，十兩銀子，絕少不了妳的。」說完，抬腿就走。

趙秋娘也推說有事，一道風似的走了。

人散了之後的冰心齋，驀然靜了下來。

月牙兒很快拿到了賴嬤嬤輸給她的十兩銀子，是一個小丫鬟拿來的，臉拉得老長。絮因倒是很暢快，張羅著要拿些舊衣裳送給月牙兒。

聽她忽然客氣起來，月牙兒一時有些不適應，卻聞薛令姜道：「她素來是這樣的性子，天晴就是戲，下雨就是憂。妳且坐著吧，還是妳嫌棄我的舊衣裳？都是很好的，也沒穿過幾回。」

「那是自然，三娘子的東西怎麼會不好？」月牙兒笑一笑。她當富二代的時候，對衣服飾品什麼的並不是很在意，上萬的限定款也穿，十塊的T恤也穿，只要穿得舒服就好。

薛令姜一指身旁的繡墩。「妳坐過來些，我們好說話。」

月牙兒便離她近一些，能嗅見她的脂粉味，是茉莉的香氣。

「妳在外頭，可有聽見什麼新鮮事？」

大約是無聊，想聽些故事，月牙兒想了一下，便笑嘻嘻的說：「新鮮事有，我嘴笨，說不出什麼，便講個聽來的給三娘子聽。」

月牙兒見陽光落在薛令姜身上，將她的雲鬢照得微微發亮，忽然想起童話《長髮公主》，索性說了這個童話故事。

故事不長，她只挑著重點講。薛令姜聽著，身子微微前傾，很感興趣的樣子。

童話講完，薛令姜嘆道：「真是因緣造化，公主的養母未必就不疼她。」

「什麼公主？」絮因尋了東西過來，正巧聽到這一句。「是說福樂公主嗎？」

過。」

福樂公主是什麼人？

許是看出了月牙兒的疑惑，薛令姜解釋道：「是先帝的八公主，小時候我有幸同她玩過。」

「何止是玩過，」絮因插嘴，面上滿滿的都是對昔日歲月的驕傲。「那時候我們家主人在朝，誰敢不給薛家面子？三娘子那時常常進宮陪福樂公主玩呢。」

「都是小時候的事。」

月牙兒笑著說：「那公主如今也當出嫁了吧？」

「嫁是嫁了，不過去年九月人就沒了……」薛令姜感傷道：「不說這個，絮因，妳把衣裳拿過來。」

絮因聽命，抱著好幾身衣裳上前，一水的好料子，綾羅綢緞，繡花精美。

薛令姜挑了一件出來，對著月牙兒比劃。「這件是我十三歲時，祖父特意為我做的。」

那是一件鵝黃梅花暗紋綾短襖，配一條織蔚藍金妝花兔馬面裙，被陽光一照，熠熠發著光。

「還是特地請織造局的人做的，是當時京中最流行的款式。」她的指尖，輕輕撫過襖上的暗紋。「我如今也穿不了，妳不嫌棄，就拿著穿吧。」

既然穿不了，那為何要千里迢迢帶過來呢？月牙兒腦海中閃過這個念頭，還沒來得及說話，絮因便湊過來。「就是，快試一試，我替妳穿。」

這是要把自己當成真人版芭比娃娃嗎？月牙兒哭笑不得，任由她拉著到後頭換衣裳。絮因興頭上來，還替她妝扮一番，替她綰了個雙髻，簪上兩朵秋菊。

「三娘子請瞧，我多會打扮人。」

薛令姜回首見著捂臉的月牙兒，輕聲笑起來。「少往自己臉上貼金，是月牙兒生得好看。」

她起身，細細端詳月牙兒。「我這衣裳贈妳，也不算埋沒了。」

她的視線落在月牙兒身上，是很溫柔的，但月牙兒卻覺得，她是透過自己瞧見了過去的歲月。

月牙兒乖乖地站著讓她們看，卻見絮因忽然輕拉起她的裙子，露出一雙布鞋來。「哎呀，忘了給妳換鞋。」

絮因有些發愁。「妳是大腳，二娘子的舊鞋肯定穿不了，我找雙我的給妳吧。」

她當真找了雙繡花鞋來。

「來，這是新做的，我原來嫌大了，從沒穿過。」

倒真弄得我有雙大腳一樣，這明明是正常人的腳好不好？月牙兒有些無語。這雙鞋她穿著差不多，絮因卻嫌大，是因為絮因雖然沒有很徹底的纏足，但也總用裹腳布裹著，所以腳顯得小一些。

和古人分辯裹腳的審美，絕對是無用功，月牙兒只能擺出一個標準的微笑，一言不發。

笑鬧了一陣子，月牙兒起身告辭，臨走前絮因偷偷塞給她十兩銀子。「這是三娘子賞妳的。妳日後做了什麼新鮮的吃食，只管送來，有什麼新鮮事，也多多說給三娘子聽，門房那邊我去和他們講，反了天了這群猴崽子。」

月牙兒原想換回衣裳再出去，絮因卻不讓。「好不容易替妳梳了頭，怎麼就拆了？至少今日都穿著。」

「好好好，都聽絮因姑娘的。」

等出了趙府，走在街上，過路的婦人、郎君不由得多看月牙兒一眼，一是為了她這身好衣裳，再回顧是為了她這個人。

月牙兒略有些不自在，但很快便習慣了。他們看他們的，她自走她的路。

很快便瞧見了雙虹樓，月牙兒才走進去，一個茶博士立刻殷勤的迎過來招呼。「姑娘請上座。」

「我不坐，我找你們于老闆。」

櫃檯後的于雲霧聽見動靜，朝她望過來，見月牙兒一身錦繡，微微有些吃驚。「一看就是贏了。」

「運氣而已。」月牙兒謙虛道，問：「于大哥，你同你爹打過招呼了嗎？」

「說過了。」他請月牙兒入座，叫茶博士倒上茶來。「我爹說這些事我自己做主就行。妳打算什麼時候過來擺攤？」

月牙兒估算著雙虹樓廊下的大小。「過三、兩日吧，我還得置辦些傢伙。」

于雲霧附和道：「也是，妳要是置辦做買賣的東西，最好去西河街，他們那裡東西全，能買現貨。」

「正要去呢，路過雙虹樓，和你打聲招呼。」

「妳這一身衣裳去西河街買東西，他們怕是要獅子大開口哦。」于雲霧玩笑道。

月牙兒無奈道：「是三娘子贈的舊衣，我這頭髮還是絮因梳的，她非要我穿出來，我也不好拂人家的好意。」

寒暄一番，月牙兒便動身往西河街去。

才走到一個路口，忽聽見有個女孩子放聲喊她，月牙兒回頭看，人群裡跑出一個女孩子，氣喘吁吁的。

等她抬起頭，月牙兒才看清了是誰，原來是養水牛的魯伯家的魯大妞。

「遠遠看著像妳，可我也不敢認。」魯大妞盯著月牙兒的衣裳。「妳怎麼會穿了一身這樣好的衣裳？」

「是一位娘子送的舊衣裳。」

魯大妞有些震驚。「她幹什麼送妳這樣好的衣裳？」

月牙兒耐心道：「也許是因為覺得我點心做得好。」

「妳點心真做得這麼好？」

「還不錯。」

「能掙錢嗎？」

月牙兒點點頭，然後她見魯大妞變了臉色，正經道：「月牙兒，我想同妳一起做生意，妳看成不成？」

這就有點猝不及防了，月牙兒一時不知怎麼回她，不過說起來，她要擺攤子，的確可以再找一個人來幫忙。

許是見她猶豫，魯大妞忙誇耀起自己。「我做事很索利的，真的，什麼活兒我都能幹。」

月牙兒想了想，說：「那妳明日到杏花巷來，讓妳試一試。」

魯大妞笑著答應了，走之前再三叮囑道：「我明天上午一定到。」

似乎撿到了一個員工呢。月牙兒心想，忽然想到一事，喊住魯大妞。「對了妳等等，我有件事要麻煩妳。」

西河街的東西果然齊全，櫃板、板凳、匣子、酒幌……應有盡有。只是有一樣不好，西河街的賣家見月牙兒一身好衣裳，都不約而同的將價格調高了。

月牙兒哭笑不得，難道她看起來就那麼像待宰的肥羊嗎？

說起來，她在殺價這件事上，當真沒什麼天賦，但這時候，魯大妞的用處就十分凸顯了，她總能找到物品的不足之處，咄咄逼人的要賣家降價，口齒俐落到月牙兒恨不得拿個小本子出來，將她殺價的套路一條一條記下來。

連賣家都被逼得無奈。「妳這小丫頭，殺價也太狠了些！」

魯大妞雄赳赳、氣昂昂地領著月牙兒穿梭在西河街的店鋪中，或訂或買了許多東西，還很殷勤地搶著拿，不肯讓月牙兒提。

「弄壞了這身好衣裳怎麼辦？」魯大妞理直氣壯道。

等兩人大包小包回到杏花巷時，已經過了飯點了。

月牙兒有些不好意思，請魯大妞吃過飯再走。

因時間緊，她也沒做什麼複雜東西，見昨夜還有剩飯，便做了蛋炒飯。

廚房裡透出香氣，滿屋子都聞得見，魯大妞坐在堂屋裡，伸長了脖子往廚房張望。她起先已經打量過月牙兒的屋子，就一個印象——乾淨，不知道跟著她做事到底好不好，魯大妞心裡盤算著。

不多時，月牙兒捧了一大碗蛋炒飯出來，又端來滿滿一碗雙皮奶。

「將就著吃吧。」

話是這麼說，但魯大妞挖了一勺雙皮奶吃，發現這東西半點不將就。

奶製品她吃多了，可從來沒吃出過這等美味。蒸好的牛奶細膩嫩滑，奶香濃郁，也不知她是怎麼做的，竟然有兩層奶皮！上頭那一層甘甜，下層奶皮滑爽，直吃得滿口都是奶香味。

單憑這一碗雙皮奶，魯大妞便堅定了信念，跟著月牙兒做事，準沒錯！

第四章

月牙兒的小攤子，是在十一月初一開張的。

徐婆看了年曆，信誓旦旦這是一個好日子，宜開張。月牙兒倒不怎麼信這些，說實在的，她甚至想在雙十一開張呢！只是這時候的人不時興這個日子罷了。

擺攤之前要準備的東西還多得很，月牙兒計劃了些時日，畢竟是在人家雙虹樓的簷下擺小攤子，要賣什麼點心可得注意，雙虹樓也賣茶點，她總不能同人家打架。而新開的小攤子沒法做太多東西，有個主打產品才是首要。

再來，是該做甜的點心，還是鹹的點心？月牙兒問了一圈身邊人，發現口味都是各有所愛。她索性下了決心，做一道甜鹹俱全的點心——姊妹糰子。

所謂姊妹糰子，是後世有名的湘菜之一。聽名字就知道，原是一對姊妹花做出來的吃食，糯米做的一雙白玉小糰，一甜一鹹，皆大歡喜。

已經下定主意，月牙兒首先買了一具石磨回來，放在院裡。魯大妞力氣大，就負責推磨磨細粉，取糯米八分、粳米兩分加泉水碾成米漿，用紗布過濾之後，再摻生粉和勻，揉捏成團，蓋上一塊濕紗布備用。

內餡有甜有鹹。甜餡以紅棗泥拌桂花糖，小火慢慢炒；鹹餡用五花肉加香菇，切成糜子，添上芝麻油、豬油、醬油、鹽、清水製成肉餡。

粉糰壓平、包餡。甜餡捏成小圓糰；鹹餡捻出小寶塔尖，易於分辨。置於沸水之上，用旺火蒸上一刻，待小院的空氣裡盡瀰漫著香氣，便可食用。

開張當日，月牙兒起了個大早，等到了雙虹樓，卻發現魯大妞起得比她更早，手揣在袖子裡蹲在門口等。

茶館才開門呢，裡頭的夥計還打著哈欠，見月牙兒擺好攤子，湊過來瞧。

攤子前貼了一張畫，畫上的點心玲瓏可愛，夥計沒見過，但看著就讓人很有食慾。

「這賣的什麼？」夥計不識字，只問月牙兒。

「姊妹糰子，六文錢一雙，十二文兩對。」

夥計看了眼蒸籠裡的小糰，沒吭聲，很快推了回去。三文錢就能買個大饅頭，他才不買這餵貓分量的點心。

魯大妞立刻皺起眉頭，正想嘲諷幾句，卻被月牙兒攔住。「別急，咱們想要的主顧，還沒來呢。」

漸漸的，人潮多起來，路邊的饅頭攤又賣出去一個饅頭，她們的生意卻還沒開張，魯大妞急得發慌，恨不得張嘴吆喝，可一旁的月牙兒卻氣定神閒，一副從容的樣子，鬧得魯大妞也不敢自作主張。

也不知道為什麼，月牙兒年歲比她還小，可魯大妞卻不敢在她面前造次。

魯大妞看月牙兒跟沒事人一樣，殊不知月牙兒心裡也有些急，只是她性子沈穩，不曾顯露出來而已。

若是真沒人捧場可怎麼辦呀？月牙兒心裡有些懊惱，要不是錢不夠花，她早就雇來十個人排長隊買點心，做出一副紅火的樣子吸引路人。現在這樣子，要怎麼開張呢？

等了許久，才等到第一位主顧。

來人是個穿青道袍的白髮老頭，挺儒雅的，看著像茶樓的老主顧，輕車熟路的直走向雙虹樓。他瞥見月牙兒攤子前的畫，誇了一句。「怪哉，小小商婦，竟能書畫。」

月牙兒看老頭捋著鬍子，卻無端想起以前學校課本上的杜甫圖像，竟是一樣的氣質，不禁笑道：「書畫雖好，卻不及我點心味道好，老先生要不要試一試？」

這老先生名叫唐可鏤，原是屢試不中的白髮秀才，現開了一家私塾，靠教小子們讀書過活。平日裡喜好吃美食、飲美酒，朋友們都戲稱他為「老饕餮」。今日因遠方有舊友來，唐可鏤便告了一日假，早早地到雙虹樓等友人前來。

左右現在友人還未至，唐可鏤想閒著也是閒著，不如用些點心。儘管他是吃過早飯出來的，但嗅見香味，卻覺得早上沒吃飽。

「給我來兩雙。」

「好，老先生是在雙虹樓吃茶嗎？我叫人給你送到桌上。」

唐可鏤才在雙虹樓坐定，姊妹糰子便送了過來。

兩對糯米小糰子用荷葉包著，襯得色澤越發白嫩，樣子小小巧巧，一如圓珠，一如寶塔尖，很是斯文。

唐可鏤捏起一個圓珠樣的小糰子，放在口裡一咬，溫熱的桂花糖汁頃刻間流淌於舌尖之上，棗泥油潤且細膩，流沙的糖芯配合上糯米的柔軟，香留齒頰，勾得人食指大動。

等兩個圓珠樣的小糰子吃進肚，唐可鏤才後悔不已，他怎麼能這樣囫圇吞棗呢？真是暴殄天物！

他一面罵著自己，一面飛快地拿起寶塔尖似的糯米糰子，直往嘴裡塞。

咦？這是鹹的口味？

滿口香甜，忽然被鹹鮮壓住。細滑的肉糜裡，香菇的清淡時有時無，悄然潤和了肉的葷，隱約有一絲芝麻的香氣，縈繞齒尖。

原來姊妹糰子是這樣的意思嗎？唐可鏤恍然大悟。

他年過半百，吃過的美食數不勝數，但似這樣大膽，有甜鹹兩味的點心，卻是第一次吃。這一甜一鹹，倒是暗合了中庸之道，甜的過了頭就膩，鹹的過了頭則腥，兩者相結合，倒成就了一個「鮮」字。

來雙虹樓之前，唐可鏤不免有些猶豫。友人歸來，他雖然欣喜，但也慚愧，唸了大半輩子書，到如今卻還只是個秀才，連個舉人都考不中，哪裡有臉面見友人呢？更遑論他囊中羞澀，只敢在書信裡約友人在茶樓相聚，若像秦淮河畔的樓外樓，那一頓飯的價格，他是承受不起的。

然而姊妹糰子吃下肚，他立刻將早先的憂愁拋之腦後，心裡想著自己雖然屢試不中，但幸好不曾少了口福，等舊友到來，一定要請他嚐一嚐！

儘管決定與友人共嚐美食，但對方還沒來，他再吃一對應當沒什麼關係，於是又要了一份姊妹糰子。

等他的友人到時，唐可鏤的桌上已擺了好幾張荷葉。

「唐兄，好久不見了。」友人姍姍來遲。

唐可鏤立刻起身相迎，有些不好意思，將荷葉往桌邊推，試圖讓它們不那麼顯眼。

然而他這損友，闊別多年，依舊是一樣的眼尖。

「一簞食、一瓢飲，唐兄飽乎？樂乎？」友人笑道。

「是真好吃。」唐可鏤輕咳一聲，掩飾住自己的尷尬。「來來來，我給你叫一份，你吃了就知道了。」

很快，一份姊妹糰子送過來。魯大妞傳話道：「蕭姑娘可說了，老先生你不能再吃了。糯米吃了容易發起來，撐著就不好了。」

唐可鏤分辯道：「老夫胃口大，怎麼會撐著？再來一份嘛！」

「蕭姑娘說不行。」她轉身就走。

「哎，哪家賣吃的，還怕客人吃得多？」唐可鏤氣呼呼的。

友人看他這模樣輕笑起來。「唐兄啊，你真是赤子心腸永不改啊！」笑了會兒，他嘆息道：「我在帝京，許久沒和人痛痛快快說過話了。」

「段翰林，你當心我打你，得了便宜還賣乖，又升官了吧？這回去什麼衙門？」唐可鏤一面說著話，一面死盯著那份姊妹糰子。

段翰林拿起一個糯米糰子。「慚愧慚愧，還是在東宮當太子洗馬。」

「太子洗馬！」唐可鏤聽了直樂。「敢問段兄，一天能洗幾隻馬呀？」

段翰林白了他一眼。「能洗你這麼大一隻。」

唐可鏤哈哈大笑，催他說：「你趕緊趁熱吃，不吃就給我。」

「想得美。」段翰林怕他搶似的，一口咬下去。

真香啊！

段翰林原以為唐可鏤是誇大其詞，等他真吃了姊妹糰子，才相信老饕餮怕是真的饞。

「這姑娘的手藝，我在京裡都沒吃過。」段翰林和唐可鏤既然是朋友，自然有不少相似之處，譬如兩人都愛吃。

他起身道：「我來問問這東西怎麼做的，等回京讓家裡人做去。」

「你官當久了，怕是不清醒吧？」唐可鏤拉住他。「人家賴以為生的東西，怎會隨隨便便說給你聽？」

聽他這一提醒，段翰林想想也是，復又坐了下來。「江南的點心倒是別具風味。」

「肯定啊！」唐可鏤挺直了腰板，得意洋洋。「在吃這一項上，我倒是不輸你。」

段翰林笑答道：「成，禮尚往來，眼看著就到飯點了，聽說樓外樓的餐點不錯，我請你吃去。」

兩人一邊說著話，一邊往樓外樓去。

這樓外樓，可是江南出了名的飯館，這時候去，桌子都快坐滿了。

段翰林想起剛才吃過的姊妹糰子，心想江南點心應該都挺好吃的，於是點了好幾種名點小吃。

菜上齊了，唐可鏤只略動了動筷子，吃了點裹餡涼糕，他這時倒察覺自己是真的吃不下了。

「我方才吃多了姊妹糰子，現在什麼都吃不下，你用吧。」

段翰林點點頭，每樣點心都試了試。然後，他默默停下筷子。

「唐兄，這些點心好吃是好吃，可我還是覺得，先前那道姊妹糰子吃起來好玩些。」

與此同時，才過晌午，雙虹樓這裡的茶客已是人手一份姊妹糰子。

連月牙兒也沒想到這點心會這樣受歡迎，因為是開張第一天，數量估不準，她中途還叫魯大妞回去取了一籠姊妹糰子補貨。饒是這樣，太陽還未西沈的時候，姊妹糰子已經賣得差不多了。

買走最後一份姊妹糰子的主顧，是一個熟面孔，正是當初月牙兒初賣花捲時，就買走許多個的小丫鬟。

她仍梳著一對雙鬟，紮著紅頭繩，向月牙兒抱怨道：「妳怎麼賣了兩日花捲就換地方了，害得我白跑了幾回。」

月牙兒笑一笑，沒說話，將姊妹糰子用荷葉仔細包好，才遞給她。「妳家娘子，是姓馬？」

小丫鬟有些慌了神，連聲否認。「和妳有什麼關係。」

月牙兒指一指她髻上的紅頭繩，說：「妳第一回來我就瞧見了，這紅頭繩打絡子的手法，和我娘一模一樣。」

她一面解釋，一面輕輕拉起自己的一截衣袖。原來她纖細的手腕上正繫著一條五色長命縷，那長命縷的花結，分明同小丫鬟的頭繩出自一人之手。

小丫鬟慌張轉身欲走，月牙兒連忙追上。「我沒別的意思。」遲疑一下，又說：「我如今過得很好，請轉告她不要擔心我，好好保重自己。」

小丫鬟側身回看一眼。「知道了。」末了，又補了一句。「她是個好人，妳也是。」

說完，她立刻走了，步伐飛快。

月牙兒看著她離去，用指腹輕撫過腕上長命縷，微微搖了搖頭，回去和魯大妞一起收拾攤子。

生意好，數錢數得很開心，魯大妞將今日賺的銅板清點三次後，興奮的同月牙兒提議。

「我們趕快回去多多做一些姊妹糰子，明天一定能賺更多。」

「先不急。」月牙兒攏一攏鬢邊的碎髮。「今天妳起這樣早，想來也累了，早些回去休息吧。」

「不累！」魯大妞滿腦子想趕快回去做點心，繼續勸月牙兒說：「要是做少了，就會少賺很多錢。」

月牙兒但笑不語，想和她解釋「饑餓行銷」這種模式，卻有些傷腦筋，只能試圖簡略的同她說一說，可魯大妞壓根兒聽不進去。

「故意做少一點？可是妳現在賣少了，人家買不到以後就不來了，我們怎麼賺錢？」

月牙兒無可奈何，只得顧左右而言他。「好丫頭，妳不累我累了，總之現在快回去歇著吧。」

好不容易將魯大妞勸回去，月牙兒粗略算了一筆帳，扣除原料費、日租金、人工費，一天下來，她大約賺七錢銀子，這樣算來，一個月大約能掙五兩銀子，比起普通人一個月三兩銀子的收入還要高上不少，還不錯。

她心裡有數，也做了決定。開張這些日子得控制一下賣出的數量，索性限制一人只能買兩份，先看看效果，根據後續情況再調整經營策略。

第二日的時候，小攤子旁的海報上添了一句話——「每人限量買兩份，售完即止。」

用的是瘦金體，橫豎撇捺猶如竹節一般飄逸不羈。唐可鏤見了讚嘆不已，要是他教的學生能寫出這樣的字，他的頭髮還黑著呢！

可等他的注意力從字體回到字義，一張臉頓時頹喪下來。「蕭姑娘，一人只能買兩份？」

月牙兒答道：「是啊。」

「能不能多賣我一份，我這把老骨頭，出來一次不容易。」唐可鏤試圖藉自己的年齡打同情牌。

「老先生健朗著呢。」月牙兒輕笑起來。「這裡的茶博士說你常來。」

這雙虹樓的茶博士怎麼跟長舌婦一樣多嘴？唐可鏤心裡吐槽著，只能買到兩份姊妹糰子。

他一面往自家私塾走，一面發愁。今天早上為了留肚子吃姊妹糰子，他可是連早飯都沒用，段翰林那個老小子，今日到鄉下祭祖去了，也沒法指望他幫忙再買一份，這可如何是好？

思及此，他的表情不禁嚴肅起來。等他吃完姊妹糰子，踏進私塾上課時，仍是沈著一張臉。

書屋北牆正中懸著一幅孔子像，分散著擺了六、七張長桌，坐著好些十一、二歲的弟子。瞧見先生黑著一張臉，連最調皮的弟子都閉了嘴，老僧入定一般坐得筆直。

今日該講《大學》，弟子們老老實實翻開書，按照慣例先讀十遍。

唐可鏤的視線掃過眾弟子，忽然靈光一閃，驚覺這群小兔崽子還是能派上些用場的。

正午的日光，被雙虹樓的飛簷遮擋住，落得一片陰涼。守在攤子邊的月牙兒將凳往前挪了挪，從食盒裡拿出午飯分給魯大妞吃。

用荷葉包裹住的長糰，揭開一看，竟然是烏米捏成的糰，表層還黏著熟芝麻。

烏米，魯大妞見過，可從來沒見過這種吃法。起先月牙兒同她說中午包飯，魯大妞以為會吃到饅頭、花捲一類的，本來嘛，旁人家請幫工，能給幾個冷的糙米饅頭就不錯了，但求能不餓肚子，誰在乎口味好不好、外形漂亮不漂亮？可魯大妞萬萬沒想到，她來幫工，竟然會吃到這樣新奇的吃食。

「這是什麼？」

「烏米粢飯糰，很好吃的。」

大概就是把飯捏成長糰，便於攜帶罷了，她將烏米粢飯糰橫過來拿，張大了嘴咬一口。

烏米裡竟然包著半根油條！

油條酥脆，烏米軟糯，配之以鹹蛋黃和芝麻，竟是如此絕佳的風味！流沙的鹹蛋黃滲入烏米內層，口感綿軟；香油灼黃的油條雖冷，卻仍具勁道，入口如酥。

蕭姑娘是怎麼想到這些的？把這些常見的食材組合在一起，竟然如此美味，魯大妞狼吞虎咽，將烏米粢飯糰吃了個乾乾淨淨。

她的一雙眼睛微微睜大。「蕭姑娘，這麼好吃的東西，我們可以做來賣呀！」

月牙兒才將她的烏米粢飯糰外頭的荷葉剝開，聽了這句話，遲疑的說：「這東西平常吃吃就好啦，做來賣就算了吧。」

「怎麼就算了呢？」魯大妞猛地起身。「我看這什麼烏米粢飯糰，材料並不複雜呀。」

月牙兒點點頭。「材料倒不是什麼很難弄的東西。油條是在觀前巷李家買的，鹹鴨蛋是我自家醃的，前幾天看到有賣烏米的，就買了些來。」

「對啊，我們賣這個當早飯，再好不過了嘛！」

月牙兒有些羞澀。「那個……主要是我起不來啊，所以賣早點就算了吧，像咱們現在這樣賣賣小吃點心，至多一個時辰就能回家休息了，不好嗎？」

聽起來好有道理，魯大妞竟無言以對。

正在這時，小攤子來了主顧。魯大妞既然吃完了午飯，便自覺張羅起來。「買幾個？」

「我要兩個。」

「我也要兩個。」

聽起來都是略有些稚嫩的少年音。

月牙兒小小咬了一口烏米粢飯糰，抬頭望向來客，竟然是六、七個小少年，十二、三歲的模樣，衣衫乾淨，一看就是讀書的少年。

這是私塾放學了，組團出來買吃的？怎麼昨天沒見到呢？

月牙兒好奇的問：「你們是唸書的學生吧，哪家私塾的呀？」

少年們你望望我、我看看你，沒接話。其中一個老實的小少年答話道：「我們是在唐……」

他話沒說完，在他身邊，一個高個子少年一把捂住了他的嘴。「就在附近。」

高個子少年不住地給小少年使眼色：你是想罰抄書還是怎麼的？

月牙兒看他們鬧著玩，想到自己的學生時代，不由得輕聲笑起來，倒沒起疑心。

饑餓行銷這一心理戰術，不得不說，還是有它的長處，沒過五、六日，雙虹樓附近幾條街的人家都曉得了有一家賣姊妹糰子的小攤子，賣的點心又好吃、又好看。

因為每日準備的姊妹糰子有限，賣完了，月牙兒就收攤走人，一些來得遲沒買到的主顧久了便學聰明了，踩著月牙兒開始販售的時間過來買。

為了營造一種「我賣的點心非常熱門」的氛圍，月牙兒私下和魯大妞商量好，結帳賣姊妹糰子時多和顧客說些話，比如快到大雪節氣，冬季養生宜吃白菜、羊肉等溫潤滋補的食物，對身體好等……這些話聽起來暖心，能使得月牙兒的小攤子更有人情味又獨特，讓光臨的主顧更開心，最重要的是，可以悄無聲息的拖延時間，使排隊來買姊妹糰子的隊伍更長一些。

人總是有一種從眾心理，也許路人起先並沒有想要買，但看到這麼多人排隊，一打聽，還是限量售完即止的，不知怎麼，腳下就跟生了根一樣，紮在隊伍後頭等，好像他沒買到姊妹糰子就損失了什麼。

月牙兒小攤子的口碑，就這樣在悠長的隊伍襯托下，慢慢發酵。再過幾日，連城東都有人聽說了姊妹糰子，專程跑過來排隊買。

這饑餓行銷的策略，月牙兒算是選對了。

到了大雪時節，梧桐葉幾乎落盡。

月牙兒翻箱倒櫃，找出一件從前過年時才穿的灰鼠皮襖，罩在外頭，這才不那麼冷。

小攤子的生意還不錯，人們的新鮮感尚未過去，才到晌午，今日分量的姊妹糰子就賣得七七八八，最後剩下的十來個，被唸書的少年們包了，月牙兒看他們幾乎是隔兩日就來，光顧自己的小攤子跟到食堂報到一樣，漸漸有些疑惑。

像小少年們這般年紀的顧客，多半是才將姊妹糰子買到手，就迫不及待的開吃。可小少年們卻不一樣，沒一個當場拆開吃的……哦，有一回一個少年才拆開，他邊上那個高個子的男孩就瞪他一眼，立刻制止了。

這群男孩子總是匆匆忙忙地跑過來，揣著剛出爐的姊妹糰子就立刻離開，次數多了，月牙兒不禁開始懷疑他們在搞什麼名堂，莫不是就發展起代購業務了吧？不至於啊。

所以這日，當男孩們將姊妹糰子買完離開後，月牙兒叮囑魯大妞兩句，便悄悄跟了上去。

這幫半大不小的孩子繞了三、兩條巷子，奔過古老銀杏樹旁的一座小橋，推開一座種著兩株李子樹的小院門。

等他們進去了，月牙兒才繞出來，抬頭望見小院門上懸著一塊木匾，用近似懷素體的行草寫著四個大字——「思齊書屋」。

這便是他們唸書的私塾嗎？月牙兒原地蹦躂一下，試圖透過粉牆瞧見裡面，然而她的身高不夠，牆又高，於是只能作罷。

正要離去時，聽見思齊書屋裡傳來朗朗讀書聲。「有匪君子，如切如磋，如琢如磨……」

少年們的讀書聲總是朝氣蓬勃，似山崗之上初生竹節，瀟瀟灑灑。他們是怎樣唸書識字的呢？月牙兒有些好奇，輕手輕腳往門邊靠。

竹木做的門，也許是為了方便學生並未關嚴實，透過一道縫隙，月牙兒窺見小院裡情景。

桃李之下，一個少年臨壁而立，全神貫注地聽著讀書聲，看上去好像有些眼熟。

月牙兒往右挪了兩步，終於瞧見少年的側臉，竟然是吳勉，他在這裡做什麼？

或許是察覺到動靜，吳勉忽而回首，恰好對上月牙兒的視線。

他明顯有些慌亂，提起一邊的果籃，大踏步地行至竹門外。「我，只是路過……」

月牙兒點點頭。「好巧，我也是路過。」

兩兩相對，卻不知該說什麼。

這時候，書屋裡少年們的讀書聲一停，一個男孩被先生抽到背誦，磕磕絆絆地背著。

「生財有大道，生財者……生財者寡……」

月牙兒「噗嗤」笑出了聲。「他背錯了吧？」

「的確，」吳勉頷首道：「應當是『生財有大道，生之者眾，食之者寡。』」

他忽然意識到不對，果然，月牙兒神情戲謔。「還說只是路過？你不會是專門來這裡聽書的吧？」

吳勉只覺耳尖微微發燙，一股羞意自心湧出。如果可以選，他最不願意的就是在月牙兒面前丟臉。想來也是，自己一個賣果子的竟然想要讀書，換誰看了，都會覺得是個笑話吧？

他不知該說什麼，搪塞道：「我有事先走了。」

而後，他握緊手中的果籃，立刻轉身。

「抱歉——」月牙兒追上來，誠懇道：「我的語氣是不是讓你誤會了？我是覺得，你喜歡讀書是一件很好的事，沒什麼好隱瞞的。」

午後陽光被樹葉剪裁，星星點點映在她臉上。

「真的，我自己都還想讀書考科舉呢，可是活在這個時代，如今也沒法子。」

她的語氣有些落寞，吳勉聽了，腳步一停。「妳……書畫其實很好。」

「真的嗎？」月牙兒用手背遮在眉上，擋住刺目的陽光。「喂，你既然喜歡讀書，怎麼不直接進書院讀呢？」

「哪有那麼容易。」吳勉往左踏了兩步，不著痕跡的替她遮住陽光。「思齊書屋的教書先生，是秀才出身，在江南士林裡也算有名，找一個賣果子的，沒人引薦擔保，如何跟他讀書？讀來又有何用？」

這話倒也不錯，月牙兒曾和老主顧唐先生打聽過，本朝的科舉並不禁止商人參加，但若要參加童生試，至少需要三位有名望之人共同保舉。

月牙兒想一想，道：「你不去試試怎麼知道不成？還沒開始呢，就預先想著自己不成，那如何能成事，等會兒他們下課，我陪你一起去找那位先生！」

「這……怕是不太好。」吳勉下意識的推辭。

月牙兒忽然往思齊書屋門邊走。「你再這樣說，我現在就找他出來。」

她這一嚇唬，吳勉連忙答應了，請她等一等再去找。

這樣才像話，明明生得好看又聰明，怎麼會有些自卑呢？

月牙兒轉頭，又問他是否知道這書屋的教書先生是什麼人、秉性如何、喜歡些什麼。

吳勉到這裡來偷聽上課也有些時日了，簡短的說了。「老先生姓唐，為人豁達，平日裡好吃美食。」

姓唐的老先生、好吃美食？月牙兒越聽越覺得似曾相識。「你剛才在院子裡守著，有沒有看見進去的學生手裡拿著荷葉團？」

「是，」吳勉點點頭。「他們匆匆忙忙的把荷葉團先交給先生，然後才上課。」
月牙兒露出了一個標準的微笑。

思齊書屋裡，結束了今日的授書，唐可鏤哼唱著小調，打開了一個荷葉團。
這樣美好的黃昏，就該用清茶配姊妹糰子，才足以慰藉他方才被學生氣到的心靈。
那個小兔崽子，一本《大學》學了那麼久，還背得亂七八糟！要不是看在他幫自己跑腿買姊妹糰子的分上，他一定會用戒尺打他三下。
茶泡好了，姊妹糰子捏在手裡，正要吃呢，唐可鏤忽聞門邊傳來一聲笑。
「唐先生，我記得我家的姊妹糰子一人只能買兩份吧？你今天早上，不是吃過了嗎？」
唐可鏤循聲望去，大驚失色。這這這……為何賣點心的蕭姑娘會出現在這裡？
他迅速將幾顆姊妹糰子一股腦吞下肚，方才起身。「呵呵，蕭姑娘見笑了。」
月牙兒手扶著門框，愣了一下。
為什麼這看似文謅謅的老先生，被抓包之後第一反應竟然是消滅證據？真是老頑童一樣的人物。
她清了清嗓子，餘光瞥見藏在門外的吳勉，一把拽住他的衣袖。
「老先生，這是我的朋友，他想讀書，特意來拜訪你。」
吳勉被她一推，不得已往前，手足無措道：「我……我叫吳勉。」

兩人目光都落在他身上，可吳勉卻說不出話來，直到月牙兒輕輕踢他的鞋，吳勉才硬著頭皮說：「我想跟著先生讀書。」

唐可鏤打量他一番。「我知道你，你常在簷下聽課，是不是？」

吳勉點點頭，不知該說什麼，只好沈默著，眼巴巴的看了眼月牙兒。

「是個好學的。」唐可鏤一捋鬍鬚。

月牙兒見狀，立刻將身後的食盒提出來，擺在桌上。這是方才她特意回家去拿的。

「子曰：『自行束脩以上，吾未嘗無誨焉』。這是特意為先生準備的。」

唐可鏤目光落在食盒上，撫掌笑道：「妳倒讀過《論語》，做孔聖人的學生，就算拿十條肉乾來當學費都行。蕭姑娘，妳也給我帶了十條肉乾？」

「是我新研製的點心，」月牙兒爽快地揭開盒蓋。「叫做『茶糕』，請先生試一試。」

唐可鏤湊過來瞧，只見四塊糕，雪一樣細白，正中點了一點胭脂，散發著糯米的香氣。

月牙兒解說道：「這茶糕，是將糯米用小石磨碾成細粉，在粗麻篩上篩兩回，用挑出白白淨淨的細粉做糕。這茶糕裡頭的糕餡有兩種，點了胭脂的兩塊茶糕是果餡，取新鮮柑橘，用蜜水浸泡後製成果醬；另外的兩塊，則是冬筍豬肉餡。用肉一斤，精肥各半，剁成碎碎的肉糜，再取秋油與料酒將肉醃好，加入新鮮的冬筍片一起上火蒸。這種點心配茶吃，是最好不過的。」

聽她細說著食材，唐可鏤只覺饞得發慌，立刻拿了一塊冬筍豬肉餡茶糕，張嘴咬了一大半。

茶糕外層的糯米皮充分吸收冬筍豬肉的汁水，鹹香裡微帶著甜味，那是冬筍賦予的口味層次感，源自雨後山林的清新。處理過後的肉糜，細碎得好似能入口即化。再嚼上一口米糕，糯而不黏，好吃得讓人想把舌頭吞下去。

一塊茶糕吃完，他又取了一塊果餡的來吃。柑橘的清洌四溢於舌尖，蜜的甜、橘的酸、米的糯，完美融合在一起，再吃上一盞茶，那滋味，難以言喻。

頃刻間，唐可鏤幾乎以風捲殘燭之勢，將食盒裡的茶糕一掃而盡。

月牙兒瞧他吃得開心，便立刻追問：「唐先生，你看吳勉拜師的事……」

儘管有外人在場，唐可鏤還是不要臉的先將手指頭舔乾淨，之後才清了清嗓子，義正辭嚴的說：「想到我思齊書屋讀書，沒那麼容易。」

月牙兒望著乾乾淨淨、好似從來沒有放過點心的食盒，一時之間竟不知該說些什麼。吃完了才說事情有難度，這樣做真的大丈夫嗎？

她微笑著，上前「啪」一聲將食盒蓋蓋上。「那麼唐先生，要如何才能到思齊書屋讀書呢？」

唐可鏤拿手撣開衣裳上的點心渣子。「吳勉是吧，你以前可曾有讀過書？」

吳勉眼眸微垂，盯著地上青磚。「我，不曾唸過什麼書，但聽過一些。」

月牙兒連忙幫腔道：「他記性特別好，背書啊、算數啊，只在頃刻之間，我從沒見過記性這樣好的。唐先生若不信，抽他背一段書。」

聽了這話，唐可鏤隨手拿起書案上的《大學》。

「今日的課，你也聽了吧？來，從『古之欲明明德於天下者』這裡開始，背給我聽。」

吳勉有些不自在，看一看月牙兒，後者的笑容頓時使他生出勇氣來。

他合眼，開口背起來。「古之欲明明德於天下者，先治其國；欲治其國者，先齊其家……」

起先，吳勉的聲音還有些弱，可背了兩句，他的聲音便越發洪亮。到最後，連個磕絆都沒有，行雲流水般將整篇《大學》背了下來。

唐可鏤點點頭，起身從筆架上取下一支筆，招呼道：「過來寫兩個字。」

書案上筆墨紙硯俱全，吳勉握住筆，提腕將方才背的開頭兩句寫下來。

月牙兒和唐可鏤都湊過來瞧。

等細看過他的字，唐可鏤笑著一指月牙兒。「記性是好。可你這筆字，只能算湊合，真不如這丫頭。」

「字可練，記性可不是那麼好練的。」月牙兒搶白道，拿餘光去看吳勉。「勉哥兒，你說是不是？」

吳勉緊緊抿著薄唇，用力點了點頭。

唐可鏤回身，在太師椅上坐下。「行吧，不過還有兩件事，蕭丫頭妳得答應我。」

「唐先生你說，只要我能辦到的，都好商量。」

唐可鏤一臉嚴肅。「第一件，我以後到妳家買點心，要多賣我幾個。」

「我這不是怕你吃撐了嘛！」

「胡說！」唐可鏤吹鬍子瞪眼。「我唐某人又不是無知孩童，怎麼會吃撐？我難道看著像那麼任性的人嗎？」

還真像。

月牙兒心裡吐槽著，但還是妥協了。

「行吧，私下裡咱們可以偷偷地商量，再說了，我以後又不會只賣一樣點心，說不定那時候，你每樣吃一點就飽了。」

唐可鏤臉上浮現出笑容。「還有一件。妳得給我專門做一樣點心，我吃滿意了，就收這小子為入門弟子。」

月牙兒翻了個白眼，就知道會有這麼一齣。

「敢問唐先生，想吃什麼樣的點心？」

唐可鏤張口就來。「要有甜味又有肉，還得有香芋。這幾樣食材都是我愛吃的。」

又是肉、又是香芋，還要甜，這是什麼奇怪的點心？

月牙兒討價還價。「那……我什麼時候做出來，他就什麼時候入學？」

唐可鏤豎起一根手指。「君子一言，駟馬難追。」

就這樣說定了。

等出了思齊書屋，月牙兒瞧見吳勉的神情竟然還有些恍惚，便笑他道：「怎麼？能跟著唐先生唸書，你不歡喜嗎？」

「不是。」吳勉放緩了腳步。「我只是覺得，我之前的確是有些故步自封了。」

他感慨道：「妳說的對，如果因為害怕輸而不去嘗試，那本身就已經輸了。」

背對漫天晚霞，吳勉的一雙鳳眼燦若星辰，他忽然抱拳，向月牙兒一俯身。「謝謝妳，月牙兒。」

看他這樣鄭重其事，月牙兒都有些不自在，往後退了一步。「哪有啦，是你自己優秀。」

她抬眸瞥見晚霞，忽然想起一件事。「都這個時候了？我還答應了于雲霧去雙虹樓分店指導他們師傅做糖葫蘆呢！」

月牙兒一把將食盒塞給吳勉。「你既然要謝謝我，現在報恩的時候到了，你替我把食盒拿回去。」

說完，她提著裙襬，一陣風似的跑開了。

雙虹樓的分店，開在二十四橋巷。這一帶流水密布，沒走兩步便有一座小橋，或為木製，或為石製，各有姿態。

流水既然多，人家也住得繞，巷口悠長而周旋。全城人一提起二十四橋，多會不約而同地會心一笑，都說二十四橋風月，娼女居其十九，還有五家是養瘦馬的。江南的貧苦人家，若生了個美貌的女兒，就早早的把她賣給牙婆。

牙婆又將這些女兒領到何處呢？二十四橋。

月牙兒一路奔來，瞧見兩岸茶館酒肆皆掛著紅紗燈，橙紅而熹微的光，一點接一點，浮在夜空裡。

紅紗燈與黑夜的間隙裡，瀰漫著脂粉香氣，娼女們便掩映在這脂粉香裡，立於燈下月前。

說不出的曖昧與綺麗。

她從前並不知道二十四橋是什麼地方，如今見著滿街紅袖招，才曉得為何叫二十四橋風月。

暗香浮動，遊子過客行步遲遲，瞧見心儀的娼女，便牽住她的香帕，隨她往小巷深處去。藏在簷下的龜子見狀，搶先一步去報信，人聲熙熙攘攘，最是風流之地。

雙虹樓分店只在二十四橋最前頭，並不是什麼黃金地段，所以人煙相對稀少些。

月牙兒進店，來接待的是他們分店的老闆，說話很客氣。

「這時候點心師傅正忙，怕是要等一會兒才有空，煩勞蕭姑娘歇一歇，等一會兒。」

說完，又請月牙兒到一間小包廂坐，正值飯點，老闆吩咐茶博士上些茶點來吃，說記在自己帳上。

月牙兒忙推辭。「不用那麼客氣，我自己點就好。」

「蕭姑娘大老遠來指點我們的師傅，是妳受累了。再說了，如今我們店裡的人都知道，雙虹樓還沾了妳的光。」

老闆雖客氣，語氣卻不容推辭，請她坐下歇會兒，便自己忙自己的去了。

月牙兒正坐在窗下，往窗外看就是潺潺流水。她好奇地倚著窗，往外張望，只見兩岸水樓，銜接流水處，多有一方小小的露臺，隱隱聽聞有絲竹之聲，不知是哪家歌女在唱【劈破玉】。

月牙兒聽了一會兒，茶博士就將茶點送上來了，有糖餅、燒賣，還有一杯專門為她沖泡的假牛乳。

茶博士解釋道：「聽說蕭姑娘不大愛吃茶，我們就自作主張換成了這個。說起來，這也是我們店主的獨創呢！來的姑娘都喜歡。」

看著像是一碗白嫩的奶羹，月牙兒挖了一勺吃。嗯，是甜滋滋的味道，感覺裡頭應該用摻和了蜜水的米酒釀，然而並無半點奶味。

她放下調羹，笑道：「我知道了，是用雞蛋清拌蜜酒釀做的，對不對？」

「嘿，蕭姑娘這嘴可真刁！」茶博士來了興致，解釋起做法來。「就是妳說的，取雞蛋清拌上蜜水和酒釀，充分打散之後上鍋蒸，等火候到了，蒸得嫩嫩的，可不是看著跟牛乳一般？」

吃飽喝足之後，雙虹樓的生意依舊很好。老闆親自過來一趟，說明了情況，還說等會兒會派人送她回家，月牙兒來都來了，這下子也不能撒腿就走，便只能坐著等。

她一面望著窗，一面想著唐可鏤要她做的點心，時間倒也過得快。

等到燈火闌珊時，茶館裡終於靜了，掌案的點心師傅才得了空。月牙兒先看他做了一次糖葫蘆，發現是掛糖的時候出了問題，便手把手教他掛糖。

等那掌案師傅學會了，打更之聲也在耳畔響起。

老闆見她教會了掌案師傅，滿臉堆笑地上前。「真是辛苦蕭姑娘了，用些宵夜再去吧。」

說著，有茶博士捧出幾碗肉圓團子來，分與眾人吃。

這肉圓團子，用筷子一戳，「滋」地流出油來。原來裡頭的肉餡盡捶碎了，只用一小團凍豬油作為餡心，旺火蒸過之後，肉化作汁水，一口咬下去，竟成了空心的團子。

呵氣成煙的夜裡，能吃上一碗熱滾滾的肉圓，別提有多美了，倘若耳邊沒有笑鬧之聲，便更好了。

笑聲、歌聲的來源，是十來個娼女。她們擠在靠門邊的桌子上，只點了一盞最便宜的清茶，戲謔玩鬧，渾然不顧及在一旁吃夜宵的月牙兒等人。

月牙兒不禁望向這群娼女，一個茶博士見了，對她說：「這幫娘兒們，大晚上沒客就到這裡瘋，趕又不好趕，妳別理她們。」

月牙兒應了一聲，仍在暗處觀望著那些娼女。

原來都是很開心的，或聊天、或唱歌，可不知是誰提起了娘親，諸妓忽然齊齊沈默下來。

一個臉上長著小雀斑，卻撲了許多廉價脂粉的女孩子抹起淚來。「今日一個也沒賣出去。等回家，挨打也就算了，可估計又沒飯吃，我兩日都沒正經吃過東西了。」

她正嗚咽呢，門外傳來一陣嬌笑。風動女兒香，一個金簪紅裙少女被兩人簇擁著進店來，燭光映出少女美豔的瓜子臉，似魅惑世人的狐妖。

一時間，眾娼女不約而同散開些，讓出一張空桌來。

紅衣少女順理成章的行到空桌前坐下。

月牙兒察覺到，店裡的茶博士紛紛斜了眼，盯住那紅衣少女不放。

「這是誰？」月牙兒輕聲問鄰座的小哥。

那茶博士也不轉頭，直愣愣盯著那邊，悄聲道：「楊五家的花魁娘子，叫柳見青，在二十四橋也算小有名聲。」

難怪呢，月牙兒也偷偷望向柳見青。這一股恃靚行凶的氣勢，除了花魁娘子，怕也沒誰了。

那個哭泣的姑娘原來是坐在那張方桌，見柳見青到來，她左右的姊妹忙拽著她衣袖，退至一旁。那姑娘雖拚命拭淚，但情緒一時間仍難以停止，仍輕聲嗚咽著，又不敢驚動了她，直抽抽噎噎的。

柳見青微微側眸，向一個茶博士微笑。「看夠了？去，給我上一盞假牛乳。」

被她點名的那個茶博士受寵若驚，顛顛的就去了。

燈下，柳見青伸出纖纖細指，看一看她染了鳳仙花汁的指甲，語調漫不經心。「有什麼好哭的，就餓幾頓、打兩下也要哭上一哭，那我豈不早哭死了？」

她身邊還帶了個丫鬟，殷勤地拿簪子剔燈芯，好讓燭火亮些。

柳見青看了那丫鬟一眼。「把我那罐肉鬆拿出來，正好配茶吃。」

那丫鬟便從氈包裡拿出一個小罐，上頭包著張花紙，用麻繩繫著。小罐擱在茶桌上，解開一看，原來是大半罐肉鬆，金黃色，如縷一般，鬆鬆碎碎，叫燭火一照，瞧著很誘人的樣子。

「別哭了，一點出息都沒有，妳拿點肉鬆給她吃。」

「哎。」

丫鬟倒了些出來，捧給那個哭泣的姑娘。

月牙兒瞧見那肉鬆的色澤和形狀，不由得眉心一動。她好像知道，要做什麼點心給唐先生吃了……

她起身湊過去看，誇道：「這肉鬆真是好顏色，是娘子親自做的嗎？」

諸妓未曾想到會忽然鑽出來個面生的小姑娘，看衣著，也非風月中人。一般的良家女子，對她們的態度不是避之如蛇蠍，就是為了找回自家夫君而歇斯底里，忽見了這麼個人，諸妓一時摸不著頭腦。

柳見青回眸，瞧見月牙兒，一張小臉短而圓，眉眼生得有些寬，帶著稚子的天真，一副乖乖女的模樣，不由得起了玩心。「是我做的，怎麼了？」

她一個風情萬種的眼風掃過來，月牙兒像被針扎了一下，輕咳一聲。「我是做點心的，見娘子做的東西好，所以忍不住想看看。」

月牙兒小聲問：「我……可不可以嚐一點？」

「妳來。」柳見青一手托腮，一手輕輕晃著香帕。

顧不得分店老闆的眼神提醒，月牙兒看著那肉鬆，只得以一種唐僧入妖精洞的心態挪了過去。

離得越近，越能嗅見柳見青身上的茉莉香味。

她嘴角微微揚起，親自取了點肉鬆給月牙兒吃。

等肉鬆吃下肚，月牙兒有些興奮，這肉絲不僅顏色、形狀好，連味道也是一等一的棒。

月牙兒仰著臉，問：「真真好味道，娘子是怎麼做的？我曾經也試過一次做肉鬆，可卻沒這好味道。」

諸妓見她這形容，都掩唇輕笑起來。

柳見青反手將錦帕輕輕勾住月牙兒的脖子，那錦帕是絲綢做的，貼在月牙兒身上，滑溜溜的，有些涼。

「妳問，我就答嗎？」柳見青呵氣如蘭。「小姑娘，我們婊子呢，從不做沒利的事。」

月牙兒沒防備，她竟這樣大膽，不由得後退幾步，撞得一張凳子在地上拖，眾人都是一陣笑。

月牙兒穩了穩心神，清了清嗓子道：「我……自然也不會要娘子白告訴我方子，妳想要什麼價格，都可以商量。」

這個時候，她倒忽然明白了，和柳見青這樣唐突的說話，怕是不妥。

可是——

她回味了一下肉鬆的味道，還是硬著頭皮問：「娘子覺得，要多少錢呢？」

柳見青「噗嗤」笑出聲來，好一會兒才止了笑。「算了，看妳逗我開心的分上，就便宜妳一回。

「做肉鬆，無非是那幾步。妳先買里脊肉、料酒、薑、羅漢果、鹽、糖和醬油，里脊肉切塊後加水與調料燉煮，等肉燉得爛爛的，再撈出來瀝乾水分，攤涼後成扁扁的一層，再用掌心揉搓，務必要將肉鬆揉至蓬鬆，像柳絮一樣輕，之後，再用火慢慢的炒。

「至於我的肉鬆為何這樣香，是因為原料講究。要知道醬油有清濃之分，什麼時候釀的醬，出來的味道也是不同的，要做肉鬆，最好要選夏日三伏天所製的醬油，才能回味甘甜。」

聽了這話，月牙兒明白了，連聲道謝。「多謝娘子賜教，我這回一定試一試。」

茶博士將假牛乳送上來，柳見青淺呷一口，指尖搭在瓷盞上，一下一下敲打著。「妳這丫頭，倒有些癡。妳是哪家賣點心的？到時候我買點來嚐嚐。」

「現在在雙虹樓老店簷下擺了個小攤子，」月牙兒道：「姑娘幫了我這麼大的忙，說什麼買不買的，我倒是可以親自做上好的點心來專程送給姑娘。」

「那就不必了。」柳見青以帕遮口，輕輕打了個哈欠。「妳一個清白姑娘家，少和咱們這些人來往，不是一條道。」

她款款起身。「睏了，回去睡了。」

倒真是一個性情女子。

第五章

依照柳見青說的法子，月牙兒第二日收攤後，親自跑去買醬油，找了幾家，才找到有出售「夏日三伏天」所製之醬的賣家。

她又買齊了芋頭、糖、麵粉，還從千雲霧娘子家裡買了上好的豬里脊肉。材料既全，便開始試驗起一樣點心——芋泥肉鬆小貝。

說起肉鬆小貝，其實就是一種很像肉鬆麵包的糕點，結合肉鬆、沙拉醬、蛋糕，小小一個肉鬆小貝，相當於脂肪炸彈，可喜歡的人就是忍不住想吃。

月牙兒心知，要做芋泥肉鬆小貝，實際要分三個部分來做，肉鬆、芋泥餡心以及小貝，其中製作時間最長的，便是肉鬆。

這點沒法子解決，古代又沒有高壓鍋，光要把肉煮得恰到好處就要耗費不少時間。

肉在火上燉煮的時候，月牙兒提了小半桶牛乳開始做輔料，等肉鬆和輔料做好了，就可以開始做芋泥餡心了，胖胖的芋頭洗淨削皮，切塊之後上火蒸，而後搗成芋泥。用黃油、芋泥、煉乳、牛奶、淡奶一起用小火翻炒，炒成芋泥餡心。等芋泥嗅起來香香甜甜，外表呈顆粒狀的時候，芋泥餡心才算炒好了。

至於小貝，月牙兒如今沒有烤箱，也不知怎麼搭建烤爐，只能退而求其次，以烙鬆餅的手法在鍋子裡烙出來。

肉鬆、芋泥餡心以及小貝都做好了，還缺一味沙拉醬。這東西現在沒地方買去，又只能自己做，用蛋黃混合白糖，不停打發至蛋黃醬的顏色變白，再加入味道較淡的熟油攪拌，再加糖、再加油……如此循環的加量打發，終於等到了一小碗沙拉醬。

之後的步驟就稍微輕鬆了，只需要將小貝裹住芋泥餡心，再用小刷子往小貝外層刷上一層沙拉醬，往肉鬆上頭一滾——一個芋泥肉鬆小貝就做好了。

小小的一樣點心，花了她四天的工夫。

這日收了攤，吳勉和月牙兒一同往唐可鏤家裡去。

一路上，月牙兒連話都懶得說幾句。吳勉瞧見她眼底的青黑，不由得心疼起來，暗自在心中發誓，若他真能讀書考試，絕對不會忘記月牙兒的恩情。

思齊書屋裡，唐可鏤原是癱坐在椅子上的，一見月牙兒進門，一下子精神就來了。「帶了什麼好吃的？」

月牙兒示意吳勉將手中食盒送上去。

才揭開盒蓋，一股香氣就瀰漫開來。

「這是芋泥肉鬆小貝，請先生試一試。」

唐可鏤迫不及待拿了一個，日色下，芋泥肉鬆小貝一片金黃，香甜誘人。咬在嘴裡，芋泥餡心的甜與外層肉鬆的鹹糾纏在一起，直入肺腑。

他活到這年歲，不知吃了多少點心，可從未吃到過這等佳味，加了許多佐料製成的芋泥餡心，口感沙而粉，奶味的加入，使芋頭的柔軟更加獨特，小貝表層，外脆內柔，鹹香兼備。

唐可鏤恨不得把舌頭吞下去，這蕭丫頭怕不是食神投胎轉世吧？怎麼能做出這麼好吃的東西！

等一口氣吃完了，他才有空說話，只見唐可鏤起身，拽住吳勉的袖子不放。「你一定要跟著我讀書。」他的目光裡滿是誠懇。「什麼東西我都可以不要，但你一定要從蕭丫頭那裡帶點心來給我吃！」

等出了思齊書屋，在回家的路上，吳勉從袖裡摸出一支桃木簪。

他低垂著頭，影子被夕陽拉得老長。「我如今一無所有，也沒什麼能拿得出手的謝禮，只有這個，能讓妳戴著玩。」

月牙兒駐足，笑盈盈道：「那麼吝氣做什麼？再說，我也不全是為你。這芋泥肉鬆小貝，以後可是我鋪子的招牌點心，我怎麼能不上心呢？」

吳勉立在原地，沒說話，猝不及防的，他忽然將桃木簪簪到月牙兒髻上，而後轉身就跑。

風兒輕輕吹動著月牙兒的髮絲，她摸一摸髻邊的桃木釵，笑了。

既得了一個招牌點心，又讓人承了一分情，她這一番辛苦，也算不虧。

冬至這天，唐可鏤早早的就起來了。

家裡的老僕人覺得稀奇，要知道往年這個時候，主人總是喪著一張臉出去赴宴，然而今日倒一反常態，吩咐要在家裡設宴。

江南士大夫好文雅，冬至之時，必定會聚集九人集會，舉其中一人為賓主。既然是雅集，總少不了酒食，也不知是誰帶起的風氣，每逢雅集，賓主招待客人的酒席儘管多為家常菜式，但務必要有一樣新奇之物。去年冬至，唐可鏤去袁舉人家吃雅集時，人家就捧出一盆燒鴨子，是鹽水鴨的做法，味道醇厚，肉質酥脆，有味極了。

唐可鏤雖然好吃，但自己並不擅長庖廚，老家人也不是。若是向家裡人提意見，說要燒什麼什麼菜式，通通一句話打回。「你自己做去，不然就吃這個。」

他能怎麼辦呢？炒菜是不會炒菜的，出去吃也要精算著帳，太貴了還吃不起，於是只能吃著二十年如一日的菜式。為了這個，冬至雅集的賓主之位他是一拖再拖。

但如今新收了學生，唐可鏤頓時有了底氣，敢發帖子邀人來他家集會了。

其實收到唐可鏤帖子的士大夫，情知他家沒什麼好菜，有心想換個賓主，但其中有人提醒。「你瞧這帖子上，寫著太子洗馬段翰林也會參加。」

哦，那沒事了。唐家是一定要去的，大不了去之前多吃幾碗飯，把肚子填飽了就成。

到了冬至這日，第一個來的就是段翰林。

既然是多年的好友，段翰林也懶得走虛禮作揖這樣的禮節，徑直在唐可鏤屋裡坐下，拿了個隱枕抱著。

「這太陽打西邊出來了，你這老叟也願意當雅集的賓主？」

「去去去，往那邊挪點，別擋著門。」唐可鏤白他一眼，仍舊往門外張望著。

段翰林拖著椅子往右挪了挪。「敢情你翹首引領的不是我啊？真是傷了老夫的心啊。」

正說著話，遠遠見著一個黃衣少女和一個青衣少年。少年兩手提著食盒，落在少女後頭半步，一前一後進入軒內。

段翰林定睛一看，笑了。「原來如此，你請了個好軍師啊。」

來人正是月牙兒與吳勉，才進門，唐可鏤就迎上去，滿口說謝謝。

月牙兒與唐可鏤和段翰林分別道了萬福，笑說：「我們對先生夠好吧？這肉鬆小貝還沒往外頭販售呢，頭一個送到你這兒來！」

「記著呢！妳放心，我肯定給勉哥兒開小灶。」唐可鏤一面笑著，一面接過食盒，穩穩當當擺在桌上，扭頭同段翰林吹噓道：「你要是不多留一日，可就錯過了這美味，看不悔死你。」

「什麼點心？上回的那個姊妹糰子？」

「比那個好吃千百倍。」唐可鏤招手叫段翰林過來。「叫芋泥肉鬆小貝，是蕭丫頭特意為我量身訂製的！」

他緩緩揭開食盒盒蓋，一股摻和著奶味的甜香四散。

段翰林情不自禁，伸手想拿一個吃，卻聽見「啪」一聲，唐可鏤又把食盒蓋上，差點壓住他的手。

「統共就十幾個，等人來齊了再吃。」

「嘿，你還來勁了！你捧到我面前我都不會吃。」段翰林拂袖轉身，一下靠在椅子上。

「不吃就不吃，還省下一個給我吃。」唐可鏤無所畏懼。

看著這老哥兒倆拌嘴，月牙兒心裡覺得好笑，下意識地看向吳勉，誰知正對上他的視線。

兩兩相望，吳勉像給火燙了一下，立刻轉移視線。

「勉哥兒，你來。」唐可鏤從書架上拿出一本字帖。「這是顏真卿的字。你既然要走科舉正途，那必定得練一手館閣體，字寫得好，考官看卷的時候，自然而然有個好印象。要是滿紙亂七八糟、宛如幼童的字體，再加上一堆改錯的墨點，考官看著就頭痛，也別說什麼上榜了。」

段翰林聽了這話，點點頭。「那是。本朝選官從來注重兩美，一是字美、二是人美。天子門生嘛，長得好，才能撐門面。前年殿試的時候，原定的前三甲裡有一位長了一臉麻子，皇爺見了覺得不妥當，恰好二甲裡有一個生得好看的，皇爺一見就舒坦，硬是把這兩人名次顛了個倒，這一點你這小子還不錯，字可不能落下。」

這樣善意的調侃，吳勉聽得少，耳尖又紅起來。

月牙兒站在他身邊瞧了個正著，心裡癢癢的，像羽毛撓過一樣，想伸手揉一揉他的耳朵。

「多謝先生指點，我一定好好練字。」吳勉上前，用兩手鄭重其事的接過字帖，向兩人道謝。

段翰林笑著說：「對，你抓緊學，爭取考個三元及第，上京裡去。」他一指月牙兒。「到時候，有口福的就不是唐兄，而是我了。」

他這一番話雖然是打趣，但月牙兒和吳勉聽了，都有些不好意思。

唐可鏤踢了段翰林的凳子一下。「想得美！再亂說話，把我學生嚇跑了，我找你算帳去。」

月牙兒低垂著頭。「點心既然送到了，我們也該回了，若是吃了覺得好，還請先生們多多宣傳才好。」

說罷，她自行了禮，轉身往外走，唐可鏤忙喊住她。「等一下，把這幅九九消寒圖帶著。」

這也是冬至的舊俗了，所謂九九消寒圖，上畫素梅一枝，共有八十一花瓣。從冬至這日起，每日塗紅一瓣，待畫上梅花盡染，春日便來了。

唐可鏤備了兩幅畫，月牙兒和吳勉一人一張。

拿了畫道了謝，兩人便回去了。

人去，屋內頓時安靜下來，唯聽得窗外風吹樹搖。

段翰林癱在椅子上，悠悠嘆了一句。「勸君惜取少年時。唐兄，我總覺得咱倆同窗的時候彷彿沒過多久，可現在，鬢邊都有了白髮。」

「你夠可以了，知足吧。」唐可鏤手按著他的椅子。「我才是『虛負凌雲萬丈才，一生襟抱未曾開。』」

他的語氣頗為自嘲。「年少讀到此句，看一遍就過了，不想我這一生都藏在這句詩裡。」

段翰林看著他，忽然笑了。「說起來，你可曾後悔過當年沒娶錢大人之女？張栩那廝如今可位至兵部侍郎了。」

唐可鏤沒說話，他看了眼東牆。

風吹簾動，將牆上的畫吹得飄搖，那是一個年輕女子，如花似玉，手把桃花枝，笑得無邪。畫中人是唐可鏤青梅竹馬的亡妻，她去世那年，他親手將這畫貼在牆上，如今連畫卷都微微泛著黃。

「誰知道呢？」唐可鏤移開目光。

昔年那個放蕩不羈、膽敢放話說「即使不靠婚姻，我亦能金榜題名」的少年，如今已垂垂老矣，一事無成。

再來一次，那少年還會一如既往的癡心不改嗎？
一時靜默無聲。
半晌，唐可鏤大手一揮，背過身去。「不說這些了，那群老頭子腿腳是斷了不成？怎麼還沒到？」
說曹操曹操就到，好幾個士大夫都是結伴來的，一進門，和唐可鏤打了個招呼，就一門心思和段翰林說話。
眼見好友被幾人圍著，唐可鏤笑出了聲，連忙叫家人安放八仙桌，親自到廚房催菜。為了今日的雅集，他還從庫房裡拿了一罈子葡萄酒，是秋日自家親手釀的。
將葡萄酒倒在執壺裡，用水盂溫著放上桌，此時人已來齊了，各自落坐。
其中一個袁舉人，素日同唐可鏤關係不大好，生性又快言快語，一坐下就揶揄唐可鏤。「唐兄今日做賓主，不知有何珍饈？不會又是上次的艾窩窩吧。」
他這一說，眾人都笑起來。唐可鏤家的伙食，可是公認的不好。
唐可鏤才給眾人斟完一圈酒，聞言，瞪眼道：「這次我準備的點心，一定讓你沒話說！」
他拿了一大盤芋泥肉鬆小貝擱在桌子上，得意道：「一人只准吃一個。」
袁舉人哂笑一聲。「喲，寶貝成這樣？這點心看著也就平平無奇嘛。」
他伸手拿了一個，放進嘴裡一咬，頓時不說話了。這點心是怎麼做的？何以這樣有味？

小小的一個，竟然有三種香味！外頭一層肉鬆，疏鬆如絮、閃著淡黃色的光澤，是為鹹香；裡邊夾著一層金黃酥軟的小貝，上塗著蛋黃色醬汁，軟而勁道，是酥香；最裡頭包裹著的芋泥，入口微粉，而後奶香蔓延至唇齒之間，是甜香。

袁舉人只顧將肉鬆小貝往嘴裡塞，直到吃完一整個，才有空說話。「我癡長了五十一歲，還從未吃過這樣好吃的點心。唐兄，你家廚子就是再投一回胎也做不出這樣的味道，你是從哪家酒樓買的？」

他兩手按著桌子，身子微微前傾。「不對啊，這滿城的大酒樓，我哪家沒去過？哪家招牌點心我沒吃過？可從沒見過這個！」

袁舉人忽望向坐在一旁的段翰林。「段大人，怕不是你從京裡帶來的吧？」

段翰林手握酒盞，搖頭道：「誰給他帶這個，何況，京裡也沒有。」

見袁舉人難得說唐可鏤的好話，眾人忙各自拿了一個吃。

滿席都是香氣。

段翰林見他們吃得津津有味，也偷偷伸手打算拿一個，手還沒搆著肉鬆小貝呢，就被唐可鏤一把抓住。

「你不是說不吃嗎？」唐可鏤中氣十足。

段翰林眉頭微皺，顯示出很疑惑的樣子。「誰說的？我難道有寫字據給你？」

這老賊怎麼這麼無恥？唐可鏤正想說話，只見段翰林另一隻手迅速抓起一個肉鬆小貝，塞在嘴裡。

氣得唐可鏤忙把盤子抱到懷裡，守衛他的肉鬆小貝。

「到底是哪家賣的點心？你快說啊！」

唐可鏤也不回答，忙吃完自己的那一個。等吃完了，他用手背抹了抹嘴，在眾人的求問聲裡，悠悠道：「雙虹樓老店屋簷下的小攤子，賣家姓蕭，是個小美人。」

隆冬時節，要告別溫熱的被窩，是一件難事。

月牙兒行在路上，北風呼呼地吹，將她鬢邊碎髮吹得亂糟糟的。

冬日天黑得早，她的小攤子生意也還行，每日的點心在日落前都能賣得七七八八，所以月牙兒就跟魯大妞說，讓她固定每日巳時出攤，現在臨街的老主顧都知道她出攤的時辰，習慣了挨著晌午的時候來買。

可是今日，月牙兒才行到能瞧見雙虹樓飛簷的距離，便見著黑壓壓一圈人擠在雙虹樓門前。

雙虹樓什麼時候生意這麼好？他們今日是免費吃茶還是怎麼的？

她心中正奇怪，等快步靠過去，只聞魯大妞一聲喊。「我們蕭姑娘來了！」

魯大妞活像被冰封在河裡的魚見了太陽，奮力從人群裡分開一條道，高喊著。「讓一讓！讓她過來！」

月牙兒一頭霧水，才上前將肩上擔子放下，那些人便圍了上來，七嘴八舌道：「我要十個肉鬆小貝。」

「我要二十個！」

「吃了熊心豹子膽！敢插隊到老子前面！你哪家的，一點規矩都不懂？」

這些人吵吵嚷嚷，有幾個直接手拿著錢袋舞起來，生怕月牙兒瞧不見。

月牙兒當機立斷往右跨了一步，高舉著手示意道：「在這裡排隊，有一個不守規矩的，我點心怎麼挑過來的，照樣怎麼挑回去！」

她這一發話，眾人立刻行動起來，隊伍排成了蜈蚣樣，從雙虹樓簷下一直彎曲到大街上好幾公尺，連雙虹樓的于雲霧都忍不住出來看熱鬧，倚著門踮著腳尖問：「蕭姑娘，妳這是拜了哪家財神廟啊？今天這麼多主顧？」

「我也不知道呀！」

月牙兒正耐心的同主顧解釋，說每人只能限量買四個，只能抽空回了他一句話。

主顧有些不情願。「我家主人說了，至少買二十個回去，只能買四個算怎麼回事？我加錢總可以吧？」

月牙兒手上正忙著拿貨，喊了魯大妞一聲。

魯大妞會意，兩手扠腰，扯著喉嚨喊。「這是錢的事嗎？這肉鬆小貝做起來麻煩得很，我們兩個人，一日統共也只能做兩擔子！你一個人想買這麼多，那後頭的人怎麼辦？我說你這個人怎麼這麼壞呢！你有錢，他們沒錢嗎？」

排在後頭的人深以為然，一個大漢附和道：「我家主人可是吳王府長吏！不比你有錢得多？裝什麼裝？都照規矩來！」

原本還有不甘心排隊，打算仗勢凌人的，一聽了這話，也紛紛乖了。

月牙兒和魯大妞分別收錢、拿點心，恨不得變身為千手觀音。

最後一盒肉鬆小貝，正好賣給了方才那個替她們說話的漢子。月牙兒擦擦額上的汗，客氣的問他：「敢問這位哥兒，你們是怎麼知道我這小攤子的？」

大漢接過那盒肉鬆小貝，爽快地解釋道：「妳不知道？江南士大夫都傳遍了，說雙虹樓老店簷下有個蕭美人點心攤，賣的肉鬆小貝極為好吃。」

蕭美人點心攤是什麼鬼？月牙兒疑惑道：「是哪裡傳出去的消息？」

「聽說是冬至雅集的時候，幾個老先生吃得極為開心，還就這肉鬆小貝作文章，其中有一位袁舉人，都說全江南最會吃的就是他。他後來又去了幾家雅集，不管那家賓主捧出來什麼點心，袁舉人都說『差肉鬆小貝遠矣。』」

原來竟然是唐可鏤給她帶的客人。月牙兒恍然大悟。

連她都沒有想到，在這個年代，文人的意見竟然有如此大的影響力，這一股「肉鬆小貝熱」，自江南士大夫的筆桿子起，在十餘日內傳遍了整個金陵城。

城東有一個許宅，因娘家無人，許太太便將她娘——李外婆接了回來一處過日子。

李外婆今年七十歲，牙齒還好，沒掉完，就是耳朵不大好。這天，她隱隱約約聽見外孫在哭，便問他怎麼回事。

外孫伏在桌上哭了一會兒，才抽抽噎噎的說了緣故。原來這幾天儒生裡流行吃一種叫「肉鬆小貝」的點心，還有同窗特意買回來在書院裡炫耀。

他也想吃，就和他爹娘說了。爹同他說，要是這次文試他名列三甲，就給他買。

外孫於是用功溫書，還真考到了。他高高興興回來，拿了先生改的文章給爹瞧，可爹不認帳，推說：「這麼小一個點心，就要二錢銀子！你不想著好好唸書考功名，卻整日好吃懶做！」

外孫氣不過，和他爹爭執，結果挨了一巴掌。

李外婆聽了心疼。「別理他，外婆給你錢，你自去買。」

「我哪有時間買呢？」外孫抹淚道：「聽說那蕭美人點心攤要一大早去排隊才買得著呢！」

第二天是小寒節氣，雞都沒叫呢，李外婆就爬起來了。她從枕頭底下摸出一個小荷包，數了數裡邊的碎銀子，拿上枴杖，顫顫巍巍出了門。

從城東到城南，少說有幾里路，李外婆走走停停，等她走到長樂街一帶的時候，天已大亮。

李外婆眼睛有些花，看東西模模糊糊的，她怕誤了事，拉住一個路人問：「勞駕，請問蕭美人點心攤怎麼走？」

路人回頭一看是個老太太，語氣柔和下來。「妳再往右走十來步，瞧見一群人排著隊，肯定沒錯。」

李外婆依言前行，呵，人還真不少，她連忙排在了隊伍末尾。

不知等了多久，排在前頭的人都散開了，嘴裡嘟嘟囔囔的，似在生氣。李外婆聽不清，只茫然的往前走，終於看到了點心攤的影。

兩個小姑娘，一個髻上戴了根桃木簪，斯斯文文地同她說：「老人家，我們的點心已經賣完了，明日請早。」

「聽不清。我耳朵不好，請大聲些。」

在月牙兒身邊，魯大妞聞言皺了皺眉，這些天總有沒買到點心發牢騷的人，她當即喝道：「賣完了！」

李外婆這下聽清了，手裡緊緊捏住她的荷包，雙唇囁嚅。「賣完了？怎麼就賣完了？」她哀求道：「姑娘，妳行行好，賣我一個吧，我給我外孫買的。」

月牙兒看老人家佝僂著背，立在風中，一臉落寞。她便走了過來，偷偷和李外婆說：「老人家，妳隨我來。」

說罷，她同魯大妞打了聲招呼，領她往杏花巷去。

廚房裡，還有五個肉鬆小貝，月牙兒原是留著自己吃的。她想了想，將五個肉鬆小貝裝成一盒，裝好之後，她將點心提出來，雙手遞給李外婆。「喏，我這裡也只有四個了。」

李外婆千恩萬謝的接過，拿了錢給月牙兒。

她眼睛不好，自然沒瞧清紙盒裡有五個肉鬆小貝。

「到小寒啦，小姑娘妳記得煮羊肉蘿蔔湯吃，吃了身上暖洋洋的，落雪也不冷。」李外婆走之前，叮囑月牙兒。

今日就是小寒了？月牙兒恍然如夢初醒。

時光真快啊，她穿越到此地，也有一年整了。

從前在她家，一到小寒，嬤嬤就親自做一鍋羊肉蘿蔔湯，上好的蘿蔔，洗淨了切塊，與醃漬了的羊肉一鍋煮，放入薑、蔥，煲成一鍋香噴噴的羊肉蘿蔔湯。

每年都被逼著吃一樣的菜，她對羊肉蘿蔔湯著實沒有好感，就算蘿蔔嫩、脆、甜，她也不喜歡。

可現在，她卻忽然很想喝一碗羊肉蘿蔔湯。

月牙兒出門，尋了一圈，蘿蔔是買到了，羊肉卻沒有。

「今天小寒，羊肉賣得快，妳不提早訂，肯定沒有。」屠戶這樣和她說。

她只能回家煮了一鍋蘿蔔湯泡飯，可沒了羊肉，這蘿蔔湯吃起來好像沒了靈魂，一點滋味都沒有。

正吃著，聽見門外有人喊。「小姑娘，妳在家嗎？」

開門一看，竟然是李外婆。她有些急，喘了會兒氣才說：「小姑娘，妳白天數錯了，那一盒有五個。」

說著，李外婆要將那一個肉鬆小貝的錢塞給月牙兒，月牙兒忙說不用，是她數錯了，不干李外婆的事。

李外婆卻不肯。「妳小姑娘家家，出來做生意不容易。」

沒法子，月牙兒只好收下。

見她收了錢，李外婆這才笑了。「好姑娘。」

月牙兒本想送她到巷口，李外婆卻不讓。「天冷，妳仔細別凍著。」她掂量掂量月牙兒的衣裳，說：「多穿些，哪怕醜一點有什麼關係，別著涼了。」

說完，她扶著枴杖往回走，步履蹣跚。

月牙兒立在原地，望著她步步遠去，看著那老人的背影，漸漸和她曾經的親人重合，眼眶一熱，險些落下淚來。

到得黃昏，風兒格外喧囂，吹得木門作響。

月牙兒聽見風聲，想起院門沒關嚴實，忙走出去察看，誰知道外頭竟然下雪了！

北風捲落片片雪花，落時有蹤跡，落地卻無痕。月牙兒清清冷冷立著，手扶門畔，看了一會兒雪。

正當她想回屋去時，卻見大雪紛紛裡，一個人影越發清晰。

那人漸漸近了，月牙兒終於看清了是誰。

吳勉踏著亂瓊碎玉，一步一步朝她走來。

離得近了，他在她面前站定，揚了揚手裡的柳木籃。「我想著，妳可能沒時間去買羊肉，我就多買了一塊。抱歉，我來晚了。」

雪微微的落下，木門似一畫框，將初雪、暮色、少年描入畫裡。

月牙兒忽然有一種預感，今生今世，她或許忘不了這張畫，心弦輕輕撥動一聲，似落雪一般輕柔。

她回過神，低聲道了句。「謝謝。」

吳勉將提籃擱在門邊，轉身欲離去，在他身後，已有人家點了燈，是細碎而溫柔的燭光，映在雪地上。

該把人留住。月牙兒心想，往前一步跨過門檻。「我提不動，你幫我拎到廚房。」

這話她自己也不信，是誰整天挑擔子走得飛起？所幸天色暗，誰也瞧不清她的兩靨飛霞。

吳勉回眸，歪著頭向她笑。

「好。」他只說了一個字。

廚房的牆上，顯出一雙淡淡的人影。吳勉蹲在灶前燒火，火鉗撥動著柴火，木炭燃燒著，生出星星點點的火星子。

在他身後，月牙兒正料理羊肉，刀剁在案板上，「篤篤」的響。

「炭差不多燒好了。」吳勉提醒道。

「我快切好了。」月牙兒甩一甩頭，她鬢邊有一絲碎髮，老是垂下來擋住視線。「勉哥兒。」她喚他，孩童一般理直氣壯。「你幫我把頭髮重新綰一下。」

忽而一靜。

身後有細碎的腳步聲，離得不遠，站定了。

月牙兒仍切著她的羊肉，呼吸卻越來越淺。

她只覺有人輕柔地拔下她髻上的桃木簪，修長的手指捻起她的青絲，綰成一髻。

柴火仍在灶中燒，散出青白色的煙。在這人間煙火裡，一股清冽的皂角味縈繞在月牙兒身畔，像雨後天青的梧桐般清爽。

「好了。」

吳勉的聲音微微有一絲顫抖，他很快退了回去。

月牙兒偷偷笑起來，這人怕是，耳尖又紅透了吧？

一塊好羊肉，洗去血水，用蔥薑水泡著去腥。一半切成薄如蟬翼的羊肉片，一一擺在盤中，用作涮羊肉。另一半則切成指節大小的肉段，肥瘦相間，用小樹枝串起五、六個，預備燒烤吃。

新鮮蘿蔔切丁，用旺火煮開一鍋沸水，加入羊骨燉湯，配以蒜段、小蔥，再往鍋邊淋上一圈熱油，鍋底便備好了。沒有講究的黃銅火鍋，只能圍坐在灶臺邊，倒也別有一番野趣。

月牙兒挾了一片羊肉在清湯裡涮，眼見羊肉片斷生，立刻挾出來盛在碗裡。喝一口湯，吃一筷羊肉，蘿蔔的鮮甜融化在湯底，遇見羊肉的鮮，兩者相輔相成。一碗下肚，從五臟六腑裡暖和起來。

吃過羊肉蘿蔔湯應景，月牙兒又忙著張羅起烤串來，用火鉗將還未燒完的木炭挾出來，放在火盆裡，上頭支一個鐵架。

吳勉瞧著新鮮，當地人少有這樣的吃法，也不知她是從哪裡想到的。

羊肉串被炭火炙烤，夾雜的肥膘被烤至焦黃，油滴到炭火盆裡，滋滋作響。

一屋子的香氣，月牙兒翻動著羊肉串，揀了一串微微有些焦黃色的羊肉串遞給吳勉。

「我喜歡吃焦一點，吃起來最香，你試一試。」

吳勉接過，輕咬一口。外層焦黃香脆，內裡猶嫩，人間竟然有如此至味！

他從不是好口腹之慾的人，但今日吃了這羊肉串，倒是明白了那些食客的心理。不管什麼煩心事，一頓美食下肚，心情也平靜了大半。

「妳這羊肉串如此好滋味，何不拿出來賣？不比妳日日做肉鬆小貝來得輕鬆嗎？」吳勉吃完一串，問她道。

月牙兒正吃得開心，聽了這話，樂了。「我現在在茶肆簷下擺攤，整天弄得煙熏火燎的，人家于老闆豈不想打死我？」

她吃完一串羊肉，悠悠道：「要是我有家自己的小店，那就好了。」

「會有的。」

吳勉說著，眼光卻瞟著炭火上的羊肉串。到人家做客，怎能多吃？他告誡著自己，然而嗅見羊肉串的香氣，他心裡卻有些蠢蠢欲動。

再吃一串就不吃了。他在心裡暗自發了誓，忍不住伸手再拿一串。

就在他伸手的時候，月牙兒也不約而同地看準了同一串羊肉串。

兩兩伸手，指尖相碰。

吳勉抬眸望見月牙兒眼眸中倒映出的燭火與他，一愣。

那支桃木簪，就簪在她鬢上，是他曾夢過的模樣。

有一股熱流，順著他鼻子流下。

「你上火了？」月牙兒忙起身，拿開吳勉捂住鼻子的手。「別仰著頭，把頭低下來。」

她用食指和拇指捏住他鼻翼。「像這樣捏著。」

說完，月牙兒忙推開廚房的門，到屋外抓了捧雪放在帕子裡，再用冷帕子敷在吳勉鼻子上。

吳勉活了十五年，從來沒有這麼狼狽過，一張臉紅得要滴血。

許是看出他的窘迫，月牙兒忍著笑，聊起另一個話題。「你去思齊書屋唸書了嗎？」

他捏著鼻子，說話甕聲甕氣的，強裝鎮定。「下午去，上午還要做生意，但字是每夜都練的。」

「唐先生對你好吧？」

「還成。他說明年開春，讓我去試一試縣試。」

月牙兒點點頭。「你這樣聰明，一定沒問題。」

風聲忽然喧囂起來，兩人齊齊看向門邊。

「都說瑞雪兆豐年。」月牙兒起身，走到窗邊瞧。「我們的日子，會一年比一年好的。」

院裡漆黑一片，藉著屋內的燭火，她只能瞧見窗外的一小片夜雪。「我其實很喜歡下雪天的，看著銀妝素裹的世界，真美。」

「妳現在在屋裡，當然覺得下雪好。可明日，未必就這樣想。」

月牙兒回首看他，一時沒想明白。

吳勉起身道：「我該回去了。」

他手握帕子，有些尷尬。「我，洗乾淨再還妳，多謝。」

說完，他加快步伐，閃到門外去。

到了第二日早上，月牙兒出門的時候，終於明白吳勉的意思了。

她挑著擔子，很小心的前行，落了一夜的雪，現在還沒停，地上理所當然的結了冰，鞋子踩在上頭，又滑又重。怕摔跤，月牙兒只能一步一步踩穩了往前走。
昨夜落的是鵝毛雪，現在下的是渣子雪，江南的渣子雪不比北方，一粒一粒，打在傘上，沙沙作響，像落雨。
今日來買點心的主顧人手打著一把傘，立在寒風裡。月牙兒看了，心裡怪過意不去的，暗自下定決心，要快些掙錢，有一間屬於自己的點心店才好。

臘月一到，過年的氣氛立刻濃厚起來。
收了攤，月牙兒回家去的時候，路過楊柳渡口，正瞧見一艘船靠岸。歸鄉人揹著大包小包的行囊，也有牽著孩子的，不管是布衣還是錦衣，臉上都帶著笑意，讓人瞧了，不自覺地將心情放得很輕，像伴著鴻雁的一朵輕雲。
月牙兒獨自望了一會兒，才漸漸往家裡走。
這些天為了攢錢，她出攤的時間較長了些，星夜猶在時，她便起來製作點心，出攤賣完了，就忙去訂購原料。昨天徐婆來給她送紅雞蛋和如意糕，心疼得數了數她指腹上的繭子。
「又瘦了，妳到底有沒有好好吃飯？」
月牙兒只是笑，並不做聲。她這些天忙著做事，有時的確忘了給自己做一頓像樣的飯。
看她不語，徐婆心裡就明白了，半罵半嗔。「妳收了攤就直接來我家搭伙吃飯，多一雙筷子的事而已，若妳不來，以後就不要登門了！」

徐婆這個人，平日裡嘴巴閒不住，喜歡打聽人家裡事，但真認準了什麼事，跟餓到發慌時看到草的牛一樣，決計拉不回來。月牙兒只能接受她的好意，吃過飯後就將伙食費留在徐婆家的五斗櫃上。

徐婆家正好在杏花巷口，從一座拱橋走過去，就是她家茶坊。

茶坊有一面窗，正臨著小河，窗前窗後，栽了好幾株杏花，每一株都比徐婆年紀大。每到人間三月天，杏花便睡醒了，枝頭熱熱鬧鬧的，全擠著花朵，才開花時，是濃濃的豔紅色，過了幾日，杏花們便嫌顏色俗，要換身白衣裳，於是春風一吹，水面飄雪。這也是為什麼，大家都把這條巷子叫「杏花巷」。

月牙兒才行到橋上，就聽見一陣笑聲，只見徐婆坐在茶坊裡同一個男子說話。

徐婆朝她揮了揮手。「月牙兒，我兒子、兒媳回來過年啦。」

走過去一看，那個男子有著和徐婆如出一轍的圓臉，很憨厚的樣子。

這就是徐婆在姑蘇當學徒的兒子，從前和月牙兒說起，就是發牢騷，說她兒子好好的金陵不待，非跑去姑蘇當學徒，腦子有毛病！抱怨歸抱怨，可她眼裡一直含著笑呢。

月牙兒才同徐婆兒子打了聲招呼，裡頭便傳來一聲。「娘，吃飯了。」

「走走走，吃飯去。」徐婆張羅著眾人往裡走，一邊回頭朝月牙兒笑道：「我這兒媳娘家是當廚子的，妳試下味，比起妳做的吃食也差不了多少呢。」

徐婆媳婦做的飯菜，跟她的人一樣紮實，一大盤五花肉，肥瘦相宜，先用猛火斷生，加一勺黃酒、少許冰糖炒出顏色，再用小火慢燉，等鍋裡的湯汁「咕嚕咕嚕」鼓起小泡，便裝入盤，再燙上兩顆小白菜解膩。

月牙兒挾了一筷子，五花肉燒得極爛，肉皮紅亮而有勁道，入口竟然不膩。最妙的是湯汁，淋一勺醬汁在米飯上，肉香滲入米粒，吃的每一口都是鮮香。

吃過飯，月牙兒起身告辭，徐婆卻執意送她到家門口，其實也就是幾十步路。

到了月牙兒家門口，徐婆才偷偷和她講。「我兒子在姑蘇做事做得很好，買了房子還置了地，這次回來，是想接我跟老頭子一道去。我倆就生了這麼一個討債的，他硬要留在姑蘇，我們也只能跟過去養老。

「跟他去嘛，這裡的茶肆和房子就要轉手。」她回身看了一眼那株杏花。「妳別說，還怪捨不得的。一住就是大半輩子，真要把這房子賣了，又怕後來人糟蹋。」

徐婆猶豫道：「原本我是不想和妳說的，但看妳生意這樣好，來買點心的主顧排隊排那麼長，我想著，妳也許想有間自己的店。」

月牙兒忙道：「我確實是這麼想的，不知乾娘想要多少錢轉讓這屋子和茶鋪？」

「妳叫了我這麼些年乾娘，我也不唬妳。」徐婆將背靠在門上。「就西門的墳邊，一所空房都要五十兩銀子。我這一問鋪子兩間房，最少也要一百八十兩。」

一百八十兩？

月牙兒眉心一跳，她現在全部身家加起來，也只四十兩不到，哪裡出得起這筆錢？

見她眉頭緊鎖，徐婆不由得輕嘆一口氣，拍拍月牙兒的肩膀。「我也就是這麼一說，要是不方便，也就算了。反正我年後就要賣了，妳也別急，等開了春租一家小鋪子先做著，慢慢熬上幾年，總能買得起自己的店。」

話是這樣說沒錯，可若能有一家屬於自己的店，誰樂意去租呢？別的不說，若是月牙兒想按照自己的意思裝修店鋪，人家房東也不一定答應。

徐婆的房子，月牙兒是很喜歡的。這樣好的機會，她當真不想錯過。

她一狠心，道：「乾娘，我拿四十兩銀子給妳做定金，若過了年我還沒湊夠這筆錢，妳再將房子賣給其他人，好不好？」

徐婆點了點頭。「行，但月牙兒——」她有些難為情道：「若妳年後沒湊足這筆錢，我也只能把房子賣給其他人了。不是乾娘不體貼妳，實在是我也急需用錢。」

第二日，月牙兒和徐婆請了中人，將這約定白紙黑字寫了下來。

拿著輕飄飄的一張紙，月牙兒回家後想了一晚上。

她到底該從哪裡湊足一百四十兩銀子呢？

這可不是現代，買房不但能貸款還能分期，人家是一定要見著現錢的，幾家大錢莊月牙兒也去問過了，借錢是可以，但都是印子錢，利息十分高，連日息都有三釐，若是按照現代的複利去算，年利率整整有百分之兩百。

若不是實在走投無路，誰敢借印子錢？月牙兒才問清了利息，立刻就退了出來。

這條路是決計走不通的。

徐婆倒給她出了個主意。「妳娘再嫁的那戶人家，是個百戶，家底殷實著呢。妳到底是她身上掉下來的肉，她也不會不管妳。」

「不大好吧？」月牙兒低頭，撥一撥手腕上繫著的長命縷。「她既已嫁人了，我不好打擾她安寧。」

「妳這個丫頭。」徐婆皺眉道：「她是妳娘，她就算再嫁八百回，也是妳娘，況且，她從前不是很疼妳嗎？」

月牙兒說不清楚，提起馬氏，她心頭有一股很複雜的情感。也許是因為她繼承了原主記憶，連那份對娘親的依戀也繼承了下來，可是爹死之後，馬氏卻很快再嫁了。說不怨，是假話；可說怨，她也不忍去怨，說到底，馬氏也是個苦命人……

還是試一試吧，心底有個聲音道。

既然決定要去拜訪馬氏，也不能空手去。月牙兒記得她愛吃油炸的甜點，想了想，決定做一道「雪衣豆沙」。

買來新鮮的紅豆，泡發後蒸熟，再用杵搗爛。熱鍋下豬油，等到油冒青煙時倒入紅豆泥翻炒，炒至香噴噴的，再淋上一圈桂花蜜。紅豆餡炒熟後搓成小圓子，在生粉碗裡滾一滾，作為內餡備用。

所謂「雪衣」，實則是用雞蛋清製成的，紅豆小圓子放到雪衣碗裡，搖一搖，晃一晃，就穿上了一層雪衣。鍋中油燒熱，用筷子挾住一個穿著雪衣的紅豆小圓子，往豬油裡輕輕一滑，雪衣受熱，立刻膨脹起來，成了一個白滾滾的小團子。

這時候要反覆的舀起熱油，澆在雪衣小團子上。上澆下炸，直到雪衣呈現淡淡的鵝黃色，便要趕緊撈出。

月牙兒忍不住挾起一個雪衣紅豆，「呼嗤呼嗤」地吹涼，送入口中。一顆雪衣紅豆吃下去，滿口都是香甜。

帶著一大包雪衣紅豆，月牙兒敲開了馬氏新家的門。

出來招呼她的，是那個從月牙兒挑擔子賣花捲時就來光顧的小丫鬟。

「妳怎麼來了？」

月牙兒沒直接說來借錢，只是舉起手中用紅紙包裹的點心，笑道：「眼看要過年了，我想……看看我娘。」

小丫鬟皺了皺眉頭，拉她進門。「妳在這兒等一下，我和大娘子說一聲。」

月牙兒來之前，徐婆就同她細細說了一遍馬氏的新家。馬氏嫁的這一戶人家姓曹，是個百戶，家裡很有些家底。只是馬氏嫁過來並不是正室，只是第五房小妾。

「聽說，這曹百戶在妳娘年輕的時候，就曾上門求娶過呢。」徐婆顧忌著月牙兒的心情，說得含含糊糊的。要不是月牙兒曾聽過其他街坊八卦她家的事，還真弄不明白。

好像是說馬氏十來歲的時候，出去上香，剛好給曹百戶瞧見了，後來曹百戶幾經周折，查訪到馬氏是誰家的女兒，親自帶了聘禮上門來求娶。馬氏爹娘是見錢眼開的性子，見曹百戶的聘禮那樣豐厚，笑得連皺紋都出來了，可馬氏卻不肯答應這門親事，自己拿了把剪子抵在自己脖子上，說非月牙兒她爹不嫁。

當時馬氏爹娘奪下剪子，把她打了個半死，也沒打消馬氏的念頭。只不過誰曉得兜兜轉轉，她還是成了曹百戶的小妾。

通傳大娘子之後，小丫鬟領著月牙兒往馬氏屋子的方向走去，月牙兒的腳步忽而遲緩下來。她當真有必要去見馬氏嗎？

馬氏的屋子前有一個石磚砌的花臺，獨自栽了一株臘梅。花開得疏疏落落，好像沒什麼人管她，但卻梅香清逸。

月牙兒從臘梅花畔過，抬腳跨進屋內。小丫鬟將油單絹暖簾放下，情知她娘兒倆要說些私房話，因此只在屋外守著，並不進去。

屋裡已燒著炭盆，沒什麼煙，暖意融融。馬氏伏在小桌上，正打著絡子，她穿著一身繡花短襖，髻上簪了一支金釵，整個人微微圓潤了些。

聽見動靜，她抬頭一看，立刻撐著小桌起身，險些撞翻了桌上的果盤，像做錯了事被捉住的孩童，手足無措。

「妳……」她從頭到腳將月牙兒細細打量一番，流露出哭音。「瘦了，也長高了。」

月牙兒的心不禁柔下來，喚一聲「娘」，深深道了個萬福。
馬氏忙繞過小桌，握住她的手。「我的兒，大冷的天，快過來烤火。」她緊緊牽著月牙兒的手，要她圍著黃銅火盆坐。
月牙兒才坐下，馬氏又伸手將果盤整個端過來，小心翼翼問：「吃顆冬棗吧，都洗過的，甜。」
青紅的棗，「嚓」一口咬下去，又脆又甜。月牙兒順著她的意思吃了好幾顆，才見馬氏臉上微微有了笑意。
「娘，我給您帶了些點心來。」月牙兒將那包雪衣紅豆解開。「這東西要趁熱吃，現在冷了，等會兒用油略炸一炸，味道才好。」
馬氏不住的點頭，歡喜道：「我的月牙兒真能耐，還會做點心了。」
彼此又說了些話，無非是些「妳這些天吃了什麼」、「屋子有沒有漏雨」之類的家長裡短的小事。然而關於兩人分別的這段時光，卻一個字也不敢提。
「就在這裡吃午飯，娘給妳做飯去，正巧這些天我試了些新菜，妳吃了若喜歡，我給妳打包帶回去。」馬氏朝門外喊。「葉子，快把那些蜜餞點心甜茶全拿過來，給妳姑娘挑著吃。」
光是茶就泡了三盞過來，桂花木樨茶、玫瑰香茶、杏仁茶，還有許許多多小碟子裝的點心，將月牙兒圍得滿滿當當。馬氏喊小丫鬟葉子陪月牙兒說話，自己則一路小跑去廚房做飯，月牙兒攔都攔不住。

小丫鬟葉子立在桌邊笑。「姑娘，妳一來，五娘子真是開心啊。」誰說不是呢？月牙兒唇邊也帶了笑，她一面拿點心吃，一面在心裡盤算等會兒要怎麼和馬氏說借錢的事。

馬氏這裡的小食多是蜜餞乾果之類的，配茶吃正好。月牙兒吃最多的一碟，是盤烏黑的梅子，入口微酸，而後悄悄透出甜來，含在嘴裡，滿口都是梅子的清新。

到用午飯的時候，馬氏和一、兩個丫鬟依次端著吃食過來，擺在桌上，都是些雞、魚、肉之類的大菜。

「我也不知道妳近日會來，廚房就備了這些菜，妳隨意吃些，看看合不合口味。」馬氏殷勤的挾了一筷鹽焗雞放到月牙兒碗裡。「多吃些，瞧妳這張臉，都小了一圈。」

她不住地往月牙兒碗裡挾菜，直到月牙兒碗裡的菜高高隆起，像小山丘一樣，這才停手。

月牙兒每一樣都嚐了味道，笑說：「娘，您也吃。」

「娘知道。」馬氏手握筷了，目光卻全然落在女兒身上。好像這天底下的娘親，都喜歡看自己的孩子。

月牙兒見周圍沒有別人，遲疑道：「娘，我可能有些事要請您幫忙。」

「怎麼了？」馬氏關切道：「誰讓妳受委屈了不曾？」

「我想有一家自己的小吃店。」月牙兒放下筷子，將來意細細說與她聽，一面觀察馬氏的神情。

聽著聽著，馬氏一雙柳眉蹙起來。

「妳要借錢去開店？」馬氏身子微微後仰。「月牙兒，娘覺得不行。」

月牙兒解釋道：「我知道聽起來好像很意外，但我有把握在三年之內將這筆錢賺回來，到時候如數還給您，外加些紅利。」

聽到這裡，馬氏猛地將筷子一放，冷笑道：「我說妳今日怎麼上門來找我？竟是把我看做放印子錢的？莫說我沒有這一百兩，我便是有，也得存起來給妳做嫁妝，絕不會給妳這樣胡鬧！」

「怎麼是胡鬧呢？」月牙兒見她反應那樣激烈，不由得有些心急。「我做的點心，如今在金陵城裡也算是小有名氣。日後有了小吃店，該如何經營，我心裡也有數，絕非一時興起。」

「不行就是不行。」馬氏固執道：「妳一個女兒家，是實在沒有辦法了，才拋頭露面的去擺攤。如今妳自己能掙些錢，娘也能給妳補貼些，為什麼還要借一大筆錢買個鋪子？」

她起身站到月牙兒身側。「我聽說，妳同那吳家的勉哥兒如今很好，娘找媒人給妳去說親吧？等開了春，妳做了新娘子，和和美美的過小日子，不好嗎？」

月牙兒沈默，端起茶盞喝了一口茶，才緩緩道：「娘，我現在很嚴肅的和您說開店的正事，您非扯上勉哥兒做什麼？」

馬氏也急了。「什麼正事？妳早日嫁人才是最大的正事！」

「然後像您一樣，丈夫死了就一定得再找個人嫁了是不是？」月牙兒脫口而出。

「啪」一聲，月牙兒右臉重重一疼，馬氏竟揮手打了她一巴掌！

馬氏氣得渾身顫抖。「妳這說的是什麼話？」

兩行淚簌簌落下，馬氏憤怒地盯住月牙兒，受傷的小獸一般哽咽起來。

月牙兒一愣，熱辣辣的痛感從臉頰傳來，不用看，她也知道自己的臉被打紅了。

她「騰」一下起身，冷冷道：「是我打擾了。」說完，頭也不回地衝了出去。

第六章

一路跌跌撞撞，跑回杏花巷，月牙兒將大門重重合上，轉身抵著門。

其實方才那句話，她才說出口就後悔了，可馬氏那緊接著的一巴掌，實在將她打懵了。四捨五入，也算是活了兩輩子，頭一次有人敢對她動手。打她的，還是她在這裡的親娘……

她方才那句話，難道說錯了嗎？馬氏不就是跟菟絲子一樣，一定要找棵樹纏著才能活嗎？

背抵著門，月牙兒緩緩滑下去，坐在地上，用兩手環抱住自己的膝蓋，形單影隻。

午後的陽光透過窗，將一室的浮塵照亮，月牙兒望著自己的影子，後悔去找馬氏了。

她把頭深深地埋在臂彎裡，坐了好久，才抬起臉龐。

小吃店她是一定要開的，馬氏不理解也不支持就罷了，她不能讓自己沈浸在無用的憤怒裡。

既然從親人那裡獲得資金支持是不可能的事，那麼她就在商言商，去找能夠認同她的天使投資人！

拿定了主意，月牙兒用冷水洗了把臉，對著鏡子照一照。

馬氏打的那一巴掌可不輕，她右邊的臉頰到現在都是紅的，這樣出門像什麼樣子？她打了桶井水，用冷水在左邊的臉頰上拍了幾次，直到兩邊臉頰一樣的紅，這才又出了門。

她要去趙家，見薛令姜。

自從上回以酥油泡螺贏了賴嬤嬤後，月牙兒便常常去趙府。每當她做了新的點心，都會親自帶一份上薛府請安，一來二去，連薛府的門房都同她熟了。看在月牙兒每回都帶了小零食的分上，門房也不再是第一次登門時刁難的態度。

才進趙府後院，絮因便笑著挽住她胳膊。「妳來了。我同妳說，妳上回給三娘子做的那個粥，她特別喜歡，七日裡有五日要吃呢！」

絮因說的是蔣宋美齡女士愛吃的「美齡粥」，月牙兒上回來給她們做的，用粳米與糯米成比例混合，配上濃濃的豆漿、山藥、冰糖一起熬煮，細甜美味並且健脾開胃，愛吃甜食的女孩子多喜歡吃，月牙兒才特意給薛令姜做了一回。

兩人攜手入室，絮因高聲通傳。「三娘子，月牙兒來了。」

薛令姜正在南窗下作畫，聞言將畫筆擱在筆山上，從書桌後轉出來。「好些天沒來看我了，原以為妳忙，要過年時才來拜年呢。」

月牙兒向她道了個萬福，含著笑說：「忙是忙，可有件事需要和娘子商量。」

「坐下說吧，絮因，叫她們泡茶來。」

兩人坐定，月牙兒將自己的來意向薛令姜一一道出。

薛令姜聽得專注，等她說完，才不緊不慢地說：「一百四十兩，也不是個小數目。若是再少些，我直接贈妳，可如今妳說要找『投資』妳開店……」

她輕輕笑起來，髻上朱釵輕晃。「這『投資』一詞，是怎麼說？」

月牙兒見她這般神情，知道有門兒，便解釋道：「娘子家境不凡，手上必定有閒錢。與其放在那裡生灰，不如找個好門路，讓錢生錢。我若猜得不錯，娘子的嫁妝裡必定有些店鋪吧？」

「妳說的不錯。」薛令姜說：「雖然我娘家如今沒落了，可在嫁妝上也沒委屈我。可話說回來，既然我的陪嫁店鋪每年都有進項，那我為什麼要投資妳呢？」

月牙兒望一望她身後的江山秋色圖。閨閣女子畫畫，多為打發辰光，下筆皆是花卉、蝴蝶之物，可薛令姜所畫的這幅江山秋色圖，筆墨汪洋，頗有些大開大合之象。

「我一直以為，娘子的志向從不囿於閨閣之中。」月牙兒輕輕一笑，目光溫柔而堅定。「三娘子想不想，看一間小小的店鋪從無到有，最後名揚天下呢？」

如何才能忽悠住一個不差錢的潛在投資人呢？

第一，談夢想；第二，談前景；第三，展現實力。

月牙兒的手藝，薛令姜是清楚的，而蕭美人點心攤的名聲，想必她這些時日也聽說過。因此月牙兒便將話術的重點放在前二者。

果然，當月牙兒這句話一出，薛令姜輕輕撫摸著鏤空梅花銀手爐，頷首道：「聽起來算是有趣。」

她望向月牙兒。「妳繼續說，我聽著。」

月牙兒向她借了紙筆，低頭將徐婆家的茶館繪了個草圖與薛令姜看。「這一處房子，離鬧市稍有些距離，但並不算很遠，實為鬧中取靜之所。背靠百年杏花，辨識度極高，但凡來過的，絕不會忘了這處地方。

「我做的點心，成本比旁的要高上許多，因此主要針對的主顧，必定是富貴人家，至少也是衣食無憂。既然是這樣的家境，那麼多半對用餐環境要求也高，此店既有杏花又有流水，稍加布置，便是風雅之地。」

她畫筆傳神，用的又是西畫常用的透視筆法，看得薛令姜眼睛一亮。再聽月牙兒將選址的緣故娓娓道來，好像依著她的意思在此處開店是個再好不過的選擇。

「何況，三娘子若投了這筆錢，至少有一半是用在購置房屋上，即使我經營不善虧了本，將這房舍賣出去，妳也能收回大半的銀錢，風險並不高。」

月牙兒拿出做銷售的勁頭，侃侃而談，就差沒直接說不買就是笨蛋了。

她這一番趁熱打鐵顯然有效，薛令姜思量片刻，凝望著畫上那幾株杏花，忽而輕笑。

「行吧，看在這畫的分上，我的確被妳說得心動了，不過一百兩，未免太少，我索性給妳兩百兩。三年之內，看妳能做到何地步。」

這樣的結局對月牙兒而言，的確是喜出望外。

她原本對於這數字的銀兩有多重沒什麼概念，也不大清楚，甚至還說自己可以將銀兩提回去。薛令姜與絮因主僕兩人聽了，直笑得直不起腰，笑完了，絮因解釋說，兩百兩白銀，足足有十六斤重，相當於抱著兩個胖嬰兒一樣。月牙兒一愣。她就是再膽大，也不敢自己馱著這麼些銀兩在路上走。

最後，薛令姜拿出一張二百兩的銀票來，又叫絮因喊了幾位中人來府，立了字據，方將銀票交到月牙兒手上。

融資的問題一解決，月牙兒的腳步立刻輕快起來，此時終於有閒心瞧一瞧街上的情況。她惦記著自己的小攤子，徑直往雙虹樓走。

這兩天她忙著借錢找資金，雙虹樓老店簷下的小攤子全靠魯大妞一人照顧。一開始月牙兒沒陪在她身邊時，魯大妞還有些手忙腳亂，但過了半日，儼然能夠獨當一面了。月牙兒從雙虹樓過時，看她有條不紊的收錢拿點心，也覺得她是個俐落人。

月牙兒到了攤子上，點心出售的速度越發快了，沒過多久就銷售一空。

忙得一腦門汗，魯大妞收攤之後，和月牙兒說：「蕭姑娘，我們要不直接去浴池吧？眼看就要過年了，再過兩天，澡堂裡全擠滿了人，亂烘烘的，倒不如現在去『洗邋遢』，水一定乾淨。」

她說的也在理。月牙兒平時是在家裡燒了水擦洗身子，但每周也會去浴池一次。這時候的江南，已經有許多私人開設的浴池，她最常去的一家叫「伍家浴池」，乾淨，也不貴。兩人走到北門街一望，便瞧見他家的幌子。

浴池是用白石圍著的，大大小小有三、四個池子，其中一個小小的池子，水溫較其他的池子低，是專給小孩子用的。

月牙兒不喜歡滾燙滾燙的水，總覺得有種燉自己的感覺，所以只在溫熱的中池泡澡。趁著泡澡的空閒，她同魯大妞說了自己要開店的事。

「那雙虹樓簷下的攤子還擺嗎？」魯大妞關切的問。

月牙兒頷首道：「當然要擺啊，一則咱們租金也交了；二則我看中的那個店鋪，地方也小，招待不了許多主顧。妳還是在老地方擺攤子，月錢我給妳加一些，若是點心賣得好，我還給妳獎金。」

魯大妞在心裡算了筆帳，覺得自己怎麼說也不虧，便一口答應。

浴池旁連接著兩間小室，一間為眾人換衣服用，一間則供休息。因為緊靠著熱水池，所以一室都是暖融融的，許多婦人愛在外間小室坐，本來嘛，又不用花錢買炭，這便宜不占白不占。

人一多，自然就有賣酒食的。販售的茶飯雖然簡單，但因為省事，所以買的人也不少，月牙兒瞧一瞧他們吃的點心，都是些炊餅、饅頭之類的，不大想吃，便打算回家再用晚膳。

回到家時，天色已經全黑，這時候了，想必徐婆家早就吃過晚飯，月牙兒也不想去打擾。她點燃一盞油燈，將燈臺擱在廚房的灶臺上。

冷門冷灶的，吃什麼呢？煮飯肯定是來不及了，今晨做點心的米漿倒剩了些。月牙兒想了想，索性剁了肉糜，磕一個雞蛋打散，均勻摻和在米漿裡，上鍋一蒸。

水滾開不到兩分鐘，腸粉就做好了。

月牙兒正吃著腸粉，此時屋外有人輕叩門。

她放下碗，走到院子裡。「是誰？」

「我。」

是吳勉的聲音。

月牙兒將門打開，見吳勉一手挽著一個包袱，一手提著一盞小燈。

「你怎麼來了？」

她記起馬氏說的那些話，低垂著頭，不看吳勉。

吳勉將包袱遞給月牙兒。「妳娘的丫鬟下午來過，見妳不在家，託我把這個給妳。」

他手裡那盞小燈，灑下一片暖黃的光，照著那包袱。

月牙兒解開包袱一角，是些碎銀銅板還有首飾，最上面的那支金釵，是她白日去曹家時，馬氏髻上簪的那一支。

「妳娘託我轉告妳，她只有這麼多錢。妳若是實在想開店，就隨便找個便宜地方租下來，若是不成，還是聽一聽她的話。」

月牙兒沈默地將那支金釵拿在手裡，翻來覆去的看，呢喃道：「都是我不好。」

她聽見一聲輕笑。

「你笑什麼！」月牙兒抬首，氣鼓鼓的望著吳勉。

「沒什麼。」

「你笑我是不是？」

「不是。」吳勉眼眸低垂，燈影輕晃。「我只是想，能遇見妳這樣好的女孩，是我之幸。」

他的口吻很認真，目光澄澈，像常伴月光的那抹微雲。「願乘長風，破萬里浪。月牙兒，妳我是同道中人。」

清風拂面，月牙兒心裡無端騰起一朵薄薄的雲，飄來蕩去。頭一次，她發現自己竟然詞窮了，不知道該說什麼話。

吳勉的音色微微有些低沈，被風送入她的耳，聽著癢癢的。

「在妳之前，每一個人都同我說，你就好好賣你的果子，到了年紀，就娶個媳婦，生許多孩子，什麼讀書、功名，都是你癡心妄想……他們說得多了，我幾乎真的信了，直到那一日妳推著我到先生面前，我才發現原來我夢的那些事，並不是那樣遙不可及。」

天黑黑，他手中那盞燈照出兩人的影子，輕輕地搖曳，朦朧如夢。

「妳自己勸我的那些話，難道不記得了嗎？」吳勉上前一步，眉心微動，聲音越發低沈，細語呢喃道：「一起去看更遠的天地，不好嗎？」

這話說出口，怪難為情的。他自已都像給燙了一下，調轉小燈盞，試圖快速逃開。然而轉身的那一刻，一雙小手緊緊攥住他的衣袖。

吳勉因而回眸，忽然頰上一涼，觸感柔軟溫存，像蜜蜂偶爾落在花間一樣短暫。

月牙兒踮起腳尖，聲音嬌嬌的，很好聽。

「謝謝你，我會加油的。」

言罷，兩扇門乘著風一合，將他關在外頭。

後知後覺的，吳勉瞪大了雙眼，恍然置身夢中。

只是，夢裡聽到的「加油」這兩個字，又是什麼意思？

後來，當月牙兒去給唐可鏤送賀年點心的時候，唐可鏤忽然問：「蕭丫頭，『加油』是什麼意思妳知道嗎？」

聽他這樣問，月牙兒一驚，支支吾吾道：「這……先生從哪裡聽來這個詞？」

唐可鏤大刀闊斧坐在太師椅上，接過月牙兒送來的點心。「吳勉那小子這幾天把同窗的人問了一個遍，專問『加油』是什麼典故。可誰都不知道，他又跑來問我，我也沒聽過啊！這小子打哪兒聽來這個詞，真真奇了怪了。」

月牙兒咳嗽一聲。「嗯……我好像聽說過這個詞。」

她解釋道，說是從前有一個地方官，喜歡鼓勵年輕人讀書，又怕貧苦人家的子弟因沒錢買燈油誤了功課，便要府衙衙役每夜提著一桶油上街。衙役提著油桶在街巷蹓躂，看到哪一戶讀書人家燈影黯淡將熄，就給那人的油燈裡添一勺油，口中喊道：「大人給你加油。」

聽罷，唐可鏤恍然大悟，感慨道：「這大人真是愛護讀書人。」他疑惑的看一眼月牙兒的臉，關切的問：「是不是我屋子裡炭火太足，熱得慌？妳的臉怎麼紅成這樣？」

「是挺熱的。」月牙兒將笑意壓了下去，請唐可鏤用點心。「眼看就要過年了，家家戶戶都要打年糕，我就做了些年糕來孝敬先生。」

足足兩大包點心，用繩子捆住。上方的那一包，中間夾著一張紅紙，印著金色泥章，一朵杏花下，是個「蕭」字。唐可鏤拆開一個，就著日光一看，只見一整塊長方形的糕呈紅褐色，光澤誘人，被木印按成一隻龜的形狀，四角印著福祿壽喜和梅花，看著就很喜慶。

他拿在手裡左看右看，不大忍心扯下一角，然而這糕聞起來香噴噴的，勾得唐可鏤忍痛還是想掰一點兒吃。

還沒掰下來呢，月牙兒忙道：「上頭這塊完整的是用來做禮品或祭品的，下面那一包才是切成小塊能夠直接吃的。」

她上前，三下五除二將紅紙包解開，只見裡面的糕點分成兩個小包，是用白紙包著的，包裝比上頭那紅色要來得簡潔，右上角有一個小小的杏花紅印，上刻一個瘦金體的「蕭」字。

打開來看，儘管都是相同的顏色，卻是兩種吃法，一種是片糕，從一整塊的糕點上削下來薄薄的一層，吃起來很方便；而另一種也是薄片，只不過油炸過，糕面上隆起大大小小的泡，用筷子一戳，有輕微「嚓」聲，煎至酥脆的糕片立刻破碎一個角，露出裡面的空心。

唐可鏤搶先挾了一個炸過的糕片送入口中，紅糖滲入糯米粉，口感彈牙，而高溫炸製之後，這「糯」徹徹底底變成了「酥」，一口下去，衣裳上掉滿碎渣子。

都是一片一片的糕，吃起來很快，唐可鏤一口氣吃了不知幾片，才有空說話。

「這糕點叫什麼？」

「糖龜，只在年節的時候吃。」

「一定賣得好！」

有了這句話，月牙兒一顆懸著的心放下大半。本來嘛，她做糖龜就是為了在年節的時候賺一筆快錢。華夏的節日，多半是和某種事物關聯在一起，譬如端午的粽子、中秋的月餅、重陽的糕……而每一次過節，都是食品商家的銷售旺季。

她自然不想錯過春節這個黃金時間，想推出一款應景的節慶點心，想來想去，還是做糖龜合適。此時的江南，過年還很少人有吃餃子的習慣，而在本地盛行的習俗裡，過年主要是和米做的點心緊緊聯繫在一起的。

一入臘月，每當月牙兒院子裡那方小石磨空閒的時候，街坊鄰居都會敲開她家的門，手裡提著幾個雞蛋或者一些糖，笑著塞到月牙兒懷裡，想借她家小石磨用一用。

他們大多自己帶了糯米與粳米，放在小石磨裡，用手一推，磨盤就嘎吱嘎吱響起來，粉碾好了，就用來做吃食，有搓圓了做湯圓的，有揉成團做糯米白糖燒餅的……最多的，是用來做年糕。

年糕不僅要做，還要打。因為就近又方便，杏花巷的人家都愛在月牙兒家一齊將年糕做好、打好。

如果是晴朗的天氣，婦人們就叫自己家丈夫來，掄圓了胳臂用木槌打年糕。丈夫打一下，妻子就飛快地將年糕團摺一下，非得夫妻齊心協力，才能打出又甜又糯又有嚼勁的年糕。

也有夫妻之間沒默契的，冒冒失失的丈夫一木槌下來，險些砸到妻子的手。那女人就會跳起來打她男人的腦殼，罵道：「你瞎了眼啊！」

吵吵鬧鬧的，小院裡熱鬧得不得了，有願意自己動手做的人，也有很多懶得動手，直接買年糕的人，月牙兒打著就是這一部分人的主意。

過年總要祭祀，既然要祭祀，就要有祭品，除卻雞鴨豬頭之外，大多人家也會將年糕作為祭品之一。再說拜年的時候，總不好空著手去，總要提些好看吉祥的點心，面上才有光。

她做的大塊糖龜，是為人們過年時的消費習慣專門訂製的，再者這糖龜做起來，也沒有肉鬆小貝之類的工序多。她和魯大妞合力做，有時魯伯也會來搭把手，因此製作速度又快又好。

「除了糖龜，還給先生帶了副新鮮玩意兒。」

月牙兒說話的時候，唐可鏤已經將那一小包炸薄糖龜片吃完了。他還戀戀不捨，倒過來看裡邊還有沒有，誰知竟然掉出了一張畫片。

他將畫片攤在掌心一看，只見是用墨水畫的一個小人兒，寥寥數筆，卻極為傳神。畫片下方有一行小字，寫著「魯智深」；而在左上角的位置，有一個黑色的「壹」。

「魯智深！這是《水滸傳》裡的人物啊，妳也看了這書？」唐可鏤驚喜道。

月牙兒見他拿著那魯智深畫片左瞧右瞧，不由得輕笑起來。「那當然，這個總共有八十張。」

她從氈包裡拿了一疊畫片出來，摺扇一樣打開給唐可鏤瞧。

「水滸八十一匠，每一個我都畫了，找了一家印刷店刻成雕版，印了好多套。」

唐可鏤接過畫片去看，不由得嘖嘖稱奇。「這畫比小人書上的要俐落多了，著實好看。」

「不僅能看，還能玩呢。」月牙兒指著一張畫片上的紅「十」字。「若是湊齊了八十張畫牌，就能打字牌。」

月牙兒解釋道：「這字牌的玩法，有個俗名叫『扯翦子』，三個人就能玩，最適合過年時候親友聚在一起打發時間。」

她將「扯翦子」字牌的玩法逐一解釋給唐可鏤聽。他本是個玩馬吊牌的高手，一點就通，拿著一套畫牌，愛不釋手。「這個好，這個好！」

他生怕月牙兒將這套字牌收回去，連忙說：「蕭丫頭，妳給我留八十包炸薄糖龜片，還有那紅紙包裝的，也要四塊。」

月牙兒笑著應了。「這套牌就送給先生了，勉哥兒那裡還望先生多盡心。」

「妳放心，」唐可鏤忍不住想要去和其他士大夫炫耀他新得的畫牌，起身說：「就算妳不特意給我送吃的，我也會好好教導勉哥兒的，他真是塊璞玉，一點就通。」

月牙兒見他起身，自己也站起來告辭。「那就多謝先生了，沒什麼別的事，我先回了。」

「等一下，」唐可鏤忽然想起一件事，同她道：「前幾日有個老朋友帶了一個西洋和尚來吃茶，那西洋和尚吃了妳的肉鬆小貝，說他有法子讓肉鬆小貝更好吃一些，想要見妳，妳見不見？」

西洋和尚？

月牙兒有些疑惑，心想大約是個外國人，便說：「也可以見一見，看他有什麼好法子。」

唐可鏤點點頭，遂約定讓她大年初一下午來拜年時見。

等月牙兒回到家，只見魯大妞和魯伯正在包裝糖龜，小院裡整整齊齊碼著好些紅紙包。

見她回來，魯大妞起身鬆快鬆快筋骨，有些發愁。「蕭姑娘，妳備這麼多點心，萬一賣不出去怎麼辦？」

「妳放心。」月牙兒拿起一張卡，笑一笑。「無論到哪裡，總會有人有集卡的衝動。」

過年，永遠是孩童們最期盼的事之一。

小裴幾乎是掰著手指頭，數著私塾先生放假的日子。好不容易等到放假，他立刻換了衣裳，拎起玩具往家門外衝，去找他的好兄弟玩。

裴家所在的巷子從西往東走，走到一半的地方忽然凸出一塊，栽了兩株桂花樹，附近的孩子都愛在桂花樹下玩，小裴一路跑到桂花樹那裡，正看到他的好哥兒們圍成一圈，全神貫注的看著什麼東西。

他興沖沖跑過去。「幹麼呢？打逍遙嗎？」

一個小夥伴嗤之以鼻。「那都是老古董的遊戲了，我們在玩一種新東西。」他說著，一面吃著一種點心，一面「啪」一聲，將手裡畫牌往地上一打。「我這張牌可是智多星吳用！你們誰比得過？」

「他奶奶的，怎麼你小子手氣這麼好？」另一個小夥伴罵罵咧咧地，將自己的霹靂火秦明畫牌收起來，等下一個人出牌。

小裴定睛一看，呀，這畫牌上畫著的人物，不是《水滸傳》裡面的大英雄嗎？

他立刻激動起來，這時候的《水滸傳》，可是紅透了半邊天。說書的、唱戲的、講話本的，誰沒有講過水滸的故事？小裴自己就買了兩、三本畫著人物小像的水滸，在外頭套了一層《孟子》的書皮，在先生眼皮子底下偷偷看。

「這是從哪裡買的，畫得好好看啊！」小裴拿起一張牌，羨慕的說。

小夥伴將他手裡的牌一把奪過去。「你看就看，不要動手啊！我可是開了整整十包炸糖片才拿到這張吳用畫牌的！」

「小氣鬼。」小裴咕噥道。

小夥伴反嗆回去。「就小氣了，你怎麼著？」

「有什麼稀罕的，你等著，我買個宋江的畫牌回來你就知道了。」小裴問身邊的小夥伴。「在哪兒買的？」

還沒來得及說話，那個有吳用畫牌的小夥伴就哈哈大笑道：「作你娘的夢呢！你出去打聽打聽，這三條街，有誰手裡有宋江？」

「我就能買到，買到了氣死你！」小裴轉身又問了一遍哪裡能買到這種畫牌。

他身邊的那個小夥伴同小裴解釋說：「這畫牌單買不到的，你得買一包炸糖片，一包裡頭夾著一張，看是誰，全憑手氣！」

「那到底在哪裡買嘛！多少錢一包？」

「只有雙虹樓老店簷下的蕭美人點心攤賣這個，不貴，十文錢一包。」小夥伴提醒他。「你要買得趕緊去！每日就那麼多包，賣完了就沒了。」

小裴衝那個有吳用畫牌的小夥伴喊。「你等著，我這就買個宋江回來氣死你！」

十文錢一包，的確不貴，小裴平常的零用錢也有將近一百文呢！

等衝回家拿了錢，小裴又一道風似的往雙虹樓老店跑，一路急奔，一見著那蕭美人點心攤前的隊伍，更是鼓足了勁，撒開腿往前衝。

排隊不知排了多久，輪到小裴的時候，他很豪氣的將一袋子銅板拿出來晃。「給我來五包炸糖片。」

蕭美人同傳說中的一樣，果真是個小美人，笑咪咪給他拿了五包炸糖片，提醒道：「我們還有大的糖龜哦，裡邊有三張卡。」

有三張卡？小裴眼睛滴溜溜一轉，聽起來很合算啊。

「那再給我拿個大的糖龜。」

小裴兩手滿滿的捧著點心，意氣風發的回了家。

小裴他娘瞧見他抱一堆零食進門，不由得皺起眉頭。「飯不吃，就買些亂七八糟的點心。吃這些能長高？我就不該給你零用錢。」

他們家的養娘正扶著小裴奶奶正從屋裡出來，裴奶奶是特意出來看孫子的，正巧聽見兒媳婦這話，不樂意了。「孩子那麼努力的讀書考功名，買些吃的怎麼了？我裴家還不缺這點錢。」

「就是就是，」小裴爭辯道：「我又不是只為我自己買吃的。奶奶，這個大的糖龜是用來祭祖用的，您瞧，上面還有梅花和吉祥如意呢，多氣派！」

裴奶奶拿過一瞧，笑著摸一摸小裴的頭。「我孫兒長大了，還記著給祖先的祭品呢。」

小裴他娘見狀，也不好說什麼，轉身進裡屋去了。

小裴一溜煙跑到祖先牌位前，雙手合十，恭恭敬敬的行禮，心裡默唸道：「祖宗保佑，看在我給祢買了好吃的糖龜的面子上，讓我能一舉抽中宋江！」

拆包之前，他特意去洗了手，然後才屏住呼吸，揭開紅紙包的糖龜。

第一張畫牌，是浪子燕青；第二張，是立地太歲阮小二。翻開第三張之前，小裴閉上了眼，心裡反覆唸著他的祖宗，然而睜眼一看——

「啊！我真的抽到了宋江！我第一包糖龜就抽到了宋江！」

聽到孫兒那樣開心，雖然不知道是發生了什麼事，裴奶奶臉上也泛起笑意。「慢點跑，小心摔了。」

「知道了！」小裴撒腿就往門外衝，這回那個討厭鬼沒話說了吧！

等他將宋江的畫牌在小夥伴們前展示了個遍，原來那個有吳用畫牌的孩子驚到。「這怎麼可能？你憑什麼一抽就抽到了宋江？」

「有什麼不可能的，我就是運氣好。」小裴將宋江畫牌小心翼翼收好，得意洋洋。「我買了一包大的紅糖龜，一抽就抽到了！那大糖龜裡，足足有三張牌呢！」

聽了這話，在場的小夥伴紛紛心動。

「我這就回去拿錢，買一個大糖龜來！」

大年三十，小裴他爹回到家，看見兒子房間裡擺了許多個點心包，不由得生氣。這兔崽子，拿了一點錢就亂花，老子就不該給他壓歲錢！

他一邊發牢騷，一邊很自然的拿起一包拆開來吃，切成薄片的紅糖年糕，油炸之後異香撲鼻，不知不覺一整包就吃完了，正想開第二包呢，看見小裴床頭整整齊齊擺著一疊畫牌。

小裴他爹拿起來一看，這畫牌，似曾相識啊！這不就是士大夫中最近新流行的「扯鬍子」牌嗎？

他之前陪上司赴宴的時候，見幾個上大夫都圍在一起玩這個，他一直站在旁邊看，也躍躍欲試，這臭小子不知道從哪裡弄到了這些畫牌。

小裴他爹看時辰還早，就叫家僕去請他的兩個朋友，想試著打一打這畫牌。

臨近吃晚飯的時辰，小裴終於跟他娘走親戚回來了，他一進門就去找自己的畫牌，卻找不到，急得團團轉。他在親戚孩子們面前承諾過，要拿自己的畫牌給他們瞧，證明他是真的抽到了宋江畫牌，怎麼忽然就找不到了呢？

小裴像沒頭蒼蠅一樣四處亂轉，養娘看到，告訴他是他爹拿去和朋友打牌了。

這還了得？他風風火火衝到他爹房裡，定睛一瞧，那牌桌上擺著的，不正是他的畫牌？

「爹，您怎麼可以偷拿我的畫牌！」

小裴這一聲淒厲的尖叫，把他爹嚇了一個激靈。

「瞎叫些什麼！」他爹目光瞥過兩個玩牌的朋友，竭力展現自己作為父親的威嚴。「還不是拿我的錢去買的。」
小裴衝上來搶過他手裡的「宋江」畫牌。「還給我。」
「你這成何體統？」小裴他爹大聲叫，把畫牌拉過來扯過去，突然啪一聲，那「宋江」畫牌竟然斷成兩截了。
兩人都愣住了，小裴回過神，哇哇大哭起來。「你賠我的宋江，你賠我……嗚嗚嗚……」
這樣大的吵鬧聲，連裴奶奶都驚動了。她老人家出來，見孫子哭得這樣傷心，不由得也跟著心疼，等聽養娘講完事情原委，裴奶奶也怒了。
「你多大的人了！還跟孩子搶東西，要不要臉啊。」裴奶奶拿枴杖指著小裴他爹。「你快把我孫兒給哄好了，他要哭出個好歹，咱們這個年就別過了！」
一陣雞飛狗跳，最後小裴他爹領了兩個家僕，老老實實的到雙虹樓老店簷下排隊。
可輪到他們的時候，只剩下兩個紅紙糖龜了。
「蕭美人，不，蕭姑娘，除此之外，就真的一個也沒有了？」
月牙兒溫柔地解釋道：「是呀，這是最後兩個了。」
見小裴他爹在這裡嘀嘀咕咕，後面排隊的人不耐地高喊著。「你不要就走開，蕭姑娘，賣給我吧！」
「誰說我不要的？」小裴他爹瞪大了眼，立刻將兩個紅紙糖龜抱在懷裡，生怕有人搶了去。「給錢。」

見最後一個被他買走，後面的主顧雖然不滿，也只能散去。

月牙兒見他抱著兩個紅紙糖龜，一臉鄭重的模樣，不由得笑起來。「這位客人，你這是怎麼了？」

「唉，生了個不孝子。」小裴他爹搖搖頭，懷著虔誠無比的心將紅紙撕開。

第一張畫牌就是「宋江」！

連月牙兒都不禁湊過來瞧，感慨不已，這對父子真是好手氣啊，她自己拆了兩包，都沒拆到「宋江」畫牌呢。

月牙兒和魯大妞才將小攤子收拾好，遠遠地就看見魯伯走過來。

他是來接魯大妞回家的。

魯伯還買了一條紅頭繩，獻寶似拿給魯大妞看，想讓她戴上，魯大妞一臉嫌棄。「又是紅色的，都看煩了。」

說是這麼說，她還是俐落的用紅頭繩重新紮了一遍頭髮。

「蕭姑娘，是初八見吧？」

「是，妳直接到杏花巷來。」

「那我們先回去了。」

她與魯伯同月牙兒互相拜了早年，父女倆轉身走入人群。

月牙兒獨自在簷下站了一會兒，今日無風也無雨，街上熙熙攘攘的，都是置辦年貨的人。一對夫婦在貨郎攤上為了一支木簪討價還價；聽見巷弄裡有孩童在玩爆竹，「啪——啪」！聽著一個母親在哄她哭泣的小女兒，因為沒錢再買第二支畫糖。

有一瞬間，她覺得自己像在觀賞一幅畫……

「蕭姑娘，妳收攤了？」

一個熟悉的聲音迅速將月牙兒拉入塵世，回頭一望，是馬氏身邊的小丫鬟葉子。

葉子的面色並不很好看，像憋著氣，語氣很不好的樣子。「東西妳收到了吧？」

月牙兒點點頭。

「那就好。」她一句話也不想多說，就打算走開。

「那個……」月牙兒喊住她。「我娘她，這兩天好嗎？」

葉子腳步略停。「她好不好，妳在乎？」

自從上回月牙兒和馬氏不歡而散，馬氏好幾日都鬱鬱不樂。葉子因更親近馬氏，見此情景，總覺得是月牙兒的錯，如今怎麼看她怎麼不順眼，因此說話也格外刻薄，有心刺她一刺。

可是月牙兒並沒有如她所料那般發怒，相反，她說話是很平靜的。「那天的事，是我衝動了，我還能送些東西到府上嗎？」

葉子微微揚起下巴，看了她許久，終於點了點頭。

葉子回到曹府時，馬氏正在與曹百戶說話。

「我不愛金釵，你就是給我買了也是白買。」

「這大過年的，旁的人一身俏，妳連根簪子都不戴，那上門拜年的女眷見了，還以為我欺負妳呢。」

葉子走到門外，高聲喊道：「五娘子，要給您添點茶嗎？」

「添些吧。」

葉子便從偏房提了一壺水，輕輕推門走進去。

屋裡，馬氏和曹百戶一左一右相對坐著，她低頭悶聲打著絡子，曹百戶則端著茶盞出神。

葉子上前往茶盞裡添水，身子一轉，露出她左臂上拎的包袱，那是馬氏給月牙兒裝東西的那個包袱。

見狀，馬氏不由得秀眉緊蹙。

曹百戶也看見了。「這是什麼？」

葉子將茶壺放下，一邊揭開包袱一邊說：「是蕭姑娘硬要我拿過來的東西。」

打開一瞧，馬氏的首飾整整齊齊、一個不少的擺在裡頭，還有一張紙和一個油紙包。

曹百戶看了包袱最上面的金釵一眼，又望一望板著臉的馬氏，沒說話，想來是母女倆鬧彆扭了。他順手將那張紙拿起來，一看，原來是張字據，上書「某年某月某日，馬氏借蕭月多少多少錢，什麼時候歸還，歸還時需要付多少利息」云云。

「倒是有趣。」曹百戶懶懶的倚在靠椅上，轉手將字據遞給馬氏。

馬氏接過，掃了一眼，就塞在袖子裡頭。

她原是不識字的。

曹百戶又叫葉子將那個油紙包呈上來，揭開一看，原來是一盒花瓣形狀的糕點。

橘紅的花瓣，自內而外顏色漸深，像天邊染過的晚霞。花瓣微微捲曲，溫柔地包裹著一個小圓團，那小團子是綠色的，被花瓣護在懷裡。

他將這花瓣形的糕點遞給馬氏，笑問：「認得是什麼花？」

馬氏用雙手接過，微微搖頭。

「有詩云：『喚作忘憂草，相看萬事休。若教花有語，欲解使人愁』，這是萱草花，她藉著這個糕點給妳道歉呢。」

萱草花，又名忘憂草，本是千年來母親的象徵。月牙兒的歉意與感激，都藏在這萱草花糕裡了。

馬氏拿起一個，輕咬一口。是豆沙餡的，卻沒有放很多糖，需要細品才能察覺紅豆的微甜與清香。

曹百戶起身，向她道：「行了，我到大娘子那兒去，等會兒一起吃年夜飯。」

等他走了，馬氏立刻將那紙字據從琵琶袖裡拿出，揉成一團，丟在炭盆裡，火舌立刻將紙燒成灰，馬氏望著那道煙，心底湧上些許愁緒。

這家家團圓的年夜飯，月牙兒是一個人吃嗎？

日光漸漸暗下來，家家戶戶點起了燈。就是最摳門的人家，在除夕這天晚上，也會多點一盞燈，一盞又一盞明燈，浮在夜色裡，連成一片，像天上的繁星透在鏡湖裡，如夢如幻。

杏花巷裡的鞭炮聲遠遠近近，此起彼伏，月牙兒將薛令姜送的那套衣裳穿上，還施了一層薄薄的鵝蛋粉，點完絳唇，她攬鏡自照。

鏡中人如畫，還不錯。

她起身，小心的提起馬面裙，避免讓過長的裙襬掃在地上，緩緩往徐婆家去。

還沒到小年夜，徐婆就已經登門說了幾次，要月牙兒一定到她家去吃年夜飯。

「妳可一定要來乾娘家吃年夜飯，」徐婆威脅道：「我菜都買好了，妳要不來就全糟蹋了！何況，我這一走，也不知道什麼時候才能見面。」

這話是真的，在這車馬都很慢的年代，一次分離，也許此生就很難見面了。

杏花樹下的茶館，不僅點了兩、三盞油燈，甚至還燃了一對蠟燭，算得上是燈火通明。

月牙兒本想去廚房幫忙的，卻被徐婆一把按在椅子上。

「妳是客，哪有讓妳幫忙的理？放心，我們煮的東西能吃的。」

話都說到這分上了，月牙兒只好乖乖坐在茶館裡，徐婆的丈夫也坐在一邊，有一搭、沒一搭的同她聊天，叮囑她一些開店要注意的事。

月牙兒聽得很認真，恨不得每一條都拿筆記下來。徐婆夫婦經營茶館幾十年，他們的經驗本身就是一筆巨大的財富。

忽然有敲門聲，月牙兒回眸一望，飛快地撇過頭，攏一攏她鬢邊的碎髮。

來人是吳伯和吳勉。

「真是叨擾了。」吳伯笑著打招呼道。

徐婆的丈夫忙上前幫忙扶住吳伯。「都是多年的街坊，有什麼好說的，咱們馬上就要搬走了，一定要聚一聚。」

他朝桌上努了努嘴。「我可是把收藏十年的酒都拿出來了，吳老弟，咱們今晚不醉不歸！」

月牙兒起身向吳伯道了萬福，卻不敢看向他身後的吳勉。

吳伯的目光在兩人之間流轉，笑道：「臭小子，你惹月牙兒生氣了？還不快給妹妹道歉。」

「沒有——」

「沒有——」

兩人竟異口同聲。

房。

月牙兒和吳勉互相對視一眼，立刻將視線移開，一個低頭看著燈影，一個望著後院的廚房。

這下子連徐婆的丈夫都哈哈大笑起來，指著他們道：「小兒女鬧彆扭，常有的事。吳勉，你等會兒把我家剩下的煙花爆竹都拿去，放給月牙兒看。」

吳勉應了一聲，再不肯多說一個字。

一直到眾人坐在飯桌前，兩人都是沈默的。

除夕的團圓飯，雞鴨魚肉悉數登場，總共有八個大碗。而這麼多菜餚之中，月牙兒最喜歡的，卻是第一道清樂湯。

取新鮮的豬筒子骨熬湯底，再將新鮮的豬肚、脆骨、瘦肉切成粒，香菇、木耳、腐竹、荸薺切絲，一起下鍋，同時倒入一勺生粉，加上鹽、醬油、蔥花，再打上一個雞蛋，在鍋裡煮得咕嚕起泡。

入口微稠，肉的鮮香與素食的清新勾芡結合，吃上一碗，渾身都暖洋洋的。

酒，是好酒。自家釀製的陳年黃酒，並沒有辛辣之感，只覺醇香。月牙兒吃了一盞，覺得很好，她本是很容易酒意上頭的人，微微沾了點酒，已是兩靨飛霞。

酒足飯飽，徐婆丈夫真的尋出了一大堆煙花，趕著吳勉到院子裡放給月牙兒看。

月牙兒原本不想去，可又怕人追問。徐婆八卦的本事，她是見識過的，堪比一流狗仔隊，她只好強裝鎮定，遠遠地跟在吳勉後頭。

隆冬的夜裡還很冷，月牙兒把兩手縮到袖子裡，看吳勉放煙火。

統共有兩、三種煙火，最好看的是梅紅色的，一點燃，火星迅速往炮仗裡爬，衝上天際，「砰——」……

這煙火聲音這樣大，月牙兒一時沒防備，整個人嚇得一彈，直到一雙溫熱的手掌捂住她的耳朵。

吳勉與她並肩而立。

火樹銀花，迸發在夜空裡，一剎那的輝煌之後，朱顏辭鏡花辭樹，紅紙片紛紛揚揚落下，好一場梅花雨。

清淺的笑聲和呼吸聲縈繞在月牙兒耳旁，酥酥麻麻。「這會兒知道怕了，那天膽子怎麼那麼大呢？」

月牙兒面上的嫣紅又濃了一層，她裝作聽不見。

煙花燃盡，吳勉將雙手放下，又是往常那副規規矩矩的模樣，他上前，將煙花一個一個的點燃。

月牙兒在簷下站定，不知是在看煙火，還是在看他。

第七章

昨夜的煙火開得璀璨，月牙兒回去之後作了一個夢，夢裡她又看了一場煙火。

今日一早，她是被大大小小的鞭炮聲吵醒的。

大年初一，按照民俗是不許動剪子、動刀的，之前徐婆還特意叮囑，要她提前將初一要吃的菜切好，怕她犯了忌諱。月牙兒並不信這個，但看徐婆那樣鄭重，便同她一起備了菜。

昨日她就備好了寬粉晾著，當今日的早餐。此時一個白色青花瓷底大碗，放入鹽、豬油、蔥花、醬油，盛入滾熱的高湯，再將燙熟的寬粉倒進去，舀一勺用紅油炒的辣肉醬，香得讓人恨不得咕嚕咕嚕連湯一口吃乾淨。

既然是大年初一，自然要吃得奢侈一些。月牙兒又特意炸了些蔥油粑粑，像大號的銅錢，咬一口，外層酥脆、內裡柔軟，透著米香與蔥香。

她本還有些睡意，吃了半個蔥油粑粑，人立刻清醒了。

剩下的一鍋油也別浪費了，待會兒出門拜年，總要帶些拜年禮。月牙兒起初是打算拎著糖龜的，可糖龜賣得太好，連一塊也沒留下，她索性再自製些油炸點心。

吃過早飯，月牙兒穿好衣裳，用麻繩捆好點心，再帶上前幾日做的鬆糕，推門走了出去。

她需要拜年的人家並不多，蕭父自從獨自到城裡過活，就和老家的親戚斷了來往。而馬氏的娘家，也就是月牙兒的外婆家，曾經差點和月牙兒動了手，彼此宣布再不往來。馬氏又是到別人家去做小妾，月牙兒也糾結到底要不要去。

算一算，真需要上門去拜年的就是徐婆、吳伯那裡；還有約好了初一去拜年、順便見一見「西洋和尚」的唐可鏤家……對了，作為金主的薛令姜也不能忘了，雖說作為高門貴女，她不一定有空在年節時見客，可她見不見人是一回事，月牙兒去不去，又是另一回事。

心裡盤算定，月牙兒先到了徐婆家，互道了「平安如意」之後，徐婆看著月牙兒，指著她的頭髮笑。「昨天綰個單髻就算了，今天出來拜年，怎麼還是這樣式的頭髮？和妳這身衣裳一點都不搭。」

她一面將月牙兒拉到梳妝檯前，一面喊她媳婦過來幫忙。

月牙兒望著鏡子裡頂著一顆丸子頭的自己，竟穿著一身錦衣，也覺得好笑。倒不是她不想梳個好看的頭髮，一是沒時間，二是不會，只能這麼草草梳頭。

徐婆兒媳婦很會梳頭髮，她將月牙兒頭上的簪子拿下來，感慨道：「妳這頭髮烏黑烏黑的，不用抹油都好看。」

見她帶了一瓶桂花頭油過來，月牙兒忙告訴她，她不習慣抹頭油。

徐婆兒媳婦兩手定住她腦袋，端詳一會兒，點了點頭。一旁的徐婆卻將目光落在了桃木簪上，疑惑道：「看起來有些眼熟。」

月牙兒只覺自己的臉一熱。

徐婆握著那簪子看，笑得合不攏嘴，故意拿著簪子在月牙兒面前晃悠。「我想起來了，這是勉哥兒送的，對不對？」

月牙兒一把將桃木簪搶過，嗔道：「乾娘，您再這樣，我就走了！」

徐婆和她媳婦笑了一陣，終於收斂了些。徐婆感慨道：「勉哥兒是個好孩子，我瞧著，他對妳也是真心的。」

月牙兒嘟著嘴，爭辯道：「就是一根木簪了，我也會給他回禮的。」

「不只是一根木簪子。」徐婆沈吟一會兒，想起從前的舊事來。「我要是沒記錯，這木簪子，是勉哥兒他娘留下來的。」

月牙兒攥緊手中的桃木簪。「勉哥兒的娘？」

徐婆點點頭，感慨道：「那真是個如花似玉的美人啊，我記得她嫁來杏花巷的時候，一身大紅嫁衣，哎喲，真跟畫上走下來的仙女似的。」

「有那麼漂亮？」

「那是，只可惜是個啞巴。」徐婆感慨道：「可即使就這樣，她也是二十四橋的花魁。」

月牙兒嚇了一跳。「勉哥兒他娘，是二十四橋出身的？」

徐婆點點頭，說起昔年舊事。吳勉他爹與他娘的故事，倒有幾分「賣油郎獨占花魁」的意思。

那時吳勉的娘自贖其身，嫁給吳伯，兩人琴瑟和鳴，殊不知這正是禍患的開始。有富貴人家的公子哥兒心恨吳伯能將佳人娶回家，竟然叫一些渾人趁夜在小巷子裡堵住吳伯，硬生生打斷他的腿。吳勉的娘親那時已經懷有身孕，又急又怕，後來才會難產而亡。

「勉哥兒也不容易，他小時候，有些無聊的孩子最喜歡圍著他打罵，說什麼『你娘是娼婦，你日後也是兔爺兒』之類的渾話，想起來就造孽。」徐婆嘆息道。

「這說的是人話嗎？對付這種熊孩子，就應該打回去啊！」月牙兒憤憤不平道。

徐婆笑了。「妳不記得了？是妳幫他打回去的呀！我的老天爺，妳一個小姑娘，抄了菜刀就衝上去，嚇都嚇死人了。」

月牙兒一愣。

「妳那時候可比現在要潑辣不少，長大了，到底還是文靜些了。」徐婆說完，又指點起媳婦。「月牙兒頭髮厚，妳還是分三道梳……」

婆媳兩人商量著如何給月牙兒紮頭髮，月牙兒卻只怔怔望著鏡子中的自己。

她如今的心思，全不在她的頭髮上。

原來小月牙兒，和勉哥兒很早就認識嗎？

她在記憶裡翻箱倒櫃，回憶了好一陣子，才想起這件事。這段幼時的記憶像掛在室外的畫，風吹雨打太陽曬，最後只留下淡淡墨痕。

那一日是個極晴朗的天氣，天是很淡很淡的藍，小月牙兒牽著風箏線在小巷裡奔跑，一心盯著風箏，跑著跑著，就跑到了隔壁的巷子。

忽然變了風向，風箏掙扎了兩下，最終還是墜在地上。小月牙兒很沮喪的沿著風箏線，跑到一處陰暗的所在撿風箏，誰知正撞上一群小孩圍著一個小男孩，笑嘻嘻地罵。

罵了什麼話，她已經記不清了，但一定很難聽，不然小月牙兒不會上前多管閒事。然而她一個小丫頭片子，說的話沒有人聽，甚至還被人推搡了一下，小月牙兒氣不過，一溜煙跑回家，兩手抄起菜刀就殺了回去。

記憶的最後，是家長們找上門時，爹爹的數落和她餓得咕嚕叫的小肚子。

那個小男孩，竟然是勉哥兒嗎？那日在吳家看見的舊畫浮現在腦海裡，那稚嫩的筆觸所畫，依稀是小月牙兒的模樣。

月牙兒一時欣喜於這段前緣，一時又有些低落。

所以，吳勉是因為記得幼時的小月牙兒，才待她如此與眾不同的嗎？

可是……那個曾經幫助過他的小月牙兒，並不是自己……她望著鏡中的自己，有些茫然。

和徐婆道別後，她行過小橋，沿著悠長小巷一直向前，走到巷弄間的岔路口，她駐足，往吳家的方向望去。

她獨自站了一會兒，然後走了過去。

正月初一，隨處看見桃符與春聯，偶爾還能聽見兩聲炮仗與孩子們的笑。

唐可鏤的家就在思齊書屋後頭，只隔了一道門。當了這麼多年塾師，前來拜年的人絡繹不絕，手裡提著大包小包的年禮，月牙兒拎著一大包點心夾雜在賓客中，倒顯得年禮格外薄了。

見月牙兒登門，唐可鏤一下子從太師椅上起身，一邊拜年一邊望著她手裡的點心包。「來這麼早，巧了。」

一個家僕過來，想按著規矩接過年禮放到旁邊去，立刻被唐可鏤攔住。

「這可是蕭姑娘送的點心。」唐可鏤叮囑道，一手將點心包接了過來。「我以為妳會和勉哥兒一道來呢。」

月牙兒聽見這名字，心裡有些不痛快。「我又不是他什麼人。」

唐可鏤看她一眼，知趣的轉移話題。「這是什麼點心？」

「糟粑。」

家僕適時上茶，唐可鏤一面就茶，一邊開吃，越吃越香，連旁邊寒暄的其他拜年客，都不由得望向他，甚至還忍不住吞了口口水。

見別人看他吃獨食，唐可鏤吃得越發歡快了，一口氣吃了兩個，才意猶未盡的和月牙兒說：「對了，那個西洋和尚也來了，在小花園呢，我領妳過去。」

「他叫什麼？」月牙兒跟在唐可鏤後頭問道。

「叫西泰。」

小花園裡，站了兩、三個身穿道袍、頭戴唐巾的儒士，背對著寶瓶門。

月牙兒打量一眼這些背影，不由得有些疑惑，說好的外國人呢？沒瞧見呀。

唐可鏤喊了一句。「西泰，正巧蕭姑娘也來了。」

一個高個兒儒士回頭，落腮鬍和一雙碧眼極為顯眼，用略帶口音的中國話說：「平安如意，蕭姑娘，久仰久仰。」

還真是個西方大鬍子啊。

月牙兒好奇。「西泰先生，你聽說過我？」

西泰點頭。「吃了妳做的肉鬆小貝，我覺得甚是美味，唐先生提到妳，我便想和妳說說，但有一物，能讓肉鬆小貝更好吃。」

「是什麼？」

「麵包。」

一聽見「麵包」這詞，月牙兒便驚喜道：「西泰先生你會做麵包？」

西泰點點頭。「我們那裡的人，吃麵包就像你們吃米飯一樣。」

「那你會不會做烤麵包爐窯？」

「會的。」

一旁的唐可鏤原來還想為兩人引見呢，誰知這兩人竟這樣快就聊了起來，說的還是什麼「麵包」？嗯，聽起來好像是一種吃食？

唐可鏤插話道：「你們說的麵包是何物？」

月牙兒笑著解釋道：「一種西洋小點，類似於咱們的包子、饅頭，但做法不一樣。」

麵包一類的點心，她很久之前就想做，只是苦於沒有烤麵包的工具。本來嘛，在現代的時候，都是用烤箱烤麵包，再不濟也是用電鍋做蛋糕，沒聽說誰家會自己修一個麵包窯專門來烤麵包的。

月牙兒自然也不會修麵包窯，於是只能作罷，將做麵包的心思壓下去。

可是如今竟然遇見一個會做麵包窯的西洋人，那真是來了瞌睡送枕頭！

唐可鏤見狀，叫家僕搬來幾把椅子，請兩人坐下慢慢談。

原來月牙兒對於西泰為何出現在這裡還有些疑問，一問才知道，他來大明已經有十幾年了。

儘管西泰自稱是「西方僧侶」，是來自天竺的佛教徒，可月牙兒不信，西泰這張臉擺明了就是純正歐洲人，應該是來華的傳教士，但怕官府不允許，所以才掛羊頭賣狗肉說自己是西方和尚。

三人落坐之後，家僕又搬來一張桌子，捧來一盒黑漆茶盒，茶盒裡各分小格，擺著各種糕點，譬如松子桃仁糕、歡喜團之類的。

月牙兒取了一塊歡喜團，一邊吃一邊聽西泰說著自己的來歷。

西泰說，自從他小時候看過《馬可波羅遊記》，他就想到東方來，尋找傳說中的「黃金帝國」。幾年前他搭乘一艘葡萄牙人的船從義大利來華，自澳門港登陸，原本依照大明例律，來華的西洋人只可在澳門活動，但西泰因為結識了一位知府朋友，得以在廣東居住。

「那你怎麼會到了金陵呢？」月牙兒吃完一塊松子桃仁糕，問道。

「說來話長。」西泰嘆了一口氣，並不細說，只是說自己是陪一位官員來的。

月牙兒雖好奇他的來歷，但其實更關心麵包窯爐，不住的問著細節。到最後，唐可鏤索性抱來一卷紙，讓他倆邊畫邊說。

能從澳門港一路到金陵，西泰的為人處事是沒話說的，只要月牙兒問到關於麵包窯爐的事，他都知無不言、言無不盡，到最後甚至主動提出可以幫她修一個麵包窯爐。

於是正月十五，當徐婆一家人搬離杏花巷之後，月牙兒連家都還沒搬呢，就開始在小院裡築麵包窯爐了。

這日絮因奉薛令姜之命，親自到杏花巷來了一趟，看她的小吃店是什麼模樣。

她先到了月牙兒家，發現沒人在，便問一問在巷子裡玩竹蜻蜓的孩童，孩童一指巷口的茶店。「月姊姊在那裡修什麼『麵包窯爐』。」

麵包窯爐？那是什麼東西？

絮因往杏花巷口走，才走了沒幾步，就聞到一陣香氣。巷子裡那兩個玩竹蜻蜓的孩童也嗅見了，立刻將竹蜻蜓收進兜裡，一道風似的往茶店跑，歡呼道：「麵包要烤好啦！」

越往前，香味越濃，還沒等絮因走到茶店門口，只見四、五個孩子已聞風而來，扒拉著小院的籬牆，探頭探腦，一副餓了很久的模樣。

這是什麼東西，怎麼這樣香？絮因深吸一口香氣，竟有些期待。

一定是月牙兒又在鼓搗什麼點心了吧！她想著，加快了步伐。

「蕭姑娘，妳在嗎？」

「在呢。」

月牙兒回頭，一見是薛令姜身邊的大丫鬟，立刻放下手中的活計，出來迎接絮因。

見她開了門，一眾孩童滿眼發光的問：「月姊姊，我們可以試吃了嗎？」

「還沒到時候呢，等一等。」月牙兒笑道。

絮因跟著她踏進小院，這本是連同茶店與內宅之間的一個小花園，現在卻在西南角砌了一個灶臺大小的窯堡。魯大妞正蹲在那裡看望火候，一旁站了個儒士打扮的中年人。

等絮因看清了那中年人的面容，嚇得往月牙兒身後躲。

月牙兒一時有些尷尬，西泰倒是習以為常，溫和的朝她們笑一笑。「我是天竺來的僧侶，姑娘別害怕。」

聽了這話，絮因偷偷看他，在月牙兒耳畔小聲說：「他眼睛怎麼這個顏色呢？」

「他……算是海外來的方士，長相與咱們是有些不同。」

西泰笑著攤開手，示意絮因看向地上的影子。「妳瞧，我有影子，我是人不是鬼。」後頭不知是哪個孩子在笑，隱約聽見一聲「鬼子」，月牙兒聽見了，眉尖立刻蹙緊，回首想認一認是哪個孩子。

可西泰卻勸道：「小孩子不懂事，別和他們計較。」

看見地上明晃晃的影子，聽他說的話雖然腔調有些怪，但也通情理，絮因才不那麼害怕了。

這時魯大妞喊了一聲。「蕭姑娘，火候到了。」

月牙兒忙俯下身子去察看，確認火候到了，她戴上一副厚厚的、用棉縫製了幾層的手套去取麵包。才出爐的麵包，擺在竹編成的小籃子裡，色澤金黃，是圓形的模樣，小小巧巧，散發著甜絲絲的香氣。

絮因心裡癢癢的，想拿一個吃，但顧忌著自己的形象，只能眼巴巴望著月牙兒。

月牙兒會意，笑著說：「絮因姑娘來得正好，妳替我試一試，瞧哪種麵包味道好。」

她叫魯大妞從屋裡又拿出一個小竹籃，裡頭裝著另一種麵包，看上去有些硬邦邦的。兩個小竹籃擺在眼前，絮因想都不想，徑直拿那籃新出爐的。

她輕輕咬了一口，麵包柔軟細膩，麥子的清新裡還有一絲酒香，內餡是用桂花糖蜜炒過的紅豆泥，香醇濃郁。

這可比饅頭、花捲之類的好吃多了！

絮因吃了大半個，才戀戀不捨的放下，拿起另外一種麵包。有了前一種麵包作為對比，這一種麵包吃起來簡直有如雞肋，入口微硬，需要嚼好幾下才能吃出甜味。

「那肯定是剛出爐的好吃。」絮因毫不猶豫道。

魯大妞笑起來，扭頭去看西泰。「你看，我們蕭姑娘的法子，準沒錯吧？」

西泰攤了攤手。「好吧，我承認蕭姑娘做麵包的法子很厲害。」

「那也是有你幫忙，若是沒了這個麵包爐，我就是有千種花樣也玩不出來呀。」

這話是真的。月牙兒這次做的是紅豆酒種麵包，算是日式麵包的經典味道之一。而西泰教她們做的是傳統歐洲麵包，相比之下，改良後的日式麵包更加適合東方人的口味。

月牙兒提起兩個小籃子，預備將剩下的兩、三個麵包分給孩童們吃，為了掌握好麵包爐的火候，她這些天一日三餐吃麵包都吃膩了。

絮因見她打算將麵包分給小孩子們，忙攔住那一小籃子紅豆酒種麵包。「這個給我吃吧。」

「好。」

在孩子們羨慕的眼光裡，絮因津津有味的吃完一個紅豆麵包，這才想起自己的來意。

「對了，三娘子讓我來看看，妳這店什麼時候開？準備得怎麼樣了？」

其實薛令姜的原話是要她來看看月牙兒那裡有什麼好玩的新鮮事，回來說與她聽。但絮因肯定不能和月牙兒這麼說，便換了一種說法。

月牙兒向西泰和魯大妞打了個招呼，領著絮因穿過一道小門，到茶店裡看。

只見茶店原來的桌椅都被整齊堆在牆角，原來圍住廚房的一道牆，卻被敲開了一扇滿月門。

「過年的時候沒人幹活，要裝修茶店還需一些時日。」

絮因走到窗邊，瞧見小橋流水，不由得暗自肯定，這店鋪所在的地方倒是真的好風景。

「預備什麼時候開店呢？」

月牙兒說：「算算時日，想在花朝節那日開。」

絮因點點頭，又問：「店鋪的名字可取好了？」

「倒是想了一個，」月牙兒不知想到什麼，眼裡帶了笑意。「後面不是有好幾株杏花嘛，打算叫杏花館。請絮因姑娘回去，問一問三娘子的意思。」

「行，我會同她說的。」

月牙兒走到她身邊。「還有一件事，我打算請兩個幫手，店子想要做大，光憑我一個人做事，怕是不夠。」

「這也是情理之中，妳挑好了人，和我們說一聲就是。」

絮因逛了一圈，起身告辭。月牙兒領她從前門出去，一直送到小橋邊。

等她回到小院內，只見著魯大妞一個人。

「西泰回去了。」魯大妞才將小竹籃洗好，回頭問月牙兒。「蕭姑娘還有什麼事嗎？沒事的話，我就提前回街上去玩了。」

「沒事了，妳去吧。」月牙兒隨口問道：「不是過了元宵節嗎？街上還有什麼熱鬧可瞧。」

「當然有！燈市還剩最後一日呢。」

等魯大妞走了，小院裡就徹底的靜了下來。

原來的房子已經退了租，月牙兒的東西就擺在屋子裡，有些亂。這些天她忙著開店的事，除了整理出一張能睡的床，也沒空清點，雜物與家具堆滿了屋子一角。

原來新年燈市還剩最後一天，月牙兒望著空空的新家，忽然想去湊湊熱鬧。

小花園的繩架上，曬著幾件春衣與被面，月牙兒轉身將曬了一日的被面收下來，摺疊好。被面用的是好料子，是當初馬氏的陪嫁，用了十來年了，洗不爛。

她疊被面的時候，視線在花開並蒂的繡花上停了一會兒，無端想起一個少年的影子。

別自作多情了，吳勉不過是為了從前的小月牙兒幫過他，才願意對她好的。

她心裡有氣，又說不出氣什麼，自己都覺得自己矯情。索性不去想，收拾好衣裳，拿上氈包，月牙兒打算去看燈市。

小花園的門一打開，卻正碰見吳勉。

他拿了一卷字畫之類的東西，遞給月牙兒。「先生聽說妳要開店，特意寫了字贈妳。」

月牙兒伸手去接，動作極快。「多謝。」

她反手欲關門，門關了一半，卻被抵住。吳勉劍眉緊蹙，說：「妳這些天一直在躲著我。」

「沒有。」

一雙星眼，靜靜的望著她。

「是我做錯了什麼事？」

「不是。」

月牙兒一拉木門，沒拉動。

「你鬆手。」

吳勉紋絲不動。「月牙兒，到底有什麼事？」

月牙兒靜了一下，忽然問：「我彷彿記得小時候，我和你見過一次。」

眼前的少年微微一愣，回過神，啞然失笑。「我記得，弘成八年十月十五，那是我第一次見到妳。」

果然，他就是記得小月牙兒！

月牙兒心裡忽然一酸，沒好氣地道：「你回去吧，天晚了！」

說完，她一把將門摔上。

屋裡沒點燈，漆黑一片，只有伶仃月光投在地上，月牙兒默然坐了許久，起身走到門邊，悄悄往外看。

沒有人影。

她忽然很沮喪。

眼看年假將盡，大街小巷全是人，街市盡懸彩燈，照著萬頭攢動。月牙兒終究還是出了門，順著人海往前走，偶爾會被帶著停下來，聽一隊龍燈並踩著高蹺的賣藝人吆喝著，從巷道裡路過。

金陵的燈市，大大小小，最熱鬧的，還是夫子廟旁的燈市。她稀裡糊塗走到秦淮河邊，一雙鞋都不知給人踩了幾腳。

我幹麼來湊這個熱鬧？月牙兒原本有些後悔，但見著秦淮兩岸的水光燈影，便釋然了。這樣好的風景，的確值得。

她快步擠到橋邊，望見潺潺流水、兩岸歌臺。不遠處的紅紗燈裡，是江南貢院的飛簷。一輪明月，溫柔地映著緩緩流淌的秦淮河，亙古不變。

人群依舊嘈雜，月牙兒望著水上橫波，心漸漸寧靜。

一道虹橋，有烏篷船往來穿梭。她站了一會兒，忽然無端飛過來一個香囊，打在月牙兒鬢角。

那香囊是從秦淮河上遊船擲過來的。

這樣沒素質的嗎？月牙兒一手拿香囊，一手捂住鬢角，皺著眉頭往河裡看。

一條畫舫，舟頭立著一個紅衣少女，對著畫舫的風流公子巧笑倩兮。

「說好了，誰撿著我的香囊，我今晚就陪誰。」

聽見一個公子起鬨。「是個小姑娘撿了，不作數！」

紅衣少女回眸，一張俏臉微微揚起，眉梢眼角盡是風情。竟然是二十四橋的花魁，柳見青。

「我說的話，從來都作數。」

柳見青朝月牙兒喊道：「小姑娘，妳在橋上等一等。」

一見是她，月牙兒便想起肉鬆。看在肉鬆的面子上，她只好乖乖在橋上等著。

虹橋右側便有一個小渡口，畫舫還未靠岸，柳見青便提著裙襬，輕輕躍到岸上。

「遠遠看著像，原來真是妳。」

柳見青接過她的香囊，低頭別在衣間。

月牙兒見她一身盛裝，聯想到那條畫舫，覺得她應當在陪客。

「妳平白無故扔香囊做什麼？」

「找個由頭出來罷了。」柳見青斜倚虹橋，打量著眼前的如織遊人。「還是橋上風景好，那畫舫裡悶死了，一群狗娘養的，時時刻刻都打量著要我去陪客，燈市都快完了，我什麼也沒瞧見。」

她容色本是極嬌豔的，過路的男人不自覺地就扭過頭來，差點堵在橋上。

柳見青啐了一口。「眼珠子不會轉就讓你娘再生一回，看你奶奶的！」

那人聽了，立刻往前走，嘴裡罵罵咧咧的。

柳見青按一按她的髮髻，確認沒散，懶懶地說：「妳過年送份利市錢來做甚？」

「妳那回指點我做的肉鬆，我用來做點心後，賣得極好。」月牙兒解釋道：「算謝禮。」

藉著月色燈影，柳見青瞧清了月牙兒微紅的眼眶。「喲，誰惹妳生氣了？」

「沒有。」月牙兒側過身去。

她原想走開的，忽然想起一事。「柳姑娘，妳知道十多年前，二十四橋有位啞娘子嗎？」

「好像聽說過。」柳見青的視線在人群中搜尋，落在一個小丫鬟身上。「我趕時間，妳要問什麼，跟著我來。」

月牙兒隨她往橋下走，見一個小丫鬟揹了個大包袱過來，遞給柳見青。

柳見青接過包袱，尋了個成衣店，說是要換衣服。

等她出來，卻是一襲男裝，手裡拿一柄摺扇，宛然一個翩翩公子。

月牙兒奇道：「妳怎麼……做如此打扮？」

「這樣打扮才方便。」

柳見青生得瘦高，混在人堆裡，她這身男裝倒很不顯眼。她領著月牙兒，到秦淮河邊一處茶攤坐，茶肆臨水，有清風明月，望燈市萬千，頗有情趣。

月牙兒之前從沒在這樣的茶攤吃過茶，因此有些好奇。

柳見青倒是駕輕就熟，點了幾樣點心和茶。

「好端端的，妳打聽二十四橋的事做什麼？」柳見青嗑著瓜子，看著遠處的彩燈問。

月牙兒躊躇一下，說：「我有一個朋友，他母親是二十四橋出來的。」

聞言，柳見青回身看她，似笑非笑。「一個朋友？怕不是普通朋友吧。」

在她戲謔的目光裡，月牙兒脹紅了臉。「就是一個朋友。」

「好吧，」柳見青喝了一口果茶。「妳不說，我也不說。」

「妳這個人怎麼這樣？」

柳見青輕輕笑起來。「說來聽聽嘛，我說妳怎麼一個人出來看燈市呢，心裡藏了事不難受嗎？」

這些天，月牙兒心裡藏了事，的確不好受。可她偏偏誰也不能說，也沒人聽她說，心裡堵得慌。

她確實想和人傾訴，可是……

許是看出了她的憂慮，柳見青又說：「我一個歡場女子，什麼話該說，什麼話不該說，心裡明鏡似的。妳愛說說，不說算了。」

很奇怪的，在一個不算熟悉的陌生人面前，月牙兒卻輕鬆一些。

她斟酌了一會兒，方才開口，卻說起了《人魚公主》的改編版。

「我給妳講個故事吧。從前東海有個鮫人……她救下了落難的王子，可當鮫人不顧一切來到王子身邊時，卻發現王子已經娶了公主，並將公主錯認為救命恩人……公主知道這事的時候，鮫人已經化作泡沫不見了，公主應該怎麼辦呢？」

月牙兒覺得她說得糊裡糊塗，難為柳見青竟然聽懂了。

「妳怎麼會有這麼奇怪的想法？」柳見青吐出一枚瓜子殼。「首先，那鮫人救過王子，難道公主沒救過他嗎？沒有公主，單憑一個不能上岸的鮫人，誰知道王子會不會死？

「再說了，難道王子和公主在一起就為了報恩？那王子肯定是對公主有情的呀！」柳見青教訓月牙兒。「報恩的方法有千千萬萬種，說起來，我還對妳有恩呢，妳第一反應是和我在一起？」

她這話倒點醒了月牙兒。所謂當局者迷、旁觀者清，月牙兒這時才察覺到，在這個問題上，她有些過於鑽牛角尖了。

「多謝柳姑娘，是我想偏了。」

這時茶點也送了過來，柳見青拍一拍身上的瓜子殼，說：「別謝來謝去的，說會兒話而已，妳嚐嚐這個。」

梅花形白瓷碟裡擺著好些豆子，是紅色的小粒，乍看之下，月牙兒也認不出是什麼。

她拿起兩粒塞在嘴裡，梅子的清新伴著豆香在口腔裡漫開來，微微甜。

「這是……」月牙兒又嚐了兩粒。「是黃豆。」

柳見青點點頭。「不錯，這個叫『梅豆』。用當季的梅子和黃豆一同熬煮，再用紅麴染色。梅子微酸，但加上木樨和糖之後，酸便成了甜。燈市的時候，吃這個最好，而這家的梅豆又是做得最好吃的。」

月牙兒既然同她交了底，柳見青也將有關啞娘子的事說與她聽。

「……後來這啞娘子就自贖嫁了人，也是當時姊妹裡的一段佳話。」柳見青感慨道：「之後的事就沒聽說過了，我要攢夠了錢，我也想自己贖身走了。」

月牙兒沒接話，她聽了一個花好月圓的故事，不忍心替其續上香消玉殞的結尾。

「那位啞娘子，可有什麼心頭好？或者心愛之物？」

「這我倒不清楚，即便有什麼心愛之物，估計也都賣出去湊贖身錢了，我回頭替妳問問。」柳見青忽然坐直了，笑說：「哎，妳問那麼細，是為了妳的心上人？」

「才沒有。」月牙兒急忙回道：「我哪裡有什麼心上人呢。」

「真沒有？」柳見青的視線落在她身後不遠處，勾唇一笑。

月牙兒搖搖頭。

「那姊姊就幫妳試一試。」

試一試？她這是什麼意思？

月牙兒還沒想明白，只見柳見青忽然俯下身來，在她臉頰上碰了碰。

下一剎那，她聽見身後有個熟悉的男聲，好似深潭微瀾。

「月牙兒，妳別被這個登徒子給騙了。」

燈影闌珊，吳勉獨自立著，語氣委屈。

不歡而散之後，他原想回去，可轉身卻見她家遲遲未點燈，吳勉有些擔心，便遠遠地望著，直到月牙兒出門。

天色這樣晚，她要一個人出去嗎？

吳勉猶豫片刻，還是轉身跟在後頭。

月牙兒的步伐有些急，像受了氣的孩童，自顧自的往前走。吳勉跟在後頭，離得不遠。

挨近夫子廟的地界，遊人忽然多了起來，巷道裡過來一對演龍燈、踩高蹺的藝人，他就是想跟也跟不上去，只能等這熱鬧散了，才急急追上來。

放眼望去，秦淮河畔全是人，哪裡見得著月牙兒的身影？

尋尋覓覓許久，吳勉終於在一家成衣店前瞧見了月牙兒，可她身邊，卻站了一個錦衣華服的公子。

那人手裡還拿著一柄摺扇，現在才二月天要個鬼扇子？一望便是附庸風雅之徒！

可恨的是，月牙兒竟然跟這個浪蕩人去喝茶了。

吳勉的薄唇緊緊的抿著，亦步亦趨跟著，離得不遠，尋了一株芭蕉後的茶座坐下，一雙眼只望著這邊。

他想上前和月牙兒說話，可剛要起身，卻又有些灰心。

看看那公子哥兒身上的綢袍，再瞧瞧自己的布衣，吳勉忽然冷靜下來。

說到底，他有什麼資格去阻攔呢？

自己只是一個無權無勢的窮小子，雖說想要走科舉正途，可金榜上題名的，又有幾人？才高八斗如唐可鏤，如今不也只是個白身？

他如今一無所有，誰也護不住，就算蒼天有幸，能與月牙兒結為夫婦，若有危難，他該拿什麼護著她？

吳勉怔怔望著芭蕉，燈影幢幢，望著那芭蕉，卻想起娘親的墓碑和父親的斷腿。

如果護不住想要護的人，有些話縱使說出口，又有什麼意思？

離得不遠，吳勉默默望著月牙兒，她似乎和那錦衣公子聊得很開心。她是這樣好的姑娘，合該有最好的姻緣，可如今的自己，委實算不了一個良人。

道理是想通了，可心卻不聽話。

當吳勉望見那公子膽敢輕薄月牙兒時，便什麼也顧不得，「騰」一下起身，三兩步走過去。

可當月牙兒回眸，望見她臉上的驚訝，吳勉又不知該說什麼，或者說，他無話可說。

虹橋熙攘，鳳簫聲動，可吳勉卻覺得四周異常安靜。

他只望著她。

萬般思緒，最後只化作一個念頭，她若過得好，他便是遠遠望著，也該欣喜的。

吳勉拂袖轉身，逃一樣想離去。

身後，月牙兒大聲挽留。「勉哥兒，你等一等。」

他下了決心，此刻卻不想再看她一眼。因為他淺薄的決心在她的目光前，就如同冰雪被陽光照耀，不堪一擊。

聽見「哎喲」一聲，有人撲通摔在地上，是月牙兒的聲音。

吳勉腳步一滯，嘆息一聲，還是轉身奔向她。

「可摔著了？」

月牙兒一手揉著腳踝，仰起頭來望著他，楚楚可憐。「疼。」

吳勉餘光瞥向那個錦衣公子。

他竟然還坐著看！這是什麼混帳人？

吳勉只覺有一團火從心裡猛地衝出來，可一對上月牙兒的目光，他便潰不成軍。

「很疼嗎？」吳勉蹲下來，問：「我去給妳叫大夫。」

「不要。」月牙兒拽住了他衣袖。「我要你在這裡。」

「不行，一定要叫大夫來看，傷了腿可不是好玩的。」

見他堅持，月牙兒蹙起眉，搖一搖他的衣袖，小聲說：「其實，也沒那麼疼……」

吳勉反應過來，這丫頭怕不是在戲弄自己。

他猛地一下起身。「妳這樣又是何必？」

吳勉向那公子哥兒瞪了一眼，同月牙兒冷冷道：「這樣的人，我奉勸妳還是離遠一點。」

錦衣公子竟然笑出了聲。

月牙兒回頭朝那人吼道：「行啦！柳姊姊，妳別笑了！」

柳見青聞言，更是笑彎了腰。等她終於笑夠了，才起身，緩緩過來，從燈架上拿了一盞燈，明晃晃地照著自己的臉。「這位哥兒，你瞧清楚了再罵。」

橘黃色光線，自燈盞透出來，照亮她柔和的五官輪廓，和她耳垂上的耳洞。

吳勉定睛一看，這才看清了，眼前人竟然是個女子。

任誰遭遇這麼一場鬧劇，一定不是欣喜的。他只覺臉燙得厲害，又羞又急，強撐著一張冷臉。「我走了。」

話音方落，吳勉快步走出了茶肆。

很快，他瞧見自己的影子之後，緊緊跟著一條小尾巴，是月牙兒的影子。

他忽然湧現出久違的孩子氣，故意朝人多的地方走，來來回回繞了幾道彎，那影子還跟在後頭，被燈火照得很長。

吳勉駐足，冷冷道：「妳跟著我做什麼。」

月牙兒快步向前，轉了一圈，笑盈盈看他。「我錯了。」
「莫名其妙。」
「真的，我錯了。」
吳勉抬腳往前走，月牙兒圍著他轉，左一個「我錯了」，右一個「哥哥別惱我」。
天底下，怎麼會有這樣的女孩子！
吳勉拿出了映雪囊螢的定力，對她視而不見。
月牙兒本是倒著走的，後頭忽然衝出兩、三個玩球的小孩子，眼瞧著就要撞上——
吳勉忽然捉住她的手，往後一拉。
孩童的嬉鬧聲遠了，唯有指尖的溫熱，愈發清晰。
離得這樣近，吳勉甚至可以嗅見她的女兒香。
兩顆心，怦怦作跳。他像給針刺了一下，慌慌張張鬆開手，回身走向來時路。
這一回，他的身影之後，卻不見小跟班。
走了幾步，吳勉忍不住回首，瞧見月牙兒竟在夫子廟前站定，朝他一笑，而後她徑直往夫子廟裡去。
鬼使神差的，他也踏進了夫子廟的院門。
說是夫子廟，其實也不確然，這一處廟宇緊挨著貢院、官學、孔祠，中有一座殿宇，專門供奉著掌管士人功名祿位的文昌帝君。

這樣獨天得厚的位置，幾乎每一個試圖走科舉路的讀書人都會來這裡拜一拜，期望春試能有一個好成績。

學子們敬的香，徹夜不熄，整個殿宇都瀰漫著一股香火味。

想要拜文昌帝君，是要排隊的，月牙兒等候在一旁，見有領著孩子來拜神的婦人，手中挎一個竹籃，裡面擺著時令鮮花、一捆小蔥、一把芹菜、一串肉粽，不由得好奇問：「這可有什麼講究？」

婦人見她是一個小姑娘，便不厭其煩的同她解釋。原來蔥諧音「聰」，象徵聰明；芹諧音「勤」，表示勤奮好學；而肉粽有一個「粽」字，說明必能高中狀元。這些都是拜文昌帝君的祭品。

月牙兒從沒聽說過這個，轉身看見吳勉，輕聲笑起來，湊過去問他。「你帶著粽子來拜過文昌帝君嗎？」

「沒有。」

月牙兒點點頭。「我改日給你包一籃鹼水蛋黃肉粽，用那種流沙的蛋黃包在摻了肉糜的糯米裡，用粽葉一捆，上鍋蒸得噴香噴香的，沒人不喜歡，這文昌帝君要是個饞嘴的，也定然會給你開後門。」

聽她這亂七八糟的胡言亂語，吳勉情不自禁地彎一彎嘴角。

「對嘛，你笑起來這麼好看，就該多笑！」月牙兒撫掌道。

她一說，吳勉就不笑了。

真是不可愛。月牙兒心想，拉著吳勉一同去拜文昌帝君，吳勉拗不過她，兩人等了一會兒，並肩在神像前跪下。

月牙兒合上眼眸，心中默唸。「若天上真有神明，一願她兩世的親人健康平安，二願吳勉能夠科舉高中，三願……」

她偷偷將眼睜開一條小縫，去看身邊的吳勉。

「一願郎君千歲，二願妾身常健，三願如同梁上燕，歲歲長相見。」

但願神明不要覺得她囉嗦。

拜完神，兩人買了一盞燈，往杏花巷走。

一步一步地，遠了燈火繁華。明月伴清風，照著兩人身影成雙。

月牙兒忽然問：「你向神明許了什麼願？」

「說破了，不靈。」

「好吧，你許了幾個願？」

「一個。」

「只一個？」

月牙兒絮絮叨叨。「哎呀，你該多許幾個，若神明真聽見了，他老人家還能挑一挑，說不定，大發慈悲就讓你的願望全成真了呢！」

吳勉忽然駐足，神色鄭重。「一個足矣。」

月牙兒望著他，忽然覺得臉一燙，不敢再問下去。

一盞燈的微光，照亮去路，兩相無言，直到瞧見月色下的杏花樹。

「這些時日，我大概會在家專攻文章。」吳勉手握燈柄，一身清冷的月光。「妳要是有事，就來找我。」

月牙兒背過身去，用腳尖踩一踩他的影子。「哦……你什麼時候考？」

「從二月一直到四月，先考縣試，再考府試、院試。」

「你……別忘了吃飯。」

吳勉勾了勾唇角。「我還以為妳會給我加油。」

月牙兒現在簡直聽不得「加油」這兩字，立刻往前開門。

門鎖一開，她聽見身後吳勉的聲音，隱隱帶著笑意——

「妳的店也要開了，要加油啊。」

月牙兒瞋他一眼，輕輕合上門，動作很慢很慢。

她立在小花園裡，瞧見屋前屋後的杏花樹，心想，不知道要幾時，才能開花？

第八章

才到二月，性子急的杏花就醒了，睡眼惺忪地打量著煥然一新的杏花館。

一道籬笆，纏繞著爬山虎枝葉，進門是一塊小空地，西牆邊栽了三、兩株瘦竹，緊挨著一個紫藤花棚。花下有兩對石桌、石椅，質樸有趣。

門窗簾換上了洗淨的白紗，看著就敞亮。打起瀟湘竹門簾，小店的擺設盡收眼底，四、五張新漆了黑漆的桌，疏落有致的擺著，最靠裡的位置，是一道半月門，竟然將廚房露了出來，灶臺上蓋一塊長木板，上擺蒸籠、小鍋、調料、油醋瓶，齊齊整整，很乾淨。

月牙兒在案板上剁蒜蓉，丟入鍋中，油已燒熱，往蒜蓉上一澆，登時清香四溢。這時另一頭煮鍋裡的餛飩已浮起來，一個個打著轉，月牙兒將餛飩撈進碗裡，舀一大勺老母雞煨的高湯，淋上蒜蓉、加小菜末。

「記清了嗎？以後就這樣煮，讓主顧看得明明白白的。」

一個肚子渾圓的中年男子笑著點頭。「蕭姑娘請放心，記住了。」

月牙兒又讓他照做一遍，見他手法嫻熟，不由得暗自點頭。

這人是于老闆介紹過來的，姓梁，說是曾在一家老茶店當了三年的掌案師傅，一身的姿態加上油煙味，走出去別人就知道他是個廚子，便叫他梁廚。

這幾天月牙兒面試過梁廚等人後，便開始手把手教他們一些規矩。她的杏花館和旁的食肆、茶店還是有很大的區別，別人家的店，廚房都是藏在後頭，固然有為油煙考慮的因素，但她去參觀的那幾家，見到的狹小廚房無不是厚厚一層黑油，看著就倒胃口，也難怪要藏起來。

考慮到自己開的是小吃店，較少提供易產生油煙的爆炒料理，月牙兒便大膽的將原先廚房的牆拆了，在店內設置了一個半開放式廚房。當然，她在店後靠左的位置仍留了一間小廚房，兩相結合，可以應付各種料理，對客人來說觀感也好。

因為經費充足，她不僅找了一個梁廚，還有一個幫廚以及兩個茶博士，都是梁廚老家那一帶的人，手腳麻利，一到杏花館就洗了抹布，將桌子、椅子擦得乾乾淨淨。

月牙兒拿出一張菜單，招手要梁廚等人過來瞧。

「我幹了這些年掌案師傅，沒瞧見誰家有這麼漂亮的菜單呢。」梁廚看著菜單，感慨道。

如今的茶肆酒樓，點單所用大多是報菜名和木牌單相結合，一是要求茶博士將自己家賣什麼東西記得清清楚楚，二是在櫃檯後面的牆上，掛滿菜名小木牌，上刻著價目與菜色。

月牙兒也訂做了一批價目小木牌，但她覺得要求茶博士記熟菜色，時間成本過高，她給這幾人的培訓時間還不到八天呢，哪能那麼快就將杏花館的點心背得索利？

杏花館賣些什麼，她也想了許久，最後決定將提供的食物分成三種類，工工整整的抄在精心排版、還有小畫的菜單上。

第一部分是糕點，諸如桂花糯米糕、定勝糕、馬蹄糕……等；其二是小吃，像綢紗餛飩、美齡粥、小籠包之類的；還有一樣是茶，這也是必不可少的。但月牙兒因為精力有限，在茶葉的貨源上並沒有細心去尋，因此提供的茶類並不多，只有綠茶、紅茶，還有一味果茶。

她倒是想做奶茶，只是現在可以用的水牛奶太少，還得緊著點心用。在貨源充足之前，實在不好直接做奶茶出售，只能將這個計劃先擱置，再徐徐圖之。

反正她的店是小吃店，又不是茶店。

「諸位的本領，我是知道的，既然來了咱們杏花館，以後就一起努力，只要經營狀況好，我月月給你們發獎金。」月牙兒講解完規矩，同幾人道。

梁廚奉承道：「姑娘小小年紀，手藝好、又會經營，我們一定好好跟著妳做事。」

餘下幾人也紛紛附和。

見員工們都很有活力，月牙兒心情也舒暢起來。這時候魯大妞來了，滿臉喜氣道：「姑娘，我爹去他原先的東家那裡問了，說大澤鄉有一戶人家，家裡養著六、七頭牛呢！我爹一聽這消息立刻動身去找，這才回了消息，說姑娘出的價錢，那家人同意了，還可以幫忙送，但要一月一結帳。」

月牙兒聽見這好消息，臉上有了笑意。「一月一結是應該的，只管讓妳爹答應下來，我到時自帶了錢去同他們簽書契。」
月牙兒瞥見窗外的天，天清如水，這樣好的辰光，索性就將宣傳的事也一起辦了。
她拿了一食盒點心，轉身出了門。
薛令姜那裡，她三日前就登門過，說了這些天準備開店的事。
自幼長在深閨，很少能聽見外頭這些趣事，薛令姜聽月牙兒說得活靈活現，簡直當聽說書一樣，不由得輕笑起來。
「好，妳想做什麼就照自己的意思來，時不時同我說一聲就好。」
「三娘子若有空，不如在花朝那日，親到杏花館剪綵？」
「剪綵？」薛令姜有些疑惑。「是什麼意思？」
月牙兒這才意識到這時還沒有剪綵的說法，解釋說，是正式營業前在店外拴一條紅帶子，主人家用剪子剪短之後，主顧才能進去，也是為了討個好彩頭。
薛令姜點點頭，略有些遺憾。「我怕是去不成。」
她活到如今，只有出嫁那一遭坐著花轎在外頭的街上走過，儘管有禮法約束，她還是忍不住掀起轎簾一角，偷偷看了外頭一眼。就這樣，嫁到趙家後，幾個老婆子還拿這說過事，講她不懂規矩。
「妳若有空，將杏花館畫下來，送與我看就是了。」薛令姜感傷道。
月牙兒見她神情，知道自己話說得不妥當，便換了一個話題，說了兩句後便起身告辭。

唐可鏤那裡，她自然也是要登門的。聽了杏花館於花朝日開業的事，唐可鏤滿口應承下來，說當日一定到，要月牙兒給他留個好位子。

除此之外，她猶豫了一會兒，才提著食盒往二十四橋去。

見到柳見青的時候，她正側臥在一張藤椅上，懶懶支起身子。「倒是稀客呀，妳怎麼來了？」

月牙兒將食盒擺在一旁的几案上。「託姑娘的福，我那小吃店要開業了，送些點心和一張請帖給姑娘。」

「這倒新鮮。」柳見青揭開盒蓋，瞧見最上面的一碟是海棠花形狀，卻烤至焦糖色，不由得好奇道：「這是什麼點心，我竟沒見過。」

「這是海棠糕。」月牙兒將那碟點心拿出來，遞了雙筷子給她。「姑娘試一試。」

柳見青挾了一筷，端詳著這點心，只見這海棠糕的樣子很好看，上面撒著五色果絲、瓜仁與芝麻。她小口咬下，海棠糕表面的飴糖被烤得焦焦的，咬一口，竟牽扯出蜜漿色糖絲。外層麵粉酥脆，口感微硬，內餡卻萬分柔軟，細膩的豆沙，入口微粉，甜而不膩。

「倒是比尋常茶肆的點心強。」她吃了三口，才放下筷子。

一邊倒茶的小丫鬟看著稀奇，要知道尋常的甜點，柳見青至多只吃一口的。

不過——

小丫鬟眼光瞟啊瞟，盯住那碟海棠糕，使勁吸了一下鼻子，嗅見滿滿的甜香。她也好想吃一口呀。

月牙兒接過茶，道了聲謝，笑盈盈看著柳見青。「我這杏花館，定在花朝節那日開業，姑娘有沒有興致來剪綵？」

她將剪綵的涵義同柳見青又說了一遍。

聽完，柳見青嚷嚷道：「真是無事不登三寶殿呀，打量著讓我給妳去拉人氣？」

「姑娘這雙眼，什麼事看不穿呢？」

柳見青起身，揭開一層盒蓋，看一看裡面的點心，叫小丫鬟把食盒拖走。

「妳這什麼『剪綵』，聽著也有趣，我記著了，有空就去看看熱鬧。」

回到家，月牙兒終於有空將廳堂裡堆的雜物理一理。她一邊整理東西，一邊想著自己有沒有什麼遺漏之處，應該沒有什麼問題了吧？

來到花朝節前夕，月牙兒踩在小凳上，將買來的紅帶子繫在店門邊，杏花館的招牌已經掛上了，蒙著一層紅布，只等揭幕。

她望一望暮色裡的杏花館，很是感慨，她終於有了一家自己的小店，明日，就是新的起點了。

偏偏這個時候，梁廚和其他三人圍了過來，梁廚依然是一張笑臉，但說出的話卻不那麼讓人開心。

「蕭姑娘，有另一家店請我們過去做事，每人還多給一兩銀子呢！妳看，這原來議定的價錢，是不是要提一提？」

月牙兒幾乎懷疑自己聽岔了。

「說好了，我給你五兩銀一個月，其他人三兩，這個價錢，就是同大茶館去比，也算公道了！」

梁廚聳了聳肩。「呵，那要是這樣，別的店願意高價請我們去，姑娘可別怪罪。」

幾人紛紛附和道：「就是就是，要不就再加一兩，要不我們就走。」

月牙兒回身，冷冷的看著他們，好一會兒沒說話。

酒樓茶肆的雇工有雇工的規矩，不像買奴僕或者雇長工是簽了身契的，多半是口頭之約。她當時就有些顧慮，但聽于雲霧說辦酒樓的都是這樣做，只好順應大流。

可沒想到，怕什麼就來什麼。

明天就要開業了，現在這些人卻說不加錢就不幹？這明擺著是看她一個小姑娘好欺負，想多占便宜啊！

等這幾人七嘴八舌發表完議論，靜了一會兒，她才冷笑道：「真是好謀算，竟然威脅起我來。」

梁廚說：「蕭姑娘說話不要那麼難聽嘛，你情我願的事。」

月牙兒冷聲道：「我這個人，不惹事，也不怕事！真以為沒了你們，我這店就開不成了？既然這樣，那諸位請回吧，我這小廟還真容不下你們這些大佛！」

梁廚見她這語氣，怒火中燒。「嘿，給臉還不要臉了，咱們走，就這小破店，能開得成才有鬼了！」

說完，轉身就走。

日影西沈，滿地斜陽裡，月牙兒看了一眼空盪盪的杏花館。

明日就要開業了，她該怎麼辦呢？

天濛濛亮，一頂肩輿行在小巷裡。

袁舉人坐在肩輿上，隱約瞧見了前方的杏花樹，不禁打了個哈欠。

這家杏花館開業的請帖，是唐可鏤轉交給他的，這死老頭子一副得意洋洋的模樣，因為他終於搶在他之前發掘了一家美食店，那神情看著就討嫌。

原本這請帖，袁舉人是想扔了的，但想到肉鬆小貝的美味，又很糾結。

那蕭美人每次做的點心，都是新花樣，又好看、又好吃。這次她自己開一家小吃店，隨便一想就知道定然有許多新點心。

這樣一想，還是去看看吧。

袁舉人只怕碰見唐可鏤，因為他之前向唐可鏤放話，說自己才不會去這種新開的小店吃東西。若真讓他撞見了自己，那他這張老臉還要不要？

還是一大早趕過去，悄悄地吃了，再悄悄地走，誰也不驚動，這樣子最妥當。

肩輿方過小橋，忽聽見轟隆隆一聲雷，袁舉人仰頭看了看天色，應該很快要落雨了，所幸杏花館就要到了。

這是一處極清麗的小院，袁舉人才看一眼，便明白了為何要取名「杏花館」。配上此情此景，倒真是「一汀煙雨杏花寒」。

柴扉之上，繫著一根紅帶子，少女鬢邊沾染一瓣杏花，孤零零站著，手持一把剪子，怔怔望著那紅帶子。

「這是杏花館嗎？」袁舉人問。

少女回眸，膚色若初生白杏，正是此店的老闆娘蕭月。

月牙兒見了他，微微有些訝異。「這位老爺是來用餐的？」

時間是早了些，袁舉人輕咳一聲。「我一貫早起。」

正說著話，風吹樹搖，吹落春雨，月牙兒忙用剪子將紅帶一剪，匆匆完成了剪綵。

「快進來吧。」

湘簾一打，袁舉人不由得眼睛一亮。大茶樓，他去過許多，為了彰顯自家品味，店家往往喜歡用鮮亮的紫漆八仙桌，有的還會在大堂裡設一個小臺，專請賣藝人來唱評彈。而小的茶店呢，恨不得將每一寸土都擺上一張桌子，擠得滿滿當當，生怕因為沒位置而少了客人。

然而這杏花館，卻不似上述兩者，頗有些隱於空谷的高士之風。窗含淺溪，桌近蒔花，小小巧巧，別有一番意趣。

最引人注目的，卻是裡邊的一扇半月門，這家店竟然把廚房直接做成了展示品！像書房裡的博古架，含蓄又張揚。

袁舉人挑了一張靠窗的桌坐下，透過新糊的窗紙，瞧見雨打漣漪。

月牙兒用一個木托盤端來餐具，輕輕放在桌上，輕聲道：「客人是第一位光臨杏花館的，送你一碟新做的梅豆。」

絳紅色的梅豆，平攤了抹在一個白瓷小碟裡，袁舉人揀了一顆，卻見那小碟一角還燒製了朵杏花。

這蕭美人當真是注重細節之人，竟然還特意訂製了一套杏花碗碟。

月牙兒拿來餐單，是一張新寫的紙，糊在薄薄的木板上。

袁舉人一看，讚道：「真是一手好字。」

他細細看了餐點，疑惑道：「只有三樣點心？」

「真是不好意思，因才開業，忙活的只有我一人，今天提供的就只有這幾樣點心。」

袁舉人看了看，指點一樣。「就要這個吧。」

「要用茶嗎？今天有新製的豆乳茶。」

「看著像甜的，我不大喜歡，就上盞香片吧。」

「稍等。」

等待的時間裡，袁舉人靜聽雨聲，聞見若有若無的花香，只覺一顆心都靜了下來。

沒過一會兒，他點的餐就送過來了。

他點了一籠標著「春季限定」字樣的春筍灌湯燒賣，一籠有六只，熱氣騰騰，依次擺在竹製小籠裡，外皮薄且通透，隱約可見裡邊的湯汁。

燒賣還能做灌湯的吃法？袁舉人一手拿調羹，一手拿筷子，挾了一個春筍灌湯燒賣，送到嘴邊。

薄皮柔韌，咬開一個小口，飽含筍鮮肉汁的湯便溢出來，香留唇齒。用醬油、豬油炒過後再蒸軟的糯米，每一顆都入了味，細細咀嚼，筍丁爽脆、鮮肉嫩滑，吃進嘴裡，清爽有如雨後竹林。

真是人間至味！

儘管湯汁滾燙，但袁舉人實在等不了春筍灌湯燒賣放涼，嘟尖了嘴，呼嗤呼嗤一頓猛吹。

一連六個下肚，他才驚覺吃完了，立刻從懷裡摸出錢袋，往桌上一按。「再來一籠……不！兩籠！」

他一邊吃，一邊在心裡大罵唐可鏤，這個死老頭子，有這麼好吃的點心，不早點講。

月牙兒見這位客人吃得這樣開心，心情也轉晴。雨聲依舊，聽起來卻不那麼嘈雜了。

她歪頭，探一探屋後的杏花。

一場春雨過後，花該全開了吧？

第二位來的客人，是個年輕公子，他將手裡的油紙傘收起，倚著牆角放好，抖落抖落衣袍上的雨滴，說：「聽說今日開業，恭喜恭喜。」

月牙兒遞過來一張熱毛巾。「借你吉言，請坐吧。」

見年輕人坐定，月牙兒有些好奇。「客人看著面生，是怎麼知道杏花館開張的？」

「嗯。」年輕人一邊擦著手，一邊笑起來。「在柳姑娘那裡吃了海棠糕，特意過來的。」

這年輕人姓蘇，叫作蘇永，知道杏花館開張的消息，還是在二十四橋，前日偶然聽見柳見青的小丫鬟問她。「後頭杏花館開張，姑娘去不去？」

他那時便留神記住了，今日雖然天落雨，但還是打著傘來了這杏花巷。

月牙兒不再多問，遞上餐單，問他要些什麼。

「這豆乳茶，是什麼茶？」蘇永好奇道：「就來一盞這個。」

點完茶，他偏頭望見袁舉人桌上幾個小籠，指一指。「也來籠那個，看著挺好。」

不多時，豆乳茶和春筍灌湯燒賣都送到桌上來。

燒賣是常見的，豆乳茶卻沒見過，因此蘇永便一心一意研究起豆乳茶來。

白瓷盞，最上面飄著一層浮沫，還撒了些熟黃豆粉，很好看。

蘇永拿梅花湯匙舀了一勺，發現原來盞底竟有絹豆腐。

他吃了一匙，不由得眼睛一亮。

尋常的豆漿，總有一股子豆腥氣，可這盞豆乳茶卻半點沒有沾染。豆子的清香與茶的清冽混合在一起，回味甘甜。絹豆腐細膩柔軟，滑在唇齒間，柔如晴天的雲朵，實在有趣。

蘇永感嘆道：「奇哉，豆腐竟然還有這種吃法！」

就為了這盞豆乳茶，他此番冒雨前來，就能盡興而歸！

春雷響了一聲。

烏雲滾滾，將天光藏起來，杏花館也隨之暗淡。

這樣急的雨，怕是不會有新客人登門了吧？月牙兒往窗外看了一眼，轉身，取出火鐮，用火石點亮艾絨，燃了三盞小燭檯。

「真是不好意思，」她有些難為情，向兩個客人說：「今日倒是天公不作美。」

袁舉人摸黑吃完一個春筍灌湯燒賣，爽朗大笑。「這是天公留客呢！」

他吃得開心，文人心性，起身推開窗，吟嘯道：「莫聽穿林打葉聲，何妨吟嘯且徐行。」

「這詞應該用羽調。」蘇永一抹唇邊浮沫，附和道：「該這樣唱——」

只見他騰一下起身，腳往前一蹬，手一捏，唱道：「莫聽——穿林打葉聲，何妨——吟嘯且徐行。」

吳語一出，自有一番閒庭信步的姿態。

袁舉人聽這一句，便知這年輕人有幾分功力。

「閣下這唱調有幾分意思，請問尊姓大名？」

蘇永靦覥道：「在下不才，是個新唱崑腔的，免貴姓蘇，名永。」

「你竟然是蘇永？」袁舉人撫掌道：「後生可畏，後生可畏。」

月牙兒聽他們說話，不明就裡，興致沖沖插嘴道：「這位蘇公子很有名嗎？」

袁舉人頷首笑道：「他去吳王府上唱過崑曲，妳說有不有名？」

「那自然是唱得極好的。」月牙兒笑盈盈將燭檯依次放在兩人桌上。「我這杏花館何其有幸，第一日開業便遇見兩位貴客。」

她轉身從櫃上捧下一小罈酒，邊揭開邊說：「看這麼大的雨，想來不會再有什麼客人。我送兩位一人一杯酒，舉杯聽風雨，豈不風雅？」

酒是桂花酒，去年新收的桂花，洗淨後在日光底下曬，等桂花瘦了，就收起來，釀在酒罈子裡。

如今用酒篩子舀出來一看，色澤如茶，清香四溢。月牙兒想一想，既然蘇永愛吃甜的，她索性做成桂花酒釀奶茶，要是今天沒了客人，這牛奶也不算浪費了。

一盞桂花酒釀奶茶，底下是桂花酒、上面是牛奶，才倒在一起，奶白酒清，色彩分明，再丟進一勺小芋圓，搖一搖，便可以吃了。

蘇永沒見過這吃法，一接過，迫不及待淺呷一口。

「真是好滋味！」

一旁的袁舉人見他的神態，望一望自己手裡的桂花酒，板起臉來。「為何老夫沒有他那樣的？」

「那是甜的。」月牙兒提醒道。

「甜的也成！」

這老先生的脾氣，倒和唐可鏤有幾分相似。月牙兒腹誹道，給他也做了一杯桂花酒釀奶茶，只是少放了一勺蜂蜜。

花釀的酒，並不醉人，何況還添了茶與牛奶，飲下去只有極淡的微醺之感。

袁舉人吃了半盞，長吁一口氣，這樣清爽的甜茶，他可從未喝過。桂花酒釀流淌在齒間之時，可察覺到碎桂花的存在，細碎而零落，但賦予桂花酒釀奶茶一種獨特的口感。

悄無蹤跡的，舌尖滑過花香的氣息，似遠去的、遍地金黃的秋日，妙不可言。

他要是第一回吃的甜茶是桂花酒釀奶茶，大約就不會對甜茶抱以偏見了吧，悔不早相逢。

蘇永也適時湊過來。「這有絹豆腐的豆乳滋味也十分不錯，老人家要不要嚐嚐？」

袁舉人看了一眼他桌上的空盞，回想起自己走進店裡來所說的話，只能忍痛道：「不了，老夫吃這個正好。」

可當他瞧見蘇永又叫了一盞豆乳茶時，又覺得心疼，自己罵自己，做什麼這樣好面子，面子是能吃還是能喝？

可話已經放出去了，沒法子，袁舉人只能偏頭去看窗外的雨，眼不見心為靜。點心吃完，茶喝盡，雨卻還沒有停。

月牙兒將視線從那瀟瀟雨幕收回，瞧見店裡大眼瞪小眼的兩個人，笑出了聲。

「雨既然還不肯放客走，咱們要不自己找樂子？這位蘇爺，要不請你唱兩句？我給你免單好了。」

「免單就不必了，」蘇永笑說：「左右我每日都要開嗓子練唱，今天早上的還沒唱夠呢。兩位若不嫌吵，我便開一開嗓。」

月牙兒將南窗靠近杏花的那張桌子挪開，專門給蘇永騰了塊地。

蘇永走過去時瞧見雨打杏花，也起了興致，唱起新練的《浣紗記》來。

他一開唱，連雨聲都小了，那聲音又高又亮，聲起這四四方方的小店，卻不囿於此，似風一般穿透過粉牆黛瓦。

月牙兒算是明白了，何為「餘音繞粱」。

一齣戲唱罷，月牙兒和袁舉人喝采不已，這喝采聲中還夾雜了一聲「好」，月牙兒回首望去，竟然是唐可鏤。

他頭戴斗笠、身穿蓑衣，乍一看上去，像才打漁回來的漁夫。

在月牙兒身後的袁舉人一瞧見唐可鏤就轉過身去，不動聲色的坐回角落裡，裝作看雨，心裡默默念叨：認不出我，認不出我。

唐可鏤將斗笠解下來，讚道：「幸虧我來了，不然就要錯過這麼好的戲了。」

月牙兒遞了塊毛巾給他。「先生怎麼來了？我原以為這麼大的雨，你不來了呢。」

「我唐某人豈是失約之人。」唐可鏤擦了把臉，很豪氣的說：「有什麼點心，都給我上一份，想到要到妳店裡來，我早膳都沒吃呢，餓死我了。」

他說著話，徑直走向蘇永那桌坐下。「這位小哥唱得真好，我還在小橋那頭呢，就隱隱聽見歌聲。那時還納罕，以為自己聽錯了，一路小跑過來，誰知竟踩進一個水坑，褲腿都濕了，只可惜緊趕慢趕，也只聽見小哥最後唱的兩句，要是能多聽幾句就好了。」

蘇永正想回話，忽聽見一個女子的聲音，又嬌又媚。「論評彈，我柳見青在此，我不唱，誰敢唱？」

眾人齊齊回望，只見一個美貌女子被兩個小丫鬟簇擁著進了門，容貌之盛，硬是襯得這家小店熠熠生輝。

「柳姊姊，妳竟然來了。」月牙兒歡喜的迎上前。「妳來了真好。」

柳見青看了她一眼。「妳命好，這麼一家小店開張，我竟然還肯來。」

她伸一伸手，後邊一個小丫鬟忙將手裡的東西給她。

解開一看，原來是一把琵琶。

「別的也沒有，給妳唱支〈秦淮景〉，權當開店的賀儀。」

柳見青瞥了蘇永一眼。「論一個人唱曲，我肯定不輸他。」

蘇永終於反應過來，望著柳見青猶帶雨露的臉，期期艾艾地說：「柳……柳姑娘，好巧。」

「讓開，你個呆頭鵝。」

柳見青徑直走向南窗下這處小空地，兩個丫鬟忙搬把椅子，用衣袖擦得發亮，請她坐。她坐定，先調琵琶弦，素手一撥，帶起一串漣漪。

「幸好雨沒淋著琵琶，不然我可再不理妳了。」柳見青向月牙兒抱怨一聲，扭動弦軸，校準音色之後，才清了清嗓子。

她手抱琵琶，目光卻望著窗，有些漫不經心的樣子。

可真當她朱唇輕啟，一雙眼眸裡卻忽然有了光，更添一份神采。「我有一段情呀，唱給諸公聽。諸公各位靜呀靜靜心呀……」

柳見青咿咿啞啞唱著，同方才蘇永的曠達不同，咬字微有些纏綿，卻似春風微雨般柔美。

歌聲飄出去，行在雨裡，潤物細無聲。一屋子的人都停下來靜靜地聽，月牙兒聽了，連骨頭都酥了。

雨，微微地落。

歌，緩緩地唱。

曲盡，一時靜了一會兒，唯聞雨聲滴答。

忽然的，有一人撫掌叫了聲「好」，喝采聲隨之而起，硬是把遠遠一聲春雷壓了下去。

月牙兒回眸一望，只見屋外不知何時已圍了好些人，有街坊鄰居、也有不相識的。

一個孩子騎在她爹脖子上，小手拍個不停。「爹爹，那姊姊唱得真好！」

柳見青抱著琵琶起身，唇角微勾。「小囡囡，姊姊的歌可不是白聽的，叫妳爹買個點心才許走。」

圍觀的眾人紛紛輕聲笑起來。

那小囡囡蹬一蹬腿，大聲叫。「爹，我要吃點心。」

「好，」她爹笑著將她放下來。「妳去選一樣點心，爹給妳買。」

「我也要買，有什麼點心賣？」

月牙兒被客人紛紛圍住，眼角餘光瞥見柳見青要走，忙喊道：「柳姊姊，吃份點心再走吧！」

「妳要害死我啊？」柳見青輕輕哼了一聲。「吃了發胖怎麼辦，妳自己胖去吧。」

說完，她領著兩個小丫鬟，裊裊婷婷地走了出去。

屋外，已是雲收雨霽。

此時雙虹樓老店簷下，魯大妞忙完攤了的生意，同老顧客解釋之後，抬頭見雨停，立刻緊趕慢趕著，往杏花巷衝。

她跑在路上，鞋子踩了水，噠噠地響。

這一場大雨下得真不是時候。魯大妞一臉憂心忡忡，要是杏花館一個客人也沒有，蕭姑娘不知多難過呢，都怪那天殺的梁廚子，真真該死！

魯大妞連安慰月牙兒的話都想好了，可當她跑過小橋，卻是一愣。

這裡為什麼會有這麼多人在排隊？

她頗為吃力地擠過人群。「讓一讓，讓一讓……我不是插隊！我是杏花館幹活的……讓一下啦！」

月牙兒忙得團團轉，忽見著魯大妞，終於鬆了一口氣。「妳快過來，我現在就是有八隻手都不夠用啊！」

杏花館的青石板，被一場大雨沖洗得乾乾淨淨。

天上那朵突如其來的烏雲，終於了無蹤跡，不知飄到哪裡去了。

雨後的天，像洗過一樣乾淨。

袁舉人回到家宅時，口中猶唱著小曲，搖頭晃腦地下了輦。

哈哈，他沒給唐老頭子抓到。

趁眾人沈醉於那柳娘子的歌聲時，他立刻緊貼著牆壁退了出來，誰也沒驚動。

一路哼著的小曲，在他踏入書房前，戛然而止。

「老爺，那黃金書屋的秦掌櫃來了好久，硬是要等您回來。」一個管事的愁眉苦臉，輕聲說著。

袁舉人一聽就急了，這人怎麼登門了呢？

他立刻將身後的僮僕全趕去做事，三兩下跨進書房，只見那黃金書屋的秦掌櫃果然坐在那裡，見他過來，一臉欣喜。「袁老爺，您終於回來了。」

袁舉人兩手拉著門扇，朝外四處張望，確認沒人之後，才關上了門，急道：「秦掌櫃，你怎麼能上門來找我呢？」

提起這事，秦掌櫃抱拳求饒道：「袁老爺，還是《憐月瓶》的事……」

「小聲些！」袁舉人瞥了瞥屋外，一隻手指立在嘴前，氣聲噓噓。「要是旁人知道了《憐月瓶》是我寫的，我這張老臉還要不要？啊！我這張臉還要不要！」

秦掌櫃覷他這神情，不由得把腰彎下來，學著和袁舉人一樣賊眉鼠眼。

「袁老爺，我實在是沒辦法了，您這《憐月瓶》後二十回的稿，年前就說要給我，臘月說正月給，正月說二月給，到現在了，我連張帶字的紙都沒瞧見！那買書人恨不得把我的店給砸了！您行行好哦，我上面有東家催，下頭有買書人罵，您瞧瞧我頭髮都掉了！」

袁舉人可一點也不想瞧他的頭髮，眉頭緊皺，心想我還有兩章沒寫完呢，拿什麼給你？於是趕雞一樣敷衍道：「好說好說，我寫完了著人給你送去。」

秦掌櫃一個字也不信，把眼睛瞪圓了看他。「知道袁老爺體諒我，小人就站在書房外等，什麼時候拿到了稿紙，什麼時候走。」
「嘿，你這個人！」袁舉人急了。「我難道會說假話嗎？」
「假不假不知道，反正從去年臘月到現在，我給人逼得快死了！」秦掌櫃橫在門前。「我這次要是再空著手回去，就不用幹了，全家上街喝西北風去，一邊喝西北風一邊唱，《憐月瓶》是袁老爺寫的！」
聽到最後一句，袁舉人跳腳道：「我怕了你了！我一會兒給你稿！」
秦掌櫃站著，不動。
「做什麼？你不必非盯著我寫不可吧？」袁舉人磨著墨，沒好氣道。
秦掌櫃看他是真要寫的意思，就退到門外，仍舊守著。
見人出去了，袁舉人長嘆一口氣，他當時是抽了什麼風，偏要寫《憐月瓶》這等風月之書呢？
提筆懸腕，好一陣沒落筆。
該寫什麼呢？他現在滿腦子想的還是蕭美人小吃店的點心呢！
袁舉人思及此，忽然靈機一動。對了，他可以寫大官人為討瓶兒歡心，特意去蕭美人小吃店買點心呀！反正這是世情小說，就這麼湊合寫著吧。
拿到稿，秦掌櫃終於心滿意足地走了。他心裡盤算著日子，算上刻板、印書，最快大約三月初便能將《憐月瓶》新書上架販售。

陽春三月天，杏花滿枝頭。

杏花館的小園子暗香浮透，尤其是南窗下臨近杏花樹的幾張桌子，所聞見的花香最是濃郁，來光顧的客人擠破了頭都想坐這兒。

除去剛開業幾天的混亂，如今的杏花館已經不會讓主顧等上老半天。月牙兒給杏花巷臨近的街坊鄰居，一家送去了一份小點心，希望他們多多關照，順便問一問有沒有願意來做短工的。

有三、四家女人，很爽快的答應來小店裡幫忙，畢竟這個時候既不忙著做針線活、也不忙著漿洗衣裳，她們孩子也大了，不用時時刻刻看護著。到杏花館來做半天的事，既有薪水拿，有什麼事走兩步就回家去了，方便得很。

月牙兒也不指望她們做些繁重的活，不過是擦桌子洗碗、迎客上菜之類的粗活。做點心的事，大多是她一人來，或是等魯大妞那邊收了攤，從雙虹樓老店過來再幫她搭把手。進貨的事，魯伯會來幫忙，月牙兒不僅管飯，還一月結一次錢，可比他從前的主顧好多了。

為了避免客人久候，而杏花館又遲遲上不了菜的情況發生，月牙兒索性把預約制度搬了出來，巳時三刻開始放號，一日只有五十個名額，拿到較為靠後的號碼，客人可在小園裡坐坐，或者到河邊看看杏花。月牙兒還專門指定了一個婦人為等位的客人添茶水、送梅豆，若是等候超過一個時辰，月牙兒就給客人優惠價。

見店家招待這樣周到，等位的客人也不好說什麼，況且杏花館的大麥茶同梅豆都很好吃，平常又不外賣，等久一些，能白吃些東西，也很好。

就算有了這些舉措，月牙兒這些天依舊忙得團團轉，一直要忙到打更人唱過兩遍，她才能睡下。等第二日清晨雞鳴時分，又需要早早起來。算一算，她一日統共才睡了三個時辰不到。

好在年輕，撐得住，但長長久久下去，肯定不行。

吃過上一次的虧，這回找廚子，月牙兒可謂慎之又慎。

因為梁廚是雙虹樓于雲霧幫忙物色的，出了這樣的事，于雲霧親自到杏花館來了一趟，特意給月牙兒賠禮。

「蕭妹子，實在對不住。這梁廚手藝的確是好，我小時候就聽說過他，可沒想到竟然是這麼個人，手藝再好又有什麼用？」

他提了兩大包上好的明前龍井，硬是要月牙兒收下。

「妳放心，這回我一定幫妳尋個妥妥當當的人，要人品和手藝都好！尋不著，我從雙虹樓撥一個師傅給妳。」

聽他這樣說，月牙兒忙道：「這知人知面不知心，請于大哥幫忙，本來就是麻煩了，出了這事，誰也不想的。」

她將茶葉又塞回去。「我託你辦事，怎麼好意思收你的禮？」

推來推去，月牙兒最終只得勉為其難的收下茶葉，轉身給于雲霧揀了一大包才做好的點心，要他帶回去給妻兒吃。

臨行前，于雲霧悄聲問：「那梁廚，是不是偷學了妳的方子，學會了才走的？」

月牙兒思量片刻，回道：「我原來打算讓他慢慢上手的，所以只教了三、四樣簡單的吃食。他們過來的時間本就不長，像肉鬆小貝這種工序特別複雜的，我也沒空教，你既然說梁廚是個手藝極好的聰明人，那大約餛飩什麼的他應當學會了，不過不礙事，這說不上是什麼很珍貴的方子，像這樣簡單的點心，全看個人手藝罷了。」

于雲霧鬆了口氣。「幸好幸好，不然我晚上可真睡不著覺了。」

他對這事著實上心，一月之內，尋了不下四個人給月牙兒看。月牙兒一一面試後，都不大滿意。

于雲霧比她還著急，今日又薦了一個人，是個女的，叫伍嫂。

伍嫂過來的時候，已近薄暮，天色由橙黃漸漸變為深紫色，夾雜著明滅的星。

月牙兒忙了一整日，動也不想動，只坐在小園的石桌椅上招待她。

是個四十來歲的婦人，膚色微微有些黑，看著很能幹活的樣子。

「我男人原先是鄉裡的廚子，無論紅事、白事，鄉裡人都爭搶著請他去當主廚。回回我都跟著給他打下手，像蒸饅頭、做點心，都是我的活，人家也都誇，說我點心做得好。」

她隨身還帶了些麵點來，拿給月牙兒看。

是一盒壽桃包和白糖薄脆，樣子都很好看，月牙兒一樣拿了一點嚐，點了點頭。「手藝是不錯的。」

她沈吟片刻，同伍嫂說：「妳到屋裡廚房拿一籠麵點生胚來，就在靠著門邊的灶臺上。這裡有個爐子和平鐺，妳把爐子升起來，不用刷油，將麵點生胚四面烤至金黃色。」

伍嫂俐落的答應一聲，轉頭往屋裡去了。

見她的身影消失在簾後，陪她過來的于雲霧小聲說：「是我夫人娘家鄉下的遠方親戚，她手藝是很好的，人也還行。她八字硬，前幾年死了兒子，去年又死了丈夫，她大伯想把她嫁出去換錢，伍娘不願意，連夜帶著她十三歲的女兒跑了，前陣子一直在南城門那邊擺攤。

「我原來不想把人領給妳瞧的，怕她家裡多事，後來她聽見風聲，自己上門來尋我，說情願簽賣身契，死契。她寧願和女兒一起老老實實給妳做事，也不願被抓回去嫁人。我一想，也成，就領來給妳看看，要是不行就算了。」

月牙兒聽了，有些生氣。「怎麼一個一個都喜歡逼寡婦嫁人？什麼毛病。」

「還不是為了一個錢字。」于雲霧說：「伍嫂老家那邊嫁一個寡婦得了彩禮錢，全村都有份呢，又不是大戶人家，能贏回來貞節牌坊減免田稅。」

這時伍嫂已將一籠點心生胚拿出來，一下就點燃了爐子，手腳麻利地開始烤點心。

魯大妞也從屋裡出來，俯身在月牙兒耳邊。「她拿了點心生胚就走，一邊的肉鬆小貝看都沒看一眼。」

月牙兒點點頭，端詳伍嫂做事。

她拿點心前特意洗了手，一心一意盯著火候。等香味飄出來，點心煎熟了她再裝盤，整整齊齊碼在一起，樣子很好看。

月牙兒拿了一個，咬了一口，臉上有了笑意。「伍嫂，妳嚐一嚐。」

伍嫂挑了一個小一點的，拿起來看，這點心四四方方的，瞧著新奇。方才蕭姑娘說不用油直接烤，她還有些擔心呢，沒想到真能烤出這種淡淡的金黃色，還不黏鍋。

她咬了一口，表皮柔軟，內餡更加柔軟，應該是綠豆做的餡，清清涼涼，透出些許甜味。這要是在熱得滿頭大汗的盛夏吃，涼意能從嘴一直蔓延到心窩子！因為不是用油煎的，所以特別清爽，一點膩味都沒有。

伍嫂想問一問這點心的名字，又怕說錯了話，只能一個勁地點頭，說：「好吃！」

她吃了一口，便不吃了，小心翼翼問：「蕭姑娘，這剩下的半個，我能帶回去給我女兒嚐嚐嗎？」

月牙兒微微一愣，笑說：「可以，這點心叫虎皮餑餑，還有南瓜餡的，妳也拿一個吧。」說完，她望向于雲霧。「就讓她在我這裡試一試吧。」

第九章

難得的，月牙兒一覺睡到五更天。

簽過身契之後，伍嫂領著女兒汪六斤來了杏花館，為了方便，就在緊挨著廚房的雜間裡搭了張床，母女兩個一起住。月牙兒原來有些過意不去，請伍嫂到後院住，然而伍嫂不肯。

「姑娘肯收留我們母女，又包吃住、又給薪水，我們還有什麼話說。我和六斤都是住慣了鄉下屋子的，在小間裡住還習慣，再說了一大早就得起來料理，沒得擾了姑娘清靜。」

說了幾次，伍嫂都不肯讓步。月牙兒實在拗不過她，只得買了一床厚厚的棉被、又買了床夏被，還有紗帳、几案之物安置在小屋裡。

伍嫂確實是個幹活誠懇的，一些拌料、剁餡、擀皮的事，一點就通，著實讓月牙兒輕省了不少。她的女兒六斤說話不多，常常躲在娘身後，但做事也勤快，每日從井裡挑水來，將窗戶桌椅擦拭得乾乾淨淨，母女倆一樣的勤快。

她們來了幾日後，月牙兒才終於能睡個懶覺。

原本是打算一覺睡到天光，可月牙兒五更的時候，就自然而然的醒了，窗外還黑沈沈的，換算成二十四時，才早上五點。

她窩在被子裡，心想習慣真是個奇怪的東西，縱使醒了，也不想起來。

月牙兒只有一個腦袋露在被子外面，迷迷糊糊聽見外面的動靜。石磨上的木頭嘎吱嘎吱響，應該是六斤在推磨。

廚房裡有剁肉的聲音，篤篤地響，是伍嫂在拌料嗎？

被窩裡是很暖和的，月牙兒翻了個身，心裡盤算著杏花館的情況。前些時日太忙，她壓根兒沒時間好好思考總結如今的經營情況。如今得了空，需要好好盤算一番。

杏花館從開張第一日就是純盈利的，如今一個月大概有十五兩銀子的利潤。這樣的營業額，放到全金陵的小茶館來看，是老闆日夜燒高香拜財神爺才能求來的。可她覺得這速度不行，按照這樣的營業速度，她至少要一年才能完全回本。

她披衣起身，將床底下藏著的一個小箱拖出來，打開鎖，一個銅板一個銅板清點。其中還夾雜著很多碎銀，要用小秤量。這裡通用的碎銀不是電視劇裡成錠成錠的、元寶一樣雪花銀，月牙兒到如今都沒見過漂亮的雪花銀，聽說只有皇帝賞銀才會有如此品相。此時在民間通用的，反而是表面因氧化有些發黑的碎銀子。

碎銀子難數，月牙兒一開始不熟練，還收了不足斤兩的碎銀子，倒找回許多銅板。後來核帳的時候才發現不對，難過了小半天，當即提了禮到徐婆家去，細心同她學。一連學了好幾日，月牙兒才終於能夠輕鬆的分辨小碎銀的成色與斤兩。

等她將如今的錢數完，天色已濛濛亮。月牙兒按著從前學到的習慣，將如今的錢分作十份，其中四份作為儲蓄金，五份作為擴大經營的本錢，留一份給自己用。

算完帳，月牙兒伸了個懶腰，推開門走出去。

小花園裡，六斤正捧了個篩子抖粉，見月牙兒走出來，小聲道了一句「姑娘早」。她臉上有許多小雀斑，因此常常低垂著頭，不肯揚起頭和人說話。「抱歉，是我吵醒姑娘了嗎？」

「才不是呢。」月牙兒走到她身邊，讚道：「妳碾的粉很細，很好。」

六斤咧嘴一笑，望一望廚房的方向。「我娘準備了早飯，就等姑娘醒來煮。」

這個時候，伍嫂從廚房探出頭來，向月牙兒道：「姑娘醒了？請坐一坐，早飯馬上就好。」

月牙兒漱洗完，自己給自己沖了一杯糖蛋水。

所謂糖蛋水，是磕開一個雞蛋，用滾燙的開水沖開，邊沖邊均勻的攪動，再加上一勺蜜水，醒來吃上一碗，最是開胃。

她才喝了兩口，伍嫂便端著一碗魚粉送到桌上。「看姑娘喜歡吃米粉，我就胡亂做了些。昨天進菜有人賣剛釣上來的小鯽魚，我就買了兩條熬湯，新鮮著呢。」

新鮮的魚肉煎至兩面焦香，加料酒快速翻炒，而後倒入豬筒子骨湯一同熬煮，直至呈現奶白色的魚湯。燙好勁爽彈滑的米粉，將魚湯一圈一圈淋在粉上，外加一葉青菜。魚肉細嫩、米粉勁道，捧起碗喝上一口香氣濃郁的白湯，怎一個「鮮」字了得。

月牙兒吃得暢快，抬頭見伍嫂母女仍在做事，問道：「妳們吃過了不曾？過來一起吃呀。」

「一早吃過了，多謝姑娘惦記。」伍嫂正忙著擀皮，抬頭回道。

月牙兒放下心來，一大碗魚粉下肚，心滿意足。

她望一望窗外飄零的杏花，有些感慨，一沒留神，這花兒就要落了。

杏花巷裡，隱隱聽見驚閨葉的響動，一個蒼老的聲音拉長了喊。「磨——鏡子。」

伍嫂提醒道：「我瞧姑娘的銅鏡有些糊了，不若去磨一磨吧。」

她這一提醒，月牙兒也想起這回事。從前她看古裝劇，一個大美人攬鏡自照，永遠是一面銅鑼一樣的黃澄澄的鏡子，頂多照出個人影，跟哈哈鏡一樣歪歪扭扭。她那時候就奇怪，這樣的鏡子有照的必要嗎？就是打一盆水來，瞧水裡的影子也比黃銅鑼好吧？

然而這疑問在她見過如今家裡的鏡子後，便沒有了。雖然是銅鏡，但鏡面被磨得很光亮，清清楚楚能瞧見自個兒的模樣。她這時才知，這新磨的鏡子，同後世的鏡子其實沒多大區別，不過要時時磨亮罷了。

和旁人閒話家常時，月牙兒聽說有些姑娘、婦人特意不去磨鏡子，只昏昏的照個輪廓，這樣就瞧不出臉上的麻子、痘痘，大約和照了相要美肌是一個道理。

她家的鏡子上一回磨，還是在年前時，這陣子一向忙，哪裡有對鏡梳妝的時間？月牙兒回屋在妝檯前一看，果然鏡子已經糊了。

月牙兒遂將家裡的鏡子拿出來，出門去尋那磨鏡老人。

往外一瞧，那磨鏡老人才放下擔子，就給兩、三個婦人圍住了。人手懷裡抱著一、兩面鏡子，還有一個闊氣婦人，叫家人扛了一面穿衣鏡出來，站在一邊等。

月牙兒也不趕時間，就抱著鏡子站在一旁，看磨鏡老人用水銀將一面鏡子磨得光亮。身邊有個人忽然對她說：「蕭老闆，妳生意一向好？」

一開始聽見「蕭老闆」，月牙兒還沒反應過來，心裡還納罕，這杏花巷什麼時候搬來了一個蕭老闆？她怎麼不知道。

等那人又喊了一聲，月牙兒腦子才轉過彎了，這竟然是在喊她？

她驚喜地回首，見是那個擁有一面大穿衣鏡的婦人，一隻手扠在腰上，同她說：「蕭老闆真是了不得，這麼小小年紀，生意就做得這樣好。」

月牙兒笑說：「哪有，都是大家捧場，我不過混口飯吃罷了。」

那婦人認真道：「從前我是將閒錢放在徐婆茶店裡的，如今妳那裡還可以放嗎？」

月牙兒不大明白。「我年紀小，不大懂，請姊姊和我說一說吧。」

那婦人聽到月牙兒客客氣氣叫她「姊姊」，臉上不免帶了笑，解釋給她聽。

原來從前她有了閒錢，都存在徐婆店裡，徐婆給她一成利。譬如她存了一百文錢在徐婆茶店裡，徐婆過一個月需多給她一文，杏花巷有幾家人都是這樣將錢存在徐婆店裡。

月牙兒心裡飛快盤算著，一面問：「為什麼不存錢莊裡呢？」

「妳不知道？」婦人憤憤不平說：「存錢莊裡還要給保管費呢！倒不如存在店裡，都是街坊，存取方便不說，還能有一丁點利息。蕭老闆，妳那裡還能不能存錢呀？」

她這一問，有一、兩個婦人也附和著，問月牙兒的店裡還能不能存錢。

月牙兒打著馬虎眼道：「我才知道這事，還不大明白章程，得回去請教請教長輩，要是可以存，我一定同各位說。」

等她的鏡子磨好，一路走回去，月牙兒心裡已經將這筆帳算清了。若是按照如今的舊例，人家來存錢，月得一分利，那麼年利率就有十二分。這筆利息說大不大，說小也不小了，後世銀行的活期年利率撐死了也只兩分呢，這樣看來，收取她們的存款似乎不是很合算。

要是徐婆還在就好了，當初自己怎麼沒多問一句呢？月牙兒有些懊惱。

回了杏花館，見伍嫂正在燒火，月牙兒走到她身邊，問：「伍嫂，妳見識多，可有聽說有人把錢放在店鋪裡，拿利息的事？」

伍嫂壓一壓火摺子，回道：「好像是有的。」

見爐中火燃起來，她起身拍拍身上的灰，細細同月牙兒分析。「我聽說有些人家會尋相熟的店鋪，將閒錢放在他們鋪子裡，人家還會給一丁點利息。真是奇怪了，幫人保管錢，不要保管費就很好了，為什麼還要給錢？」

月牙兒又問：「這樣子做的人多嗎？」

「不多。」伍嫂道：「除非是認識的熟人，不然老闆不願吃這個虧，存錢的也擔心店子倒了，自己一文錢都收不回來。聽說幾年前我家鄉有一家雜貨鋪子倒了，幾個在那裡存了錢的婆子、寡婦呼天搶地，鬧著要尋死呢！要我說，家裡挖個地洞把錢藏起來，比什麼都強。」

這倒不像單純的儲蓄了，月牙兒心想，有一點集資的意思在裡面。

「姑娘問這個做什麼？」伍嫂往鍋裡添了兩勺水，提醒道：「莫不是有人想存錢在咱們店裡？妳可警醒些，別到時候還要自己貼利息錢給人家。」

月牙兒點點頭，笑說：「我算學乖了，這種關於錢的事，還要從長計議。」

至少，在她沒有下一步明確的策略前，她不會去費力做這件事。

今日是個好天氣，杏花館才開門不久，原先已經預約的客人便到了。

靠近南窗的那張桌子，仍舊是最討顧客歡心的，即使如今杏花已開至荼蘼，被風吹下好些落在水裡，仍舊有許多讀書人打扮的年輕公子，喜歡對著花吃點心，以為是一件風雅之事。

今日坐這一桌的，是三個穿著直領道袍的儒生，才進店，一個穿玫紅色道袍的就站在窗前，對著落花吟了一首詩。

月牙兒今日有空，特意梳了一個雙鬟樣式的髮型，人都顯得精神一些。等她打簾子出來，正見著汪六斤一副疑惑的模樣，順著她的目光看去，只見一個悲秋傷春的讀書人。

月牙兒悄聲道：「妳看習慣了就好，這桌我來招呼吧。」

她將食單放在桌上，笑問說：「幾位公子來得真早，瞧瞧想吃些什麼。」

坐主位的書生拿起食單，謙讓朋友說：「你們看要吃什麼，我請。」

「都行都行。」

「隨便。」

一番推讓後，食單還是回到了原先的書生手中。他本是縣學的學子，姓劉，今日難得有一日休沐，便約上同窗好友一起到這杏花館嚐嚐鮮。早聽聞這杏花館的老闆是個小美人，原以為是名不符實，但如今一見才知道傳言半點不假。

劉書生將視線轉回到食單上，心想挑個便宜點的，但又不能太便宜，免得他倆說我小氣。當他看到一個標價「三錢銀子」的，心裡不由得咯噔一下，這什麼點心？都能比得上一罈酒的價格了。他飛快地瞥了一眼點心名，忽然一怔。

一個好友看他忽然不動了，也湊過來瞧，等看清了點心名字，立刻抬起頭，眉飛色舞道：「老闆，妳家有『泡芙』賣啊？」

月牙兒一時不知怎麼回答，難道這時候，除了她家店裡，外頭已經有泡芙賣了？她怎麼不知道？

純手工做的泡芙賣得貴，以往很少有客人點這個，除了才開業的時候賣出去過一爐，最近都沒什麼人點，這三個人看著像新客，是從哪裡聽說的泡芙？

「嗯……有的，不過這個數量比較少，做工可比酥油泡螺還要精細，所以價格有些貴。」

連那個在窗前看花的書生聽了「泡芙」兩個字，也激動的湊過來，將手中摺扇一收。「就要這個，要三碟！」

劉書生聞言，一雙小眼瞪得跟牛似的，正想說「只要一盤」，便見那個看花的同窗攬住他的肩膀。「多虧了劉兄大度，不然咱們哪有這口福。」

「就是就是，全縣學的學生數劉兄最會做人，來來來，我以茶代酒，敬劉兄一杯！」

劉書生笑得比哭更難看，咬牙切齒道：「就先上這個吧。」

做泡芙需要用到烤爐，月牙兒同伍嫂打了聲招呼，自己去做了。

因為時間久，為防止客人等到不耐煩，她還特意同六斤交代，要給客人送一碟梅豆去。

梅豆，這三個書生吃得也不少。劉書生還沈浸在痛失銀兩的悲痛之中興趣缺缺，可聽見他兩個同窗喀嚓地咬著梅豆，不由得憤怒的拿了好幾粒梅豆來吃。

咦，這梅豆的滋味還真不錯呢。

三個人也不說話，悶頭吃梅豆，沒多久小碟就見了底，劉書生的一個同窗將六斤叫過來，說：「再上一碟梅豆。」

「這個不賣的。」六斤細聲細語，解釋道：「梅豆是贈品，一桌只有一碟，除非等位等久了，才能拿第二碟。」

見六斤一副小可憐的模樣，二人也不願與她為難，只是抱怨說：「不知這老闆怎麼想的，送上門來的錢還往外推。」只有劉書生一人鬆了口氣，覺得那蕭老闆真是個大好人。

等了好一會兒，店裡的桌子漸漸坐滿了人，眼瞧著後頭來的人桌上已經有了點心，他們仨的泡芙還無影無蹤，一個書生有些著急，正想催單呢，忽聞見一股濃郁的甜香。

這香味很特別，不是其他點心那種淡淡的香氣，卻很濃郁，縈繞在鼻子前揮散不去。眾人原先說話的說話，吃點心的吃點心，然而此刻不約而同地望向湘簾後——香味飄來的方向。

只見月牙兒從簾子後頭走出來，手中托著一樣新奇的點心，正散發著香氣。

那是一碟淡黃色的點心，圓圓的，很可愛，表皮酥脆，倒真和《憐月瓶》裡說的是一個模樣。

泡芙才放到桌上，顧不得燙，一個書生就拿起一個吃，一臉陶醉。

這是餓死鬼投胎嗎？劉書生在心裡大罵道，立刻護犢子一樣攏過一碟泡芙，拿起一個塞在嘴裡，咬破酥皮的一瞬間，奶油就滑了出來，口齒之間立刻被濃得化不開的奶香與蛋香占領。

酥皮的熱，同奶油的冷奇妙的組合在一起，給予泡芙更多層次的口感，吃在嘴裡，脆而不乾，香而不膩，真真叫一個妙不可言。

銀子花在這麼美妙的點心上，是值得的！劉書生腦海中只有這一個念頭。

見這三人連話都不說了，只埋頭大吃，在濃郁的香氣裡，其他客人也紛紛道：「給我來一碟他們吃的點心。」

「我也要兩碟！」

月牙兒本還想問問他們，是從哪裡知道泡芙這種點心的，可一時間有那麼多客人點單，也沒空去問了，等她忙完這一陣，南窗下的看花專用桌已經換了客人。

自從這天之後，每一日都有新客人登門，張嘴就問：「聽說你們這裡有泡芙，給我來一碟。」

有的客人甚至是從金陵附近的城鄉過來的，身後還跟著揹行李的家僕，寧可坐著等，也指名了要點「泡芙」吃。

月牙兒看他那樣，忍不住問：「為什麼都要吃泡芙？你們到底是從哪裡知道這個的？」

客人見她是個姑娘家，說話就有些支支吾吾。「這個……聽說這泡芙是宋朝時皇城特別流行的一種點心。」

宋朝皇城？

月牙兒丈二金剛摸不著頭腦。

這個謎還是于雲霧給她解開的，他特意跑過來問：「老實說，妳家是不是有本家傳的食譜？或者祖上曾經當過御廚？不然怎麼知道這麼多失傳的點心？」

「瞎說什麼呢？」月牙兒笑著說：「于人哥，你是從哪裡知道泡芙的？」

于雲霧看了看周圍，低聲道：「有一本小說叫《憐月瓶》，裡頭有記載這種點心。」

後來，等月牙兒真把《憐月瓶》買回來，打開一看，哭笑不得。

她大概知道這書的作者是誰了。

打更人的銅鑼聲，在睡夢裡隱約響起，聽得不真切。

伍嫂自夢中醒來，見一地月光，不由得鬆了一口氣，側身瞧見女兒六斤安穩的睡顏，方才的夢魘也漸漸淡去。

她轉身欲睡，卻聽見廚房裡有鍋碗瓢盆的響動。

蕭姑娘這麼早就起來了？

伍嫂摸著牆走出去，見著一盞油燈映在廚房的牆上，照成一圈小小溫暖的光。月牙兒朦朧在這淡黃色光裡，正做著點心，一旁的灶上熱氣騰騰，散著煙氣。

「蕭姑娘，我來揉吧。」她忙道，上前挽起衣袖欲幫忙。

月牙兒見是她，忙說：「不用，我自己瞎做著玩玩。還早著呢，伍嫂妳去睡吧。」

伍嫂的視線掠過灶臺上的半成品，統共有八、九樣不同的點心，有些她叫得出名字，譬如定勝糕，有些她不認得，但樣子都很好看，小小巧巧。

這樣多樣式的點心，每種卻只做一、兩個，可要花多少工夫？

「蕭姑娘，妳怕不是沒睡？」伍嫂奇道，她平日裡都要睡到天光才起呀。

月牙兒抿著嘴笑笑，掌心一下一下揉著糯米糰。

「睡了的，只是起得早些。」

伍嫂不知何故，也怕自己多話惹人煩，便蹲下來替她看火候。

月牙兒倒有些不好意思。「沒事的伍嫂，妳去睡吧。」

「我本來就起得早，姑娘別擔心。」

燒水、揉麵、製團、蒸熟、裝盒……一直到四更時分，這麼多小點心才算做好了。

月牙兒招手，叫伍嫂過來試一試味。「我頭一回做定勝糕，伍嫂妳嚐一嚐，看味道好不好。」

是一塊梅花狀的定勝糕，色呈淡紅，在燈下顯出一種誘人的色澤。伍嫂拿起一個，掰下一小塊嚐了。米糰柔軟，像吃了一嘴的雪花，鬆軟清香，內餡的豆沙是特地調製過的，隱隱約約透出一股花香，甜甜糯糯。

「味道很好呢。」

月牙兒這才放心，她伸了個懶腰，咕噥道：「煩死人了。」

然而她的臉上始終帶著盈盈笑意。

洗了臉，換了身舊衣裳，月牙兒同伍嫂打了聲招呼，徑直出了門。

伍嫂提著燈站在門邊，正欲關門，卻見橋前有三兩書生伴著家人一起走過，手裡都提著一個書盒，神色很鄭重的模樣。

她想起來了，今日是府試的大日子！
月牙兒一手提食盒，一手提燈，走在小巷裡，腳步異常輕快。
行到吳家門前，她駐足，用手攏一攏新梳的鬢髮，確認沒散之後，方才以手叩門。
柴扉應聲而開，吳勉見了她，眼中藏了笑意。他穿著一件玉色衫，清如冰，潤如玉。
「妳……來了。」
月牙兒將食盒往前一遞。「喏，說好了我給你準備考場的吃食，都在這裡了。」
她微垂著頭，用腳尖去撥弄地上的落花，揚起來，又落下，並不看吳勉。
「你……好好考。」
說完，月牙兒轉身就跑，春風輕柔，揚起她豆綠色的布裙。
吳勉望著那盞燈火躍動在尚未破曉的夜色裡，漸漸遠了，忽然有一種薄薄的惆悵。
忍著多日不見，好不容易見一回，卻只說了兩句話。
他將食盒打開，最上面一層擺著一個小木匣，吳勉輕輕揭開匣蓋，原來是一枝筆，是品相極好的羊毫湖筆，尖、齊、圓、健。
這樣好的筆，書屋裡的同窗都有一枝。他曾問過價，便打消了這個念頭，此番去考府試，他仍舊準備用有些禿了的舊筆。
然而此刻，他卻得了一枝羊毫湖筆。

天色欲破曉。

學宮之外，許許多多考生和家人擠在木欄杆前，或提著燈籠，或拿著考籃，等待著放行。

卯時一刻，銅鼓大響，學子們如流水一般踏過學宮大門。

學宮這道門，百姓俗稱「龍門」，取鯉魚躍龍門之意。通過府試，便是正兒八經的童生，可以參加院試考秀才。考中了秀才，那才叫真正的讀書人，朝廷每年有補貼不假，連徭役等賦稅也一併免去，一隻腳便跨進官門內。

江寧知府李之遙下轎，見此情景，不禁有些感慨。他當初考童試的時候，也是這般年少啊。

還是一樣的時辰，一樣的地點，李之遙卻從昔日的考生成了主考官，這麼一想，倒真是歲月匆匆。

幾個試官迎上來，笑著請安。「知府大人，如今考生已入場了，您老人家不如到公堂裡歇一歇。」

「不急不急。」李之遙向左右道：「現在該是檢查考生所帶之物的時候，我們悄悄地去瞧一瞧。考府試，可絕對不能鬧出夾帶偽籍之類的事。」

「還是大人想得周到。」

一行人往學宮內走，李之遙為先，步伐很慢，饒有興致地觀看考生們的形容。

有的考生還很年輕，鬢髮垂髫，一副懵懂的模樣；但更多的，是一臉的緊張；還有極少數白髮蒼蒼的學子，一瞧就是考了半輩子還沒考中的，形態各異。

入龍門，第一件要緊事便是通過搜子們的檢查。府試的搜檢，可比縣試要嚴格得多，因此速度也稍微慢些。擔任搜子的小吏不僅要檢查考生們的提籃，將所帶之物一一搜查，還要將考生的髮髻打散，檢查有無夾帶。

昔年還有讀書不用功，專門動歪腦筋的人，譬如將四書五經的蠅頭小楷寫在襪子裡側，往蠟燭裡封小抄，在饅頭裡夾帶小紙條……五花八門。

天尚未大亮，搜子們搜查起來也極為費神，除了新手剛開始時有些新鮮，大多數搜子們都板著一張臉，恨不得練出一雙火眼金睛，兩眼一轉捉出一個妖。

李之遙不想驚動考生，所以將隨從屏退大半，只帶著自家師爺悄悄在簷下看。

見搜子們雖然面色不豫，動作還是很俐落，也沒有抓到什麼喪心病狂的夾帶之人，李之遙不由得點點頭。看來他第一次主持的府試，應當不會鬧出什麼大事。

李之遙捋著鬍子，一步一步往前走，忽然見著有三、四個搜子圍著一個考生，不知在做什麼。

他皺了皺眉，心想不是搜出了作弊之人吧？立刻上前去察看。

走近了，但見搜子們扒拉著那個考生的提籃，戀戀不捨地望著裡邊的點心。

「這是怎麼回事？他的考籃有什麼問題？」李之遙嚴肅道。

子。

幾人回頭，李之遙終於瞧清了他們圍住的那個考生，那相貌，簡直是專為探花郎長的樣子。

藉著燈火，搜子們看見李之遙官服上的補子，忙行禮道：「小的見過知府大人。」

「免了。」李之遙大手一揮。「這是做什麼呢？」

搜子們面面相覷，一個看著像領頭的滿臉堆笑。「沒做什麼，例行搜檢考生而已，勞累大人費心。」

李之遙瞧他們的樣子，覺得這裡面有名堂，便問那個少年。「你是何人？說說怎麼了？」

少年的姿態不卑不亢。「回知府大人，小人姓吳名勉。承蒙各位大哥關照，方才正問我這點心是從何處買的。」

聽他這樣說，領頭的那個搜子暗自鬆了一口氣，其實他們方才是硬要拿走幾個點心吃來著，幸虧這毛頭小子還算有眼色，不然不知道知府大人怎麼罰呢。

李之遙聽了，揚了揚眉。「什麼點心？還值得幾個人跑來問？」

他俯下身去看，才湊近，便嗅見一股香氣，那提籃內有一個打開的食盒，裡面擺著至少八、九樣點心，顏色好，模樣好，聞起來也香。倒有幾分宮裡御製點心的形容。

因為起得太早，李之遙離家前沒什麼胃口，只匆匆吃了兩口粥。這會兒見了這樣色香味俱全的點心，肚裡饞蟲也被勾起來了。

他拿起一個因搜檢而拆成兩半的點心，湊到眼前看，竟是一小塊形狀齊整、四四方方的綠豆糕。

這也真是奇了怪了，其他考生帶的點心也有被拆成兩半的，壓根兒沒個完整形狀，醜得要死，怎麼這吳勉的點心即使拆開也依舊那麼好看？

李之遙見還有一塊未拆的綠豆糕，將那小塊的和大的並排放在一起。這才看明白了，原來這綠豆糕本身就用刀劃成了等分小粒，只是刀口並未深至底，所以表面看起來仍是一整塊。可當搜子們用力一拿，綠豆糕便自然而然散成了小塊，既平整又好看。

他忍不住將小塊的綠豆糕放到口裡，清清涼涼，粉而不黏，微微甜。李之遙吃過很多次綠豆糕，可從未吃過這樣恰到好處、顆粒極細、清清爽爽的綠豆糕。

再看其他點心，也是一樣的思路，竟然掰開成兩瓣，依然各自有形狀。分與不分，皆是渾然天成。

李之遙忍不住發問道：「你這是哪家買的點心？」

府試過後，要七日才出成績。月牙兒這幾天，心裡時時牽掛著這事。

吳勉卻是一副很淡然的模樣，依舊閉門讀書。看他這姿態，月牙兒撇了撇嘴，敢情是「皇帝不急，太監急」。

這日月牙兒依舊在店裡忙碌，有了伍嫂母女和魯伯的幫忙，她如今可以不大管點餐之事，一心一意做點心。

正做著海棠糕呢，六斤跑過來說：「有位客人說，他想見見老闆。」

「見老闆做什麼？」月牙兒放下手中的工具，朝六斤指點的方向看去，只見一個文謅謅的中年人，算得上「美髯公」，一身絹袍，一望使知非富即貴。他左右立著兩個隨從，連隨從都是一身筆直的長衫。

這樣的人，月牙兒如今是萬萬不好得罪的。她將手洗淨，走了過去，笑問道：「不知客人有何吩咐？」

中年人很溫和的說：「有一樁大生意，想和老闆談。」

月牙兒笑道：「原來是這樣，不知是什麼生意？」

「不久之後，江南道會來一位新的鎮守太監，我想請老闆在他的接風宴上做點心，不知可不可以？」

月牙兒愣了一下，認真打量起眼前人。「敢問尊駕姓名？」

他身邊一個隨從輕聲道：「這是江寧知府，李大人。」

江南富庶，天下皆知。

此番為新任南京鎮守太監接風洗塵，不僅驚動了金陵的大小官吏，更有兩淮鹽商出力捧場。一番商議之後，接風宴的地點定在金谷園——如今江南首富顧家的花園。

月牙兒實在沒法拒絕，畢竟這一次請她來出場的佣金，不是以銀兩來計算，而是以「金」為單位。

這樣的高價，她哪裡會不應？更何況倘若月牙兒的手藝，在這場宴會上得到肯定，那麼她的杏花館將在一夜之間炙手可熱。凡事都講究個名人效益，若她所做的點心得了江南貴人們的稱讚，還需愁什麼將來呢？

應是應了，可依月牙兒的性子，從不打無準備的仗。既然是為了新任鎮守太監接風，那總得了解他喜歡什麼、愛吃什麼口味，奈何她認識的貴人又極為有限，總不可能衝到李知府的衙門裡問。思來想去，能給她些許提示的人，就只剩下一個薛令姜。

這天，月牙兒帶著新做的點心和開業以來的帳本，去趙府請安。

月牙兒先向薛令姜說了杏花館開業以來的情況，又說了兩件看榜時的趣事同薛令姜聽，逗得她直樂。

「這兩人竟然是同一姓名，一人中，一人不中，也是造化了。」薛令姜拿了一顆楊梅乾吃，忽然想起一事，問：「我聽絮因說，從前給我們府裡送果子的那個小哥兒也去考了，他中了沒？」

月牙兒眉眼彎彎，伸出三根手指。「勉哥兒他考中了第三呢！」

薛令姜點點頭。「也是不容易，我娘家哥哥，從會說話起家裡人就壓著他背書，到如今連個秀才都沒考中。可見人與人之間，還是不一樣的。」

絮叨了一會兒家常，月牙兒才向薛令姜說起接風宴的事。

「這事我也聽說了。」薛令姜又拿了一顆楊梅乾，和橘皮、蜜糖一起醃漬後的濕楊梅酸酸甜甜，很是開胃。「前一陣子趙家也為這接風宴湊了錢。」

月牙兒笑問：「不知這位新來的鎮守太監是何方神聖，這麼多人上趕著給他接風洗塵？聽說，還有兩淮的鹽商特地趕過來的。」

薛令姜撇了撇嘴。「我未嫁時，在京裡也聽說過他。」

原來這位新任鎮守太監姓鄭，名次愈，聽說原來在東宮娘娘名下當差。這鄭次愈原是出身江南官宦人家，可在他幼時鄭家參與逆案，他也被牽連入宮做了內臣。儘管宦官們的名聲不好，可鄭次愈卻是一個另類，他在內書房讀書時，教導他的翰林便讚過他，「頗有儒者之風」。

鄭次愈如今不到四十歲，便放出來鎮守南京。人們都猜測，他日後調回帝京，或許能成為司禮監秉筆太監——那可是內相！

是以他調來江南的消息一出，無人敢輕視。

月牙兒聽了，心中想難怪如此，她又問：「那娘子可聽說過，他有什麼喜好？」

「這我就不曾聽說過了。」

從趙府回來的次日，月牙兒便往金谷園去。

這一處園子占地頗大，月牙兒行在其中，瞥見花園之中竟然有一株紅珊瑚樹，齊人高，在日光下流光溢彩。她不由得暗自心驚，心想這些富商巨賈是真有錢。

連金谷園的廚房也大，將近兩重的院子，月牙兒瞧見那斗拱飛簷時，還以為是一處住所，沒想到竟然是廚房。

引月牙兒進來的小廝，領著她去見金谷園掌庖廚之事的王總管。核對姓名後，王總管向她指點了做點心的屋子，說：「還有一位黃師傅，是揚州來的，已經在那裡了。妳有什麼不懂的就問他，需要什麼食材，就同小廝、廚娘們說。」

說完，王總管便急急忙忙去查驗一籠從鎮江新運來的鮮魚。

月牙兒好久沒見這樣熱鬧的廚房院子，看什麼都新鮮，小門外正有兩個小廝抬著一籮筐豬肉進來，抱怨著肉沉；小石磨前，驢子沉默的繞圈，偶爾叫兩聲。炊煙一直都有，伴著篤篤的剁菜聲、人們的交談聲，偶爾還能聽見兩聲牛叫——金谷園的廚房後院裡就養了兩頭水牛！

她看了一會兒，走向王總管指點的那間屋子。

一個圓滾滾的男子正在炸酥糖，一屋子的甜香。月牙兒看他的肚子，就知道這是個廚子，想來就是那位揚州來的黃師傅。

她正想問好，黃師傅抬起頭來，吩咐月牙兒說：「妳去把麵揉了。」

這是把自己當打下手的廚娘了？月牙兒走到案板邊，挽起衣袖在盆裡洗了手，一邊揉麵一邊同黃師傅說：「黃師傅好，我是蕭月，李知府邀我來做點心的。」

黃師傅瞥了月牙兒一眼，皺了皺眉。「既然有我在，妳這個小丫頭片子別操心這些，老老實實做活就是。」

他說話的聲音中氣十足，像有人拿了一面銅鑼在耳邊敲，屋裡其他幫廚的徒弟聽見，格格笑起來。

月牙兒揉麵團的手勁不由得重了些，她說：「都是來做事的，還請黃師傅多指教。」

「我又不是妳師傅，指教什麼？別給我添亂就是。」

一日相處下來，月牙兒算是看明白了，這黃師傅簡直是自負，連擬定宴會的點心單子時，他也不理睬月牙兒，無論月牙兒說什麼，都是一副冷笑的樣子。「這是大宴，來吃的都是貴人！妳一個黃毛丫頭知道些什麼，那些貴重的食材妳見都沒見過，別瞎指揮。」

他一邊說，一邊同徒弟抱怨。「我家主人可是兩淮最大的鹽商，我也跟著辦了不知道多少場大宴，從沒聽說叫一個小丫頭來掌案的！如今是什麼風氣？」

月牙兒本是好脾氣的同他商量，聽了這話，一張臉也冷下來。「既然是這麼說，那我自去尋王總管，要他主持個公道。」

「喲，妳怎麼不回去找妳娘吃奶呢？」黃師傅說完，眾人哈哈大笑起來。

月牙兒見這群人這副德行，也不多說話，抬腳就往外走。

她找到王總管，冷靜道：「我既然拿了錢，來了這裡，自該出一分力。李知府又不是我親戚，更不會平白把銀子往水裡扔，那姓黃的這樣霸道，一道點心都不許我定，這算什麼？」

王總管本就忙得焦頭爛額，念在李知府的面子，耐著性子聽她說完，道：「那黃師傅也是有名的大廚，多少有些傲氣。姑娘年紀小，合該不同他計較，不過兩個點心師傅，又沒分出個主次，確實麻煩。」

他想了片刻，叫人喊了黃師傅出來，拍板道：「這樣吧，你們倆分別做一道點心，我來判，誰做的好，誰掌案，再不許有議論。」

「那按什麼判呢？」月牙兒雙手環抱，沈著一張臉問。

「就一個字——貴！」

聽了這個標準，黃師傅笑了，他這些年經手的名貴食材不知多少，和這小丫頭比，不是欺負人嗎？奈何王總管說完就被人叫去忙旁的了，竟然不聽兩人辯解。

黃師傅挑釁地看了月牙兒一眼。「還比嗎？我看不用了吧。」

月牙兒冷冷道：「怎麼不比？」

說完，轉身走了。

黃師傅雖然傲氣，但也並不輕敵，俗話說得好，亂拳打死老師傅。這小丫頭也不知道要的什麼花招，竟能忽悠李知府請她來。想到這裡，黃師傅決定做他的拿手名菜——刀魚餛飩。

刀魚餛飩貴就貴在刀魚上，此時正是刀魚新出的時節，可上好品質的刀魚卻少之又少。

也就是金谷園這樣的大手筆，才有一桶活蹦亂跳的刀魚。

黃師傅親自去挑了兩條刀魚，去骨，取肉。這刀魚本就不大，兩條的魚肉也只夠一頓餛飩，將其切成細細的魚泥，反覆摔打，使其更有彈性，置於一旁備用。

沒讓徒弟動手，黃師傅自己擀餛飩皮，薄薄的一片，能透光。越是上等的食材，所用的調料便越要謹慎，生怕污了食材本身的鮮味，那就落了下乘。

黃師傅做刀魚餛飩已有十來年的經驗，自然知道如何料理才能最大限度的發揮刀魚的美味。

一碗刀魚餛飩出鍋，熱騰騰盛在碧碗裡，瞧著不起眼，卻抵得上尋常人家一月的口糧費。

徒弟誇讚道：「師傅的手藝越發好了，我就算是下輩子，也做不出這樣好的吃食。」

黃師傅聽了，一巴掌拍他腦門，笑道：「少給我拍馬屁，快去和粉團。」

他另叫了一個徒弟，手裡捧著這碗刀魚餛飩，高昂著下巴走到王總管面前。

「那小丫頭呢，怎麼不見？」

「還沒來呢。」正是用晚膳的時辰，王總管嗅見刀魚的香氣，指著黃師傅笑道：「不錯啊，好久沒嚐過你的拿手菜了。」

黃師傅拿過那碗刀魚餛飩，擺在他面前的桌子上。「你非得給我鬧出些事來，那個小丫頭懂什麼？窮人家出身，就算點心做得好，也不過是些家常點心，上不得檯面。」

澈如茶。

「也不能這麼說。」王總管用調羹舀了一個餛飩，咬破，湯出，魚肉柔嫩無骨，高湯清

他嘖嘖有聲，又低頭吃了一個刀魚餛飩，才繼續說：「你很久沒來金陵了，那丫頭如今在金陵城，也算小有名氣，不然李知府也不會請她來。」王總管哂笑一聲。「這時候都沒來，不會真回家抱著她娘哭吧？」

他話音才落，簾子動了動。月牙兒進來，雙手托著一個漆盤，上頭罩著一個梅花紙盒，不知是什麼點心。

她大口喘著氣，一看就知道是跑過來的。「抱歉，因為這材料有些麻煩，我來晚了些。」

「能來就不錯了，還以為妳走了呢。」黃師傅嚷嚷道。

王總管瞪了他一眼，放下手中調羹，說：「黃師傅做的是刀魚餛飩，蕭姑娘是做了什麼點心？」

月牙兒將手中的點心放在桌上，面無表情道：「只是一樣平平無奇的點心——金箔千層蛋糕。」

白瓷盤裡，擺著一個圓圓的糕點，不大，攤開掌心便可遮住。這樣小，卻沒人捨得把目光移開。

因為如雪的奶油上，撒著星星點點金光。兩朵金箔所製的梅花，綻放在雪地裡，矜持、

貴氣。夕陽斜穿綺戶，照在金箔之上，燦爛奪目。

黃師傅看了好一會兒，才回過神來，心裡已然掀起滔天巨浪。

這個女孩子，她到底是從哪來的奇思妙想？竟然用金箔做糕點？

金陵本地，有許多極擅長製作金箔的匠人，一小塊金，被反反覆覆捶打之後，形成薄如蟬翼的金箔。最輕的金箔用手拈起，放在日光下，可透光。

早在多年前，這種極輕極薄的金箔已經可以入藥，《本草綱目》有云：「食金，鎮精神、堅骨髓、通利五臟邪氣，服之神仙。尤以金箔入丸散服，破冷氣，除風。」

黃師傅在富商大賈家做事多年，曾見過兩次家主人服用金箔丸，當時還感嘆這種散服金箔的豪氣。

可他萬萬沒想到，或者連這個念頭都沒起過——金箔、還可以用來做糕點！

本來嘛，金箔既然可以作為藥材食用，為什麼不能拿來做糕點？黃師傅想通了這個道理，心裡仍不服氣。這蕭月小小年紀，到底是怎麼想出來的這種法子？

他立刻側身，同王總管說：「王總管，我能嚐一點嗎？」

王總管才回過神來，聽了這話，第一反應是拒絕。但屋子裡還有其他名廚在，怕人說他小氣。顧忌著自己的面子，王總管只能皺著眉頭，叫人多拿一個調羹過來。

多虧那小廝腦筋靈活，拿過來兩個極秀氣的小調羹，餵嬰兒一樣的大小。

這小子倒有點眼色。

王總管接過那小調羹，滿意地點點頭。

他手持調羹，懸在糕點上老半天，硬是沒忍心下手。

遠看為金光所吸引，而挨近了看，王總管才發覺奪目的不僅是金箔，更是這糕點表面的一幅畫。奶油為雪、果醬作枝、金箔成花，宛然一副金梅傲雪圖。

黃師傅忍不了，終於放輕了聲音，提醒道：「王總管？有什麼不妥嗎？」

王總管聞言抬頭，見在場眾人除了蕭月之外，全眼巴巴的望著那金箔糕點，只恨臉上沒寫幾個大字：「快給我吃。」

他輕咳一聲，忍痛舀了一小塊放在碟裡，又舀了另一塊。

給自己的，自然是有枝葉、有梅花、有果醬；而給黃師傅的那一小碟，卻只有指甲縫那麼大的金粉。

就是這樣，王總管仍然心疼不已。

這可是金箔！是金呢！

王總管手拿調羹，特意換了一個手拿，讓旁人看得清清楚楚。

在眾人的豔羨目光裡，王總管慢悠悠的將調羹送入口。

奶油甜絲絲的，若甘霖灑心，入口即化。果醬微微有些酸，恰好調和了糕點的甜，像被晨露浸透的青梅，清新自然。金箔的梅花更是美味——

咦，這金箔怎麼好像沒什麼味道？

王總管捨不得嚼下這一口，含著慢慢品，可金箔本身卻沒嚐出什麼味道。

嗯，一定是自己吃得太快，沒吃出味來。

月牙兒見他兩人這形容，走過來要了一把小刀。

「不要——」

這一聲才響，她手起刀落，差點切歪了一塊蛋糕。

回首去看，王總管一臉「暴殄天物」的神情，心不甘、情不願地收回手臂。「蕭姑娘可以等一等呀，這麼好看的糕點，該多看一會兒。」

月牙兒嘴角微揚，將手中一碟蛋糕遞過去。「我瞧王總管只切了一點，其實大塊的切，把裡面的千層夾心一併吃，風味才最佳。」

她將那切開的一整塊蛋糕轉過來，只見一層淡黃色蛋皮之間俱夾著一層奶油，有五、六種顏色的果醬凝在其間，櫻桃紅、香橘橙、桑葚紫……煞是好看。

原來這瞧似單調的雪色奶油裡，竟藏著這樣的巧思。

這一下子，連最開始用鼻子看人的黃師傅都不得不承認，這個蕭丫頭，在做糕點上，的確有兩把刷子。

到了這個地步，孰勝孰敗，已一目了然。

王總管痛快地指定月牙兒總管宴席的點心，讓黃師傅配合她。

踏出小屋，兩、三名廚子都圍著月牙兒，感嘆不已。「蕭姑娘，妳是怎麼想到以金箔入菜的呢？尋常人連金箔可用藥都不大清楚呢。」

「也是因緣巧合。」月牙兒笑一笑，不留痕跡的將話題引轉到她是找了哪家製金箔的匠人，怎麼盯著他將本來就已經很薄的金箔錘鍊得更透……

其實從王總管說這次比試只有一個標準，就是「貴」時開始，月牙兒心裡已經樂開了花。

前世作為一個標準的富二代，她可算是見過圈裡人各種揮金如土的吃法。

一旦擁有的錢財過多，怎麼花錢、怎麼特別的花錢便成了一件傷腦筋的事。月牙兒本質上還是一個節約的人，像她爺爺——雖然白手起家積累了這麼多財富，一件羊毛大衣依舊可以穿十年。為了這個，圈子裡其他人有時也笑她，說月牙兒是「老頭子習氣」。

隨他們說，月牙兒樂得自在，也很少參與一些揮金如土的玩樂，除了吃。

說起來，她曾吃過的幾種以「貴」出名的食物，硬要挖在手背上直接食用的頂級魚子醬算一種，使用了金箔的點心也算一種。

別看金箔妝點在點心上好看，實際上吃起來一點味道都沒有。能夠食用的金箔，真的薄到了頭髮絲那麼細，用小鑷子挾起來，立著折成更小的小塊。若硬要細細去品，只能說有一股淡淡的水鏽味。

可食用金箔的歷史，最早追尋到古埃及時候，但月牙兒總覺得，吃金箔不過就是圖它貴，好看。

所以當王總管提出這樣的比試標準，她第一個想到的就是金箔糕點。

眾目睽睽之下，王總管就是有心偏袒也不能夠，月牙兒同幾位名廚說得眉飛色舞，一轉眼瞧見黃師傅扶著牆，站在一旁。

「喂，蕭月是吧？」

「是。」

黃師傅走過來，兩手背在後頭，憋了半天才憋出一句話來。「妳的點心，不錯。」

「承讓了。這擬定宴席的點心單子，我也是頭一回做，少不了要黃師傅多指點。」

黃師傅用鼻子出氣，哼哼道：「隨便、隨便。」

說完，像隻大白鵝一樣走出去。

一位名廚笑著同月牙兒說：「老黃這個人，嘴巴壞，給他個蘿蔔還要嘰嘰歪歪數著上面有幾個小坑，妳別跟他一般見識。」

他見月牙兒態度好，也沒有尋常年輕人那種眼高於頂的傲氣，便好心提醒道：「我知道你們年輕人點子多，可做吃食，憑藉的可不只是一個好點子。老師傅的手藝和經驗，對你們來說很重要，妳若虛心同黃師傅學一些，一定大有進益。」

月牙兒原先心裡藏著氣，聽他這樣說，回去靜下心來想了想，覺得很有道理。第二日她便拿了點心單子，去找黃師傅商議。

黃師傅仍是一副高傲的樣子，說起話來跟家裡祖傳抬槓一樣。「是是是，妳這糯米糰子是好吃，可貴人吃席，要的是好吃嗎？依妳這麼說，就是萬歲爺在宮裡吃御膳，也索性什麼銀筷子、金筷子都不要了，直接拿手抓著吃，不也很好嗎？」

他囉嗦歸囉嗦，可該有的指點卻一樣不少。等月牙兒將點心單子全部擬好，黃師傅大搖大擺的到其他廚子那裡去蹓彎。

見他們忙著準備各種繁複的菜式，黃師傅嘖嘖道：「瞎忙活。」

「你跑這兒找罵呢？」

「哼，」黃師傅向來隨身帶著一個小酒瓶，拿出來喝了一口，優哉游哉道：「隨你怎麼弄，這金谷宴最出彩的一定是點心！」

他被人趕雞一樣轟了出來。

總看著黃師傅這麼顯擺，這裡惹一下，那邊刺一句話。弄得其他名廚氣得牙癢癢，心裡又忍不住想：他們到底會做出什麼點心來？

有幾個性子急的大廚，索性派小徒弟去做點心的屋子看一看，灶上水還沒燒開呢，人就給轟回來了，一個個灰頭土臉的。

「黃師傅端了把椅子來守在大門口呢！真跟看門的大黃狗似的。」小徒弟委屈兮兮。

弄得這麼古裡古怪的，他們到底要做什麼點心？

到開宴的前一天，王總管親自到月牙兒和黃師傅的廚房裡去瞧，還不許人進去跟著圍觀。

出來的時候，一臉的興奮，口裡一迭聲叫。「妙，妙，妙！」

「以為他是貓呢？」一個扒著牆角的小徒弟翻了個白眼。

滿院子的名廚，沒一個不好奇蕭月和黃師傅能拿出來什麼點心。說起來這一院的廚子，大多都是認識的，彼此有什麼拿手好菜，心裡都一清二楚。可是蕭月不一樣，她是徹徹底底的後起之秀，先前弄個什麼金箔千層蛋糕已是出人意料，鬼知道真開了宴會拿出什麼玩意兒？都想知道，可他們偏偏藏著不講，你說氣不氣？

也有廚子跑到月牙兒那裡去套話的，本以為一個第一次在這麼大宴席上掌案的小姑娘必定愛炫耀，可只聽月牙兒說：「開宴的時候，諸位就知道。」

她笑得溫和，態度也好，愣是讓人挑不出錯來。

鬧了這麼一齣，不僅廚子們知道這回金谷宴的點心必定不凡，連一些貴人們都知道了。

聽說這次金谷宴，掌案點心的是個十五歲的小姑娘，貴人們也覺得有趣。家僕見他們感興趣，說書一樣將那蕭月的生平說了一遍，什麼父死母嫁、獨立支撐門戶、如何開了杏花館……對了，還有她做的金箔蛋糕，說得天上有、地上無。

貴人們聽了，一愣一愣的。

弄得人人好奇，這次金谷宴，到底會有什麼別樣的點心呢？

江南的花兒，開得比帝京要早，落得也要早些。

鄭次愈棄舟登岸，眼見流水攜著落花輕輕盪漾。

闊別幾十年的江南風景，終於在落花時節等回了它的遊子。

渡口熙攘，許多官員富商衣著盛裝，納頭便拜。鄭次愈臉上帶著笑意，讓他們「無須多禮」。

請安、問候、寒暄，名利場上這一套他做得滾瓜爛熟，大家一團和氣。一行人又請鄭次愈去金谷園吃接風宴，他從善如流。

坐在肩輿上時，他瞧見路邊賣花的花婆，還叫人買了一串白茶花，香氣襲人。鄭次愈瞧著那白茶花，想起幼時娘親總愛買白茶花回來，叫爹爹替她簪一朵在鬢邊。

那時的春光，一如此時明媚。

思及往事，他的笑意終於進了眼底。

金谷園的風光，著實與京中不同，一路行來，所見小橋流水、黛瓦馬頭牆，娟秀可愛。而作為江南一號大鹽商的私家園林，饒是鄭次愈見多識廣，瞧見庭中高聳的紅珊瑚樹，也不由得眉心微動。

宴席擺在鴻儒廳，名流顯貴濟濟一堂，屋裡坐了三桌，院子裡還擺著四張桌。專門請了人，奏江南絲竹，人聲、簫聲、琵琶聲，非常熱鬧。

謙讓一番後，鄭次愈在首座上坐定，耐心地聽人稟事。

江寧知府李之遙是個聰明人，談談民俗、講講趣事，不留痕跡的將江南治下的情況透露與他聽。

說了一會兒話，開席了。侍女、小廝手捧佳餚，一碟、一碟傳上來，規矩很嚴。所用餐具，華美精細，銀水火爐、金台盤、雙璃虎人杯、象牙筷……極盡豪奢。

最先上來的一果盤，桃、李、梅、杏，皆用蜜汁煮過，用琥珀色的硬糖拉成一個小花籃，盛在裡邊，花籃提手上還纏一朵小花。另一果盤裝著秋白梨、新橙、柑橘、枇杷、文官果，一層一層疊在一起，作高頂狀，極為精巧。

佳餚一碟、一碟的上，滿桌碟盤。光是菜餚就有五乾五濕十樣菜：金華火腿炒太倉乾筍、蜜汁糖方、清燉楊妃乳、炒西施舌、素炒茼蒿、燻鵝……雞鴨魚肉更是數不勝數，端得是富貴風流。

還有三盞湯、五種酒。湯有鳳髓湯、醍醐湯、清韻湯；酒有珍珠露、荷盤香、竹葉清、芙蓉露、露華清。每一甌茶都是用城外惠泉的水泡的，甘甜宜人。每一碗米飯都是用精心挑選之後，碾過數次的松江米煮成，香軟有嚼勁。

這樣一席吃下來，連鄭次愈都不由得感慨，江南富庶，真是「富有小四海」。

金谷園的主人顧老也陪坐在主桌上，見眾人吃得差不多了，顧老滿臉堆笑，向鄭次愈道：「鄭公，今日的飯後甜點也是特別烹製的，說不上珍饈，但有趣。有兩樣，請您試一試。」

他拍一拍手，丫鬟們立刻捧著小玉盤從屏風後繞出來。

等那點心依次擺在賓客面前，眾人不由得坐直了去看，只見玉盤上竟放著一點用金箔妝扮的糕點，金燦燦的，煞是奪目。

鄭次愈看著眼前這盤金箔千層蛋糕，切了一點嚐，原來金箔與奶油之下，是被烘得軟軟的蛋糕，還抹了各色果醬。

這種甜點，倒像是貴妃娘娘愛吃的。鄭次愈心裡閃過這個念頭。

見他動了筷子，在座眾人方才品嚐起這糕點來，一個個讚道。

「不愧是金谷園做的糕點，這樣氣派又好吃。」

但在座的畢竟是些大老爺們，只有兩、三個特別喜歡這道金箔甜點的，大多人心裡記下了，預備回去買了給家中女眷吃。

見眾人捧場，顧老面上也有光彩，笑說道：「還有最後一道壓軸的點心。」

哦，還有什麼比金箔糕點還有噱頭？眾人來了興致，眼見兩個戴花丫鬟一齊捧了一個大盤來，用竹罩蓋住，放在八仙桌上，占去一大半的地方。

「請鄭公揭曉吧？」顧老向鄭次愈頷首示意道。

鄭次愈聽了，笑一笑。「好，我倒看看是什麼點心。」他起身，拿開盤上竹罩。

在座眾人不由得往前傾了傾身子，有低低的驚嘆聲接連響起。

這竟是用點心擺成的一盤畫！

畫糖作虎丘，並著一色糕點疊作高塔；炒熟的黃豆粉鋪作沙，其間擺著兩、三糯米糰與豆沙作的小屋舍；果脯、果乾鏤刻成薄片，澆上各色果醬，作花樹萬千；烤至金黃的酥餅雕做小舟，停泊在楓橋之側……一眼竟看不盡。

顧老說：「此乃『姑蘇小樣風景拼盤』，以故鄉景迎故鄉人，願鄭公萬福。」

鄭次愈手拿竹罩，立了一會兒，才將竹罩放下。

他微微俯下身子，湊近了去看。風景拼盤的一角，是桃花塢，飄零的五瓣桃花應該是烤製的糕點，微微紅。咬一口，酥皮掉渣，薄而脆，隱隱約約有一股花香。

這不禁令鄭次愈想起很久以前，那時爹娘都在，他們住在桃花塢邊的一處院子裡。花開的時候，就是閉門，關窗，臥在睡榻上，都是滿滿的桃花香氣。

那些一家人在桃樹下用餐的日子，彷彿在昨日，卻又似朦朧在霧裡，逝者如斯。

「倒真是巧思。」鄭次愈緩緩坐下，扭頭看向顧老。「是你家的廚子做的？」

顧老正要答話，一旁的江寧知府李之遙卻搶先開了口。「是一個獨立門戶的小姑娘，自己開了一家杏花館賣點心，聞名金陵。我瞧著她做的點心又好吃、又好玩，便薦來給鄭公做接風宴的點心。」

鄭次愈奇道：「是一個小姑娘做的？」

「的確如此。」李知府笑捋鬍鬚。「此女於點心吃食上，的確天資出眾。」

「叫她出來見一見。」

第十章

宴席開始的時候，月牙兒便在廚院裡盯著，等丫鬟們將點心捧走，她才終於閒下來。自己找了個瓷墩坐下，吃口茶，歇歇氣。

黃師傅在門前來回的走，一轉眼瞧見她這般悠閒，笑罵道：「妳這丫頭，怎麼一點不急呢？」

「我急也沒用啊。」月牙兒用手捏了一塊驢打滾，在盛滿黃豆粉的碗裡抖一抖，黏滿粉才吃，香甜軟糯，彈牙。

月牙兒吃完才說：「這姑蘇風景拼盤，本來吃的就不是一個味道，而是創意。黃師傅你教我的呀，說這種大宴味道是其次，樣子好不好看，出不出色才是重頭戲。」

「說是這麼說。」黃師傅見她吃得香甜，也過來囫圇滾了兩個驢打滾吃。「可真要討了貴人歡喜，妳可是有賞賜的！」

「是我們。」月牙兒喝了口茶，說。

聽她這樣講，黃師傅心裡也挺開心的，但面上還是一副嫌棄的神色。「哼，誰要妳這樣說。」

兩人將剩下的糕點吃了個乾淨，前院裡王總管顛顛的跑過來，瞧著這兩人的模樣，急道：「蕭姑娘，妳怎麼也沒換身衣裳？鄭公叫妳呢！」

月牙兒起身，拍一拍身上的麵粉。「就我一個人去？可這點心也是黃師傅的功勞呀！」

「人家貴人只說了見妳。」

「急嗎？可我也沒帶換洗衣裳來呀？」

本來嘛，做點心也好，做吃食也好，身上難免沾染些粉，她之前可真沒想到還要帶一件換洗衣裳來。

王總管看了看天色，說：「來不及了，總不能讓一屋子貴人等妳吧？」

他一面催著月牙兒往外走，一面叫住了一個丫鬟。「邊走邊給蕭姑娘梳梳頭髮。」

一路慌慌張張的，等趕到鴻儒廳時，月牙兒理了理衣裳，那個小丫鬟還順手剪了一朵白茶花簪在她鬢邊，這才跟著王總管走進廳裡去。

一屋子的人，衣著錦繡，都好奇的望著她。

然而最引人注目的，卻是坐在首席的那個中年男子，一襲大紅色蟒袍，一望就是織造局繡出的式樣。

想必這就是鎮守太監鄭次愈了，月牙兒穩步上前，深深道了個萬福。

「免禮。」鄭次愈說話的聲音略有些柔。「聽說妳是本地人，妳去過姑蘇？」

月牙兒遲疑了一下。「不曾去過，但民女曾聽人說起過姑蘇盛景，那時就記在心裡，也看過一些畫。」

「那妳如何能將姑蘇風景拼盤做出來？」

「回鄭公，那范仲淹也沒去過岳陽樓啊。」

鄭次愈笑起來，指著她同李知府道：「是個機靈的，還知道范仲淹。」

李知府見他情緒好，心知自己叫月牙兒來做點心算是拍對了馬屁，臉上也有了舒心的笑。「鄭公不知，她有一竹馬，家雖貧，卻好學，文章也好，新考了府試第三名呢。」

月牙兒垂下眼眸，有些羞澀又有些意外，這李知府是從哪兒聽來的閒話？

「原來如此。」鄭次愈微微頷首，望著她鬢邊的白色山茶花，不知想起了什麼，靜了一會兒，才說：「妳這姑蘇風景拼盤做得極好，來人，賞一兩金。」

他和顏悅色道：「再取一枚端硯來，替我贈與妳那竹馬，要他好好讀書。」

月牙兒知道鄭次愈會有賞賜，卻不料這賞賜竟然這麼重，忙又行了一禮，謝道：「多謝鄭公賞賜。」

鄭次愈應了一聲，目光慢慢地把眾人掃視一遍。「本本分分替皇爺做事的，朝廷絕不會虧待。真心為我想的人，我鄭次愈也絕不會辜負。」

他起身，舉起酒盞，遙遙相敬。「鄭某初來此地，諸位如此盛情款待，我心領了，多謝。」

眾人忙舉起杯與他對飲，各表忠心。

曲終人散，月牙兒找王總管將那一兩黃金換成兩個小金錠，回到廚房小院裡同黃師傅說：「那位鄭公很和睦，還賞了一兩金呢！」

黃師傅有些驚訝。「賞這麼多？這貴人出手倒闊綽。」

月牙兒笑盈盈的將兩個小金錠拿出來，給黃師傅一個。「這是你的。」

黃師傅看了看，扭過頭去。「這是人家賞妳的，平白分給我做什麼？」

「這是什麼話呢。」月牙兒說：「要不是黃師傅指點，我那姑蘇小樣風景拼盤也做不出來呀，你收著吧。」

正兩相推讓呢，一個聲音在門外響起。「蕭姑娘還在嗎？」

「在。」月牙兒朝外喊了一聲，乘機將那小金錠塞到黃師傅懷裡，一溜煙跑了出去。

是一個穿青衣的小內侍，同月牙兒說：「姑娘是走了大運，我們鄭爺覺得這金箔蛋糕很好，想請姑娘寫一張方子，給宮裡的御廚試著做一回。」

給宮裡的御廚？

月牙兒一下歡喜起來，若是她所做的金箔糕點能藉此送到京中，那四捨五入就表明了她的點心能夠揚名京城啊！

她自然是答應下來，精心設計了幾樣不同的金箔糕點，將做法依次寫下來，還畫了每一步驟的草圖以及糕點的成品圖。因為月牙兒沒有隨身帶著印章，索性用硃筆畫了朵杏花，在花下寫了「蕭月」兩個字，如此一來，一望就知道是出自誰手。

一連忙了好久，才終於將幾張糕點方子寫好。

黃師傅回揚州前，特意找到月牙兒，教了她一些練習基本功的手藝。

「像糖刻這種東西，要下狠工夫，光聰明是沒用的。像人家唱曲、練武那樣，妳得常常練習，手藝才能越來越精進。」他滿臉不在乎說：「練不練在妳，反正我又不是妳師傅。」

相處這幾日，月牙兒也知道些黃師傅的脾氣，他天生一張刀子嘴，但心眼委實不壞。見黃師傅肯教她，立刻拿了個本子來將這些練習的方法記下，保證一定時時練習。

黃師傅背著手，清了清嗓子。「還有一件事，我有個姪子，就是幫妳黏水果塔的那個，他一直想到金陵來。雖然人比較蠢，做的東西還是能吃的，那個……妳那杏花館還要人不？」

「要的呀。」月牙兒回想起那個小黃師傅做事時誠懇的模樣，忙說：「要是他願意留，自然是再好不過了。不過我這邊可能至少要簽五年的書契，確保他不隨便到旁的店裡去，不知道那位小黃師傅同不同意。」

「妳是怕他幹沒兩天，就帶著妳店裡的秘方跑了？」

月牙兒笑道：「也不是這麼說，一家店有一家的脾氣，總是換來換去的，對他個人也不好。」

黃師傅喝了一口小酒，道：「也是這個理，都行吧。他要是敢偷了妳店裡的秘方就跑，我非打斷他的腿不可，就這麼定吧。」

一場宴席辦下來，累是極累，但月牙兒也算收穫良多。

她回到杏花巷，倒頭就睡，直到第二天日上三竿才起。

天氣陰沈沈的，月牙兒伸了個懶腰，瞥見妝檯上的端硯，打算將這端硯給吳勉送過去。

不過在此之前，得先填飽她的肚子。

推門出來，才走到小花園裡，月牙兒便是一愣，只見籬牆之外，黑壓壓排著好些人，有許多穿著布衣的小廝，也有一些攜家帶眷的人家。

為什麼排隊會排到這個地方來？

月牙兒連忙跑到前店，只見店裡座無虛席，伍嫂和新來的小黃師傅都忙得手腳不停。

「怎麼忽然有這麼多客人？」

正上完菜的六斤見了她，忙跑過來說：「姑娘，人實在太多了，魯伯在外頭維持排隊都忙不完。」

月牙兒提起裙襬，快步走到杏花館外，果然好多人！

魯伯和幾個做事的街坊忙著喊。「今天、明天、後天，杏花館的位置都沒了，諸位請回吧，別排隊了！」

有些人聽了很鬱悶的走了，但還有些人堅持等著，想著要是有一個桌空出來就能吃上。

月牙兒一打聽，這些來客都是聽說金谷宴的事，特意跑來的。

她望一望賓客滿座的杏花館，有些恍惚。就這樣一炮而紅了？

來客實在太多了，等這一陣風潮過去，月牙兒才終於得了空，帶著那端硯敲開了吳家的門。
時已初夏，微熱。
吳勉見月牙兒來了，忙放下手中的書本，到水井邊將垂下的提籃拿上來，裡面裝著李子，又大又紫，被井水涼透，咬一口，清爽甜脆。
李子泡在盛滿涼井水的盆裡，月牙兒和吳勉一人一個小板凳，坐著閒聊。
「妳最近很忙吧。」
月牙兒咬了半個李子，嘟囔道：「累死了，幸虧我新招了幾個做事的人過來，不然指不定得忙成什麼樣呢！」
她伸出手，抱怨道：「你瞧，我手上又磨出了一個繭子！」
吳勉低頭去看，不料月牙兒忽然從一邊的水盆裡撩了些水，印在他臉頰上，笑聲如鈴。
「涼不涼？」
吳勉一怔，看著月牙兒笑得肆意，他忽然反手也撩起些水，潑在她臉上。
「好呀，你竟然還手！」
不知誰家梔子花開了，一陣一陣的香。
兩人笑鬧一陣，聽見吳伯在屋裡喊。「吳勉，你讓著妹妹點！」
這才停手。
月牙兒笑著說：「不玩了、不玩了。」她擦一擦臉上的水珠，問：「你讀書這麼用功，要到什麼時候才考呀？」

「七月。」

月牙兒兩手托腮，算了算日子。「也快了。哎呀，我不該這個時候來叨擾你。」

她忽而起身。「那我回去了。」

吳勉一急，拉住她衣袖。「吃過飯再走吧。」

月牙兒回首瞧著自己的衣袖，把一雙笑眼望著他。「你想我，對不對？」

吳勉別過頭去，不說話。

廚房裡飄來柴火的香氣，吳伯叫他們去吃飯，月牙兒應了一聲，抬腳打算往屋裡走，忽然聽見一聲小小的「想」。

「你說什麼？我沒聽見。」

「沒說什麼。」吳勉快步往屋裡走。

屋裡屋外，都是梔子花香。

夏天到了，杏花館的生意同溫度一樣，越發紅火。

所幸杏花館前臨河，後靠樹，風一吹，樹葉沙沙的響，很涼快。尤其是靠近傍晚的時候，若在前院裡擺上一桌席，晚風習習，吹散架上紫藤花的香味，人坐在花蔭裡，飲茶吃糕，最是暢快。

只有一點不好，人實在太多了。

每一日，無論是晴是雨，店裡都座無虛席，即使月牙兒後來又招了好幾個做事的，店裡依舊很忙碌。如果沒有提前預約，想直接過來等位就餐的顧客，怕是要等上小半個時辰。

顧客等得久，多少有些煩，幸虧月牙兒對於等位的顧客提供了諸多便利。眼見天氣越發炎熱，月牙兒日日叫人從賣冰人家挑來一擔冰來泡冰鎮酸梅湯，特意分發給等位的主顧消暑。

還沒花錢呢，就能白吃梅豆、白喝酸梅湯，主顧們也領這份情，是以從來沒鬧出太大的糾紛。

自從上回金谷宴揚名，就有很多清貴士林專門來光顧杏花館。他們出手很闊綽，點一個金箔千層蛋糕，比尋常的一桌席都貴。月牙兒既欣喜，也擔憂，因為杏花館實在坐不下所有客人，她怕有些大人物等得生氣，特意把杏花館後的小花園也放了一張桌子，買來竹屏蒔花圍著，專門留作貴客席。

可就是這樣，小花園裡的席位也常常是滿的，連李知府幾次來光顧，等位都等得心煩。有一回，他特意叫月牙兒過來問：「妳生意這麼好，什麼時候開分店呢？可是有什麼難處？如果是附近的人不領情，硬要阻攔，我可叫人替妳疏通疏通。」

月牙兒忙說：「多謝大人關心，我也在物色著呢。若有難處，少不得有打擾您的地方。」

開分店這事，的確已經排在月牙兒的日帳上。但她算了算帳，如今開分店，手裡的現錢就會吃緊。月牙兒對於手裡能流通的現錢很在意，她想了想，又去問了雙虹樓于雲霧的意見，最終還是決定將現有的杏花館擴大些規模就好。

因為忙，月牙兒只在夜晚有空閒。所以她便花了小半個月，趕在人們熄燈睡覺之前，將杏花巷前前後後走了一遍，一是看附近哪間屋擴充店面合適，二是問屋主有沒有出售或出租的打算。

杏花巷悠長，少說住了幾十戶人家，有些是他們自己的房子，還有一部分是租賃的。譬如蕭家之前租住的那座小樓，屬於一戶姓傅的人家。

月牙兒去退租時，見過傅老爺一次。他們家住在一座滿大的園子裡，可庭院裡的花木都疏於修剪，往來家僕多是些老人，乍一看上去，暮氣沈沈的。後來聽街坊們說，月牙兒才曉得，這傅老爺家祖上是闊過的，買了好多間屋子，可子孫不爭氣，才成了如今的破落樣。

看了很多房，月牙兒擇定了三、四處房屋，都是挨著如今的杏花館左右或者前後的。一問才知道，四間房屋裡，有兩間是傅老爺家的。

想起上一回去傅家時的所見，似乎是一個很重規矩的人家。月牙兒特意寫了一張拜帖，先投到傅家，得到回應之後，才擇時上門拜訪。

傅老爺大刀闊斧的坐在一張醬紫色的圈椅上，兩手按著枴杖。「妳是說，想租下挨著杏花館的兩間房？」

「是這個意思。」
「上回妳來，連一間房都租不起，如今倒闊了，能租兩間房？」
月牙兒笑一笑。「也是交了好運，杏花館生意還算可以。」
傅老爺緩緩點頭。「但裡頭還住著人呢，租約沒到期，就趕人家出去，成什麼樣子？」
「確實如此，所以我特意上那兩家去問了，說我願意給他們一筆搬家費，他們倒同意，就是說要看傅老爺的意思。」
月牙兒正襟危坐，將自己寫的租賃書、和那兩戶人家畫字的意向書奉上，說：「這不就來給您請安了。租金的事，好說，還能升一升。」
其實她本意是想將這兩處房買下來，可算了算帳，這樣子不利於日後開分店，只能退而求其次。
傅老爺吃了口茶。
好一會兒，他才說：「如果提前同人家商量好了，也不是不行。」
傅老爺轉身喚了一個老僕人，從腰間荷包裡取下一把鑰匙，叫他去將原來舊的租契拿來。
月牙兒見狀，知道他是同意了，心下稍定。
過一會兒，老僕人慌慌張張地過來。「老爺，我找了好久。舊的租契在，可房契卻不見了，您是不是拿出來放在別處了？」

傅老爺拄著枴杖起身。「怎麼可能，我自去找。蕭姑娘，妳且等一等。」

月牙兒應了一聲，坐在廳裡等。

傅老爺再度出來時，臉都是青的，他朝那個老僕人吼。「少爺呢？少爺到哪裡去了？」

「這……」老僕人一驚，倒抽一口冷氣。「少爺一大早就出去了，說是和朋友組詩會。」

「組他大爺的詩會！」傅老爺將枴杖重重一杵。「這不孝子一定又出去賭了！快去，快去把他找回來！」

見事情鬧到這步，月牙兒也站起來，想要告辭。她正要說話，忽聽見老僕人大喊一聲，手指著門外。「少爺回來了！」

傅少爺手裡拿了把摺扇，正搖擺作勢。

只聽得傅老爺一聲吼。「畜生！你偷拿房契了，是不是？」

傅少爺慌得手裡的摺扇都掉了，膝蓋一軟，跪在地上嚎啕大哭。「爹，我也是沒辦法啊！人家說了，我不拿錢出來，就要打斷我兩條腿，您只有我這麼一個兒子，我還要給您養老送終呀！」

傅老爺氣得掄著枴杖就上前打兒子，可他打不著。

傅少爺靈活的溜開，一邊躲一邊嘶啞了喉嚨哭喊著。「您要打死我了！您要打死我了！」

他這一套做得行雲流水，月牙兒在一旁都看呆了，怎麼有這樣厚顏無恥之人呢？

這時候，後院裡出來一個白髮蒼蒼的小腳婦人，顫顫巍巍的走，涕泗橫流。「就是賣兩間小屋的房契！又不是老宅，你何苦這樣打他？」

傅老爺放下枴杖，渾身氣得發抖。這樣大的年紀，月牙兒都怕他氣暈過去，往他身邊走近了一步。

好一會兒，他才憋出一句話，語氣萬般無奈。「娘，您就寵著這個孽障吧。遲早有一天，我們這老宅都得給他敗光了！」

傅老爺看向月牙兒。「蕭姑娘，妳也看到了，實在是我也管不了。到現在，誰知道那房契在誰手裡？」

房契在誰手裡呢？不出一個月，月牙兒便知道了。

她站在杏花館的院子裡，雙眼微瞇，看著對面的院子掛上招牌，「燕雲樓」三個大字明晃晃的，閃耀在陽光之下。

對面也開了一家茶樓！

魯大妞正好陪在她身邊，瞧見燕雲樓前圍著的人裡有一個熟悉的身影，破口大罵。「狗屁玩意兒！那梁廚子竟然在燕雲樓做事？」

「誰是梁廚？」伍嫂好奇道。

「就是個狼心狗肺吃裡扒外的雜種！原本說好來杏花館做事，開業前一天他不幹了！」

「好了。」月牙兒聽魯大妞罵得不堪，提醒道：「別罵髒字。」

魯大妞一跺腳。「我就罵，他個狗娘養的！」

她罵的聲音極大，燕雲樓那邊的人不禁回過頭來看，梁廚冷著一張臉，同他身邊的老闆說了些什麼。

那老闆聽了，走過來向月牙兒問好。「蕭老闆，我是燕雲樓的掌櫃，姓汪。在這寶地開店，還請您多多關照。」

魯大妞還想罵，月牙兒用手肘戳了她一下。

「恭喜恭喜，什麼時候開張呀？」月牙兒緩緩勾起嘴角。

汪老闆笑道：「就這月十五，請人算了是個好日子。」

「是個好日子，到時候我一定去給您捧場。」

直到夜裡，魯大妞還一肚子氣，一邊剝雞頭米，一邊和伍嫂、六斤、小黃師傅抱怨。

「我們姑娘也太好性了，人家都騎在妳腦袋上了，還和人說好話呢！」

月牙兒不想聽她繼續發牢騷，端起一盆洗淨泡好的鮮藕、鮮蓮子、鮮菱角，說：「我到裡面小廚房試菜去，你們把雞頭米剝好了，送過來給我。」

走到小廚房裡，她才終於落了個清靜。

夏夜裡，蟈蟈吵個沒完沒了，月牙兒低垂著頭，煮沸一鍋水，撒些乾桂花、倒些冰糖粒，慢慢攪動，瞧著冰糖融化在桂花水裡，她的一顆心才漸漸安靜下來。

過了一會兒，有腳步聲響起，應該是送剝好的雞頭米。

月牙兒頭也不回，說：「放在灶臺上，出去吧。」

那人靜默一會兒，輕聲說：「我能幫妳做些什麼嗎？」

聽見這聲音，月牙兒立刻回眸，是吳勉。

「你怎麼過來了？不是要讀書嗎？」

吳勉將手中的木盆放在灶臺上。「反正我院試也考完了，若真能過，也要明年才繼續考。」

他轉身，目光落在她身上，關切道：「我能幫妳做些什麼嗎？」

月牙兒沈著臉，轉過身去。「你就站在那兒，不要動、不要說話也不要問我出了什麼事。」

她將雞頭米拿過來，新熟的雞頭米，很鮮嫩，潔白如蓮子，個頭卻小些，加入糖水一起煮，盛出來，和藕、蓮子、菱角一起裝在荷葉碗裡，澆上兩勺桂花糖水，香味便溢出來，是夏天的味道。

月牙兒手捧荷葉，將這一荷葉的小點心放在冰碗裡，自己拿調羹試一試。

桂花金黃，散落在白嫩的湖鮮上，咬一口，可拉出糖絲來，風味極佳。

月牙兒將這什錦冰碗往外挪一挪。「你試一試。」

吳勉這才動了一動。

月牙兒看他的樣子，忍俊不禁。「呆子，我叫你不動，你就真的不動嗎？」

吳勉抿唇，沒說話。

月牙兒兩手撐在灶臺上，說：「你也以為我在生氣嗎？」

「我怕妳傷心。」

「我爺爺曾經說過，每一次危機都是機遇。我覺得，或許是我的機遇來了，你信不信？」

「信。」

他答得不假思索，神情卻很認真。

月牙兒看了他一會兒，低下頭挖了一勺雞頭米吃。「哼，真是個呆子。」

杏花館巳時開門。

離巳時還有小半個時辰，杏花巷裡已然浮動著許多聲音。

婦人一邊閒話家常、一邊用掃帚「刷刷」地掃塵；送冰來的夥計哼唱著小曲，手按在扁擔上打節拍；偶爾有幾聲孩子們的笑，他們三三兩兩湊在河邊跳房子。

陳一吃力的推著獨輪車，爬上橋時有些麻煩，但坡緩，也不是很累。一過橋心，獨輪車自個兒往前走，他得以有機會擦一擦額上的汗。

大概一、兩個月前，住在附近的陳一瞧見杏花館生意那樣好，等位的顧客有好些在河邊閒談。他靈機一動，便將自己擺攤的地點挪到杏花巷來。

這附近多是人家居住的小巷，沒有什麼特別熱鬧的地方。往常陳一要做生意，非得一大清早起來，走到挨近秦淮河的地方，人煙才熱鬧，生意也才做得好。

春秋還好，一到冬天，手上便生凍瘡。而如今這樣烈日炎炎的夏天，就是一背的痱子，很癢。

但隨著杏花館名氣越發大，杏花巷每日聚集的人也越發多了，尤其是天氣晴朗的時候，有些人就是不到杏花館吃點心，也愛在河邊柳蔭下坐著，或釣魚、或賞景、或談天——小凳是杏花館的蕭老闆免費提供的，據說小河裡偶爾出沒的肥魚也是她買的。

人多，好做生意啊。

陳一算是最早到杏花巷做買賣的，漸漸的，來這裡討生活的小買賣人也多起來。

一開始過來擺攤，他還有些忐忑，怕掙的錢少，不夠。但一日下來，陳一數了數銅錢，心裡樂開了花，於是日日將攤子擺在這裡。

他做的是茶湯生意，獨輪車上載著一個雙層紫銅大茶湯壺，還有一個木桶，分門別類擺放著小罐，有枸杞、葡萄乾、碎果仁、熟芝麻，還有一罐顆粒很粗的紅糖。

獨輪車上還載著一疊粗陶碗，有主顧來，陳一便熟練的舀兩匙糜子麵，一手捧碗，一手扶住大茶湯壺，高高地將水一沖，調成糊，再撒上五色果仁和紅糖，一碗茶湯便好了。

來買的主顧，有許多是等著杏花館空出位子的，在外頭散步，總能嗅見杏花館傳出來的甜香，一陣一陣的，勾得人肚子很餓。他們來之前又不敢多吃東西，生怕將肚子塞得飽飽的，沒地方放杏花館的點心，於是就更餓了。

這個時候，從陳一那裡買一碗茶湯，既解饞，又不至於吃太飽，也算得上是兩全。

陳一有個習慣，每月去知鶴觀上香，自從來杏花巷擺攤後，他禱告的心願又多了一條：希望杏花館的生意一直這樣紅火，他也能喝點湯，方便照顧爹娘和妻兒。

畢竟是借了人家的名氣擺攤，陳一有時覺得不好意思，倘若見了杏花館做事的人來買茶湯，只收他們成本價。但後來做買賣的，顯然臉皮厚多了，有一個賣饅頭點心的，公然喊著。「來，瞧一瞧翡翠花捲嘍，比杏花館便宜一半！」

陳一看得發愣，生怕杏花館的人出來趕走他們，便要那個賣花捲的低調些。

「沒事，人家才不跟你計較。」那賣花捲的揭開竹籠給陳一看，他賣的翡翠花捲，個頭小，花捏得也糙，一看就跟杏花館出品的點心完全不同。

來買的人顯然也知道，就是貪個便宜而已。

這天陳一才將獨輪車推過橋，就發現了一樣新鮮事。

只見杏花巷口緊挨著粉牆的那一側，竟然搭了一個很長的棚子，上頭有茅草和木頭做的頂棚，落下一片陰涼。

杏花館的蕭老闆正站在那裡，指點著做事的人。「紮緊些，最好能擋雨。」

今日不知是什麼好日子，蕭老闆竟然穿了一件鵝黃梅花暗紋綾短襖，配一條織蔚藍金妝花兔馬面裙，裙襬的金線為陽光所照，熠熠生輝。

她回首的時候，正好瞧見陳一。

陳一下意識想躲，但月牙兒徑直向他走來，笑道：「我記得你，你是最早來杏花巷擺攤的吧？」

「我……我就是借此風水寶地……做點小生意。」

「挺好的，我以前也是擺攤呢，知道難處。」月牙兒日光落在那紫銅大茶湯壺上。「我要一碗茶湯，不要葡萄乾。」

「好。」

說話，陳一不擅長；做事，他卻很麻利。聽月牙兒說不要葡萄乾，他特意多撒了一勺碎果仁，一碗茶湯滿滿的都是料。

月牙兒接過，抿了一口。「味道真行。」

聽她這一句誇讚，陳一跟在路上撿了錢似的，手不住地擦著圍裙。「蕭老闆喜歡就好。」

月牙兒叫身邊的六斤拿錢給他，陳一不要。

「要不是託了您的福，我在這兒也掙不著錢。」

他說得情真意摯。

月牙兒硬叫人把錢塞給他。「收著，不然這棚子就沒你的份了。」

六斤很聽話，一個勁的拿錢給陳一，陳一只得收下錢。
他扭頭看著要搭好的棚子，問：「蕭老闆這是要做什麼？」
「給你們用的呀。」月牙兒說：「這麼大的太陽天，沒得曬得中暑，有個棚子遮陰多好？」
「給我們的？」陳一瞪大了眼。「這、這我們何德何能呀！」
「不白給，一天收二十文錢，一個月收五百文。」
陳一算了算，這價格幾乎跟白給差不多了。
「您沒開玩笑吧？」
月牙兒笑了。「我才不開玩笑呢。」她手裡拿出一張紙，遞給陳一瞧。「這上面白紙黑字都寫著呢，要畫押的。」
陳一不認得字，數倒是認得，上面寫的果然是這個數兒。他大喜。「真能行？」
他想到一事。「這麼大的動靜，胥吏會答應嗎？」
「這你不用擔心。」月牙兒說：「我親自跑去知會李知府的。」
陳一放心了，小聲問：「那……要如何才能用這棚子？」
「你到魯伯那邊報名就是。」
旁邊聽著的小販有機靈的，立刻往魯伯那裡衝。
陳一對月牙兒千恩萬謝，拿著紙也擠過去。

看在場的三、五個小販都擠到魯伯身邊去，六斤看了眼已經進客的燕雲樓，向月牙兒抱怨道：「姑娘做什麼要便宜他們？妳瞧燕雲樓，比咱們還早開一個時辰，聽說裡邊的縐紗餛飩也賣得比我們便宜，可不能讓他們蹬鼻子上眼的，要不我們也早開門，我們也降價？」

六斤在杏花館住了這麼久，人也圓潤些，不似剛來時的乾瘦。

月牙兒捏一捏她的臉。「妳說不出這話，是妞妞教你的？」

六斤點了點頭。「魯姊姊很生氣呢，我看她要不是在雙虹樓擺攤子，非得去燕雲樓砸場子不可。」

「她是這個性子。」

棚子紮好了，叫月牙兒去看，六斤也緊緊跟著。

「姑娘，妳都不擔心的嗎？」

「我擔心的事多了。」月牙兒一邊檢查著棚子，一邊和六斤說：「妳別愁眉苦臉的，小姑娘家家這樣子不好看。」

六斤苦惱道：「我就是想不明白嘛！姑娘這些天淨在外面跑，一回來就忙著給別人搭臺子唱戲，算什麼？」

她是真的很擔心，畢竟打心眼裡，六斤已經把杏花館看做了新家，生怕有什麼波瀾。

月牙兒斟酌了下，同她解釋道：「就是沒有燕雲樓，也會有煙雨樓、燕子樓之類的玩意兒，人家見妳在這裡賺得銅滿缽滿的，怎麼不眼熱？只要不傻，必定有跟風的。妳說燕雲樓賣的縐紗餛飩便宜，那巷口的這些小販賣的，豈不是更便宜？我們杏花館從來就不是以便宜打響名號的，一枝獨放不是春，他想占我的便宜，我還惦記著他的便宜。」

六斤秀眉緊蹙。「我想不明白。」

「妳且慢慢看，總看得明白的。」

月牙兒才看過棚子，伍嫂就來提醒她。「姑娘，勉哥兒來了。」

河畔楊柳下，吳勉穿著一襲白色衫，靜靜地等著。

月牙兒向伍嫂、六斤兩人叮囑幾句，提起裙襬就往吳勉那兒跑，遠遠望去，真是一雙璧人。

六斤不解。「他們要做什麼去？」

「怎麼來了杏花館，妳連日子也記不清了？」伍嫂笑著說：「今日院試放榜呀！」

府衙前的街道，被童生和家屬們擠得水洩不通。

月牙兒這時察覺到身高矮的壞處，踮起腳尖跳了幾下，硬是沒看清唐可鏤和他的學生在哪裡，只能鬱悶道：「你瞧見唐先生他們了嗎？」

吳勉原本還有些緊張，但見她蹦來蹦去，像隻兔子，不禁笑了。

「不許笑我！你難道很高嗎？」月牙兒瞋他一眼，不服氣地比劃比劃，發現自己比他矮一頭，小聲咕噥。「我會長高的！」

兩人找了一陣，才終於與唐可鏤他們會合。

唐可鏤來得早，正挨著榜邊，他這一次共有二個學生考了院試。

「怎麼才來，馬上就揭曉了！」

正說著話，人群喧嚷起來，只見府衙門大開，一行衙役手拿大紅長卷、提著漿糊桶走出來。

名次從高到低，從左至右的貼，有一位書吏站在榜邊，每貼一張紅紙，便唱一次名。

「壬辰年，江寧府院試第一名——」

書吏每斷一句，九個聲音洪亮的衙役便跟著複述一句，聲音響徹雲霄，眾人的心也跟著一顫。

「壬辰年，江寧府院試第一名——」

「玉寧，吳勉。」

月牙兒拽著吳勉衣袖蹦起來。「勉哥兒！你是案首！案首啊！」

吳勉愣住了，唐可鏤和幾個書院同窗的祝賀聲隨之響起，好像所有人都在祝賀他，這樣的場景，令吳勉覺得有些不真切，好像置身於夢中。

他喃喃道：「不是重名了吧？」

月牙兒握一握他的手，笑道：「怎麼可能？就是你。」

唐可鏤也笑道：「歡喜傻了，快點，叫你去提學面前謝禮呢！」

眾人不約而同地讓出一條路來，在許多豔羨的目光裡、無數的恭喜聲裡，吳勉一步一步向前，恍若踩在雲端。

穿著朱衣的提學微笑著，向他點頭。

吳勉忽然回首，在人海中尋到月牙兒的笑顏。

他的心，漸漸靜下來。

這不是夢。

是新的征途。

吳勉考中案首，月牙兒比誰都高興。

她當即邀唐可鏤以及書院同窗到杏花館吃席，又親自去吳家一趟，報喜之後請吳伯來杏花館吃席。

今日小花園的那一張桌子，月牙兒特意留了下來。她早早就盤算好了，勉哥兒若是這次考中，就當給他祝賀；若是不走運沒取到好名次，便用這一桌席來勉勵他。

食材是老早就備好了，都堆在小廚房裡，一回到杏花館，月牙兒挽起衣袖往廚房裡去。

唐可鏤等人在小花園入座，這才知道這裡面竟還有一番天地。

只見一座小小的八角亭，正好容納一套桌椅，四周被竹屏蒔花遮住，既清靜又文雅，桌上擺了一壺酒，倒出來盛在碗裡，一嗅，原來是桂花酒。

一個學生奇道：「怎麼是這樣軟綿綿的酒，不夠勁呀。」

唐可鏤同學生笑道：「有什麼不對的，蟾宮折桂！意思在這裡頭呢。」

他今日倒是一臉的喜氣，除了吳勉考取案首之外，另有兩位學生也名列金榜，怎不令他開心？

滿滿地倒上一盅酒，唐可鏤吃了大半杯，嘖嘖道：「暢快啊！我唐某人潦倒半生，倒能教出幾個得意弟子，不錯，不錯。」

他拍一拍吳勉的肩，扭頭同吳伯說話。「你生了個好兒子，好日子還在後頭呢。」

過來上果盤的伍嫂聽到這句話，笑說：「我們從今以後要改口了，該叫秀才公了。」

眾人笑起來，倒弄得吳勉有些不好意思，舉起酒盞道：「我也不知說什麼，和幾位同窗一起，敬先生一杯酒。」

一輪酒喝下去，吳勉酒意竟然已經上了臉，唐可鏤看了直笑。「得多練一練，不然日後應酬，吃這麼一點酒臉就紅成這樣，像什麼樣子？」

「那是，」一個同窗擠眉弄眼道：「等日後勉哥兒成親，洞房還沒進，人先喝倒了，算什麼事啊！」

幾位同窗立即起鬨。「說好了，他日後成親，我們非得把他灌醉不可！」

這麼一鬧，吳勉的臉更紅了，抿唇小聲道：「不要胡說。」

這時候，月牙兒正巧捧著菜餚出來，見這麼熱鬧，不由得也笑起來。「說什麼呢？這麼開心。」

她剛好站在吳勉身後，腰間別著一個茉莉香囊，那花香和酒香一齊往吳勉心裡鑽，驚得他一下子坐直了，慌慌張張。「沒說什麼。」

見他這樣，連唐可鏤和吳伯也撫掌哄笑起來。

一桌菜上齊，滿滿十大碗，最先擺上桌的是一盆肉丸青菜湯。說是肉丸，其實更像是縮小版的獅子頭，肥瘦相間，大如茶杯，極嫩、極細膩，含在口裡，油脂與瘦肉好似立刻要化開。湯底是茶樹菇、筒子骨加了香料一齊燉煮的，輕輕抿一口，鮮到五臟六腑。

緊接著還有一碗紅燒肉，用冰糖炒出糖色並提鮮，切成指節大小的小塊，像瑪瑙石一般有三節。豬皮紅亮又嚼勁，肥膘潔白易化，最底下的肉因被茶葉梗墊著，多出一絲清爽，很香。

一樣一樣的菜，每一碟光看著都叫人食指大動，最後月牙兒叫人捧出來一盤點心，眾人定睛一看，是紅糖粑。

粑打得又黏又糯，下熱油炸酥，再淋上紅糖汁，簡單、質樸，滋味卻難以比擬。

唐可鏤只恨自己不是頭牛，否則就能有四個胃能飽餐。

起先，眾人只顧著用筷子打架，等一個個吃得肚皮滾圓，才終於有力氣說說話。

「明年就是大比之年，鄉試在八月，你們都去嗎？」一個考中了的同窗問。

「怎麼著也去試試，考不考得上另說。」

「對，總要試一試，積累些經驗也好。」

幾個學生附和道。

唐可鏤捋一捋鬍鬚，望向一旁剝蝦的吳勉。「你呢？明年考不考鄉試。」

吳勉下意識看了月牙兒一眼。他靜了靜，才說：「去。」

「好，有志氣！來來來，再吃一杯酒！」

見他們喝得開心，月牙兒叫人從小廚房裡擺出來一大罈子酒。

「今日良辰美景，我也給各位備了一份禮。」

她將手在酒罈子上拍一拍。「這可是新釀的花雕酒，我今日就將它埋在院子裡的桂花樹下，等來年諸位蟾宮折桂之時，再挖出來喝，以作狀元紅。」

「好一個狀元紅！」唐可鏤玩心大起，討了一把鏟子，跑到桂花樹底下挖坑。

見先生都這樣了，學生們也紛紛湊過去，大呼小叫。

「挖深一些。」

「挖太深了！」

「那一塊沒挖平，看不見嗎？」

「鏟子給你，你來挖。」

笑鬧聲不絕於耳，吳勉卻沒去湊這個熱鬧。趁吳伯也對著桂花樹下的人笑，他飛快地將自己碗中剝好的蝦仁挾到月牙兒碗裡，卻低垂著頭，不看她。

猝不及防的，碗裡忽然擺滿了蝦仁，月牙兒一愣。等她反應過來，捂嘴偷笑，把身子向吳勉處傾了傾。

「我還埋了一罈，在梨樹下，專門給你的狀元紅。」

她聲音柔柔的，像仲夏夜的微風。吳勉被風吹得，心一酥，正要說話，卻聽見一聲驚天動地的尖叫。

「哪個小兔崽子偷偷把土往我身上潑？」

是唐可鏤，拎著一把鏟子對著眾人咆哮。

那個犯事的學生見狀，立刻跑起來，繞著八角亭轉圈，高聲嚷嚷。「先生，我錯了！」

這麼一鬧騰，吳勉也不好同月牙兒再說下去，只是薄唇微動，口型似兩個字：「等我。」

一場鬧劇，終結於一大碗新端出來的美齡粥。

看在美食的面子上，唐可鏤勉為其難的和那個學生和解，並手腳迅速的給自己舀了一大碗。

酒足飯飽，眾人又談笑了一陣，不知不覺，月已至中天，眾人離去時，杏花館也沒什麼客了。

月牙兒倚著門，見眾人散去，目光始終追逐著吳勉。

他扶著吳伯，一步一步地往家去。

勉哥兒想要說什麼呢？

月牙兒微微歪了歪頭，回身帶上了門。

天色已晚，做事的人大多回去了，只留下伍嫂和六斤在打掃殘宴，月牙兒便同她們一起收拾。

伍嫂悄聲問：「勉哥兒成了秀才，姑娘也算熬出來了。」

月牙兒笑一笑，沒說話。

「勉哥兒是挺不錯的。」伍嫂也吃了兩杯酒，說起話來也有些絮絮叨叨。「姑娘可要抓緊些，這樣好的人，要早些定下才好。不然若是等他考了舉人，誰知道會出什麼么蛾子呢。」

月牙兒將碗在水裡清一遍。「可我，如今還小。」

「都及笄了，不小了。」伍嫂勸道：「我像妳這麼大的年紀，也嫁給六斤她爹了。」

「再看吧，我如今還有許多事要忙。」

伍嫂畢竟不是她的正經長輩，也不敢多說，只換了個話題。「姑娘這些天都在外頭跑，人都曬黑了些。」

「沒法子，」月牙兒看了看她的手臂，果然曬成了茶湯色，也有些懊惱。「幸虧外頭的事也辦得差不多了。」

「對了，」月牙兒向伍嫂道：「再過些時日，就要到中秋了，我預備在杏花巷辦一場燈會，先知會妳一聲。」

「在杏花巷辦燈會？」伍嫂疑惑道：「這一片地方，好像從前不辦燈會的。」

月牙兒洗完碗，起身道：「新規矩，我定的。」

這時聽見前院裡六斤喊話說：「姑娘，吳秀才來了。」

吳勉微怔。「還是叫我勉哥兒吧。」

伍嫂也站起來，拉著女兒往前走，笑說：「秀才公多習慣習慣，日後怕還要改口呢。」

笑聲遠去，小花園驀然靜下來。

月牙兒手扶梨花樹，笑問：「你怎麼又回來了？」

「我……」吳勉張了張口，有些局促。「有些話，想問妳。」

「過來說話，躲那麼遠做什麼？我是妖怪嗎？」

吳勉低眉頷首，一步步挪到梨花樹旁。

月光如水，照一地樹影婆娑。兩兩相對，他們卻誰也不說話，只並肩聽著風吹葉動。

良久，吳勉深吸一口氣，飛快地說：「若明年我能考中，妳可願做我的新娘子？」

話音方落，他像給這句話燙了一下，胸膛裡的一顆心怦怦直跳。

月牙兒久久沒回話。

吳勉的心，隨著這沈默一點點沈下去。他抬眸望向月牙兒，卻見她目光迷濛，不知在想什麼。

吳勉從來沒察覺到時光這樣難挨過。

「有一件事我要問你。」月牙兒輕聲道。

「什麼事？」

月牙兒低頭，用手纏繞著茉莉香囊，一圈又一圈。「其實小時候，你第一次見到的不是我。」

吳勉緩緩蹙起眉頭。「什麼？」

「我說，那天幫你的女孩子不是我，是……是我的一個表妹。」月牙兒的語速突然加快，猛地抬起頭，把一雙眼緊緊盯著他。

「所以你確定，要問我這個問題嗎？」

他沒說話。

月牙兒凝望著吳勉，漸漸地，她所見吳勉的身影，朦朧在一層水霧裡，像看著鏡中花，水中月。

在她想要逃開的時候，吳勉終於動了動。

他朝月牙兒走近了一步，指腹印在她臉頰上，輕柔地拭去淚珠。「妳之前就是為了這個，和我生氣？」

月牙兒哽咽著，說不出話來，只微微點頭。

「傻姑娘，」吳勉心疼道：「小時候那個人是不是妳有什麼關係？我只知道我想要娶為妻子的那個人，始終是妳。」

聽他這樣說，月牙兒的淚，很快的落下來。

她用雙手捂住臉，抽抽噎噎道：「我總覺得，這是一個夢，我就不該在這裡，我也不屬於這裡。」

「就算是夢又怎樣？這夢裡有妳，就一定也有我。」

他的聲音清冷而堅定，似月光照亮黑夜，雖然沒有日光的耀眼，卻始終伴著江上清風。

好一陣子，月牙兒才漸漸止了淚。

「不許看我。」她仍用兩手捂著臉，委屈道：「妝都花了。」

吳勉輕笑起來。「妳還沒回答我呢，到底願不願意？」

月牙兒捂著臉起身，徑直往小廚房去，把吳勉關在外頭。

過了一會兒，她一手用衣袖遮著臉，一邊端了碗點心塞到他手上。

「喏，送你碗『糖不甩』，你走吧。」

月牙兒不由分說的，將吳勉一路推搡到門邊，「啪」一下關上門。

門外，吳勉拿著一碗「糖不甩」，不知所措。

她這是答應了，還是沒答應？

一牆之隔，月牙兒背抵門欄，使勁吸了一下鼻子，拍一拍臉。

媽的，她怎麼這麼矯情。

酒意上頭，許多深藏心底的事便一件件浮出來，穿越來此地這麼久，她彷彿再活了一遍，每日忙忙碌碌的，似乎生活本來就是這樣。

可是偶爾，在夜闌更深、午夜夢迴之時，她睜眼，瞧見一室的冷清，一個聲音便冷冷在耳邊道：「都是假的。這是偷來的日子，妳已經在墜機的時候死了。」

是夢？非夢？

月牙兒不知道，這時候，她只覺自己是江上浮萍，隨波逐流，不知往何處去。

方才吳勉的那句「託媒人向妳提親」一出，她心底藏著的那個聲音又冷笑起來。「假的。」

念頭一起，萬般思緒爭先恐後浮了出來，似黑夜，將她緊緊籠罩住。

這樣深沈的夜色，她眼中所見的天地漸漸小了，唯有一個吳勉，似一盞燈。

月牙兒不屑於拿走不屬於她的燈。

所以她將實情脫口而出，心忐忑的等著。

所幸這盞燈照亮了夜。

有欣喜、有感動、也生氣，月牙兒不想痛痛快快的答應下來，只匆匆做了一碗「糖不甩」給吳勉。

他知道糖不甩的意思嗎？大概不知道。

這是一種糯米芝麻小圓子，和湯圓有些相似，但內餡不放太多糖，因為還要在糖水裡滾過，若內餡糖太多，只怕要甜到掉牙。煮熟後撈出，撒上熟芝麻，碎果仁，湯汁黏稠，酥滑香甜，從口裡到心裡，全是甜蜜蜜的。

粵省的某些地方，一直有這樣的舊俗。當媒人帶男方到女方家相看，若女方覺得滿意，便捧出一碗糖不甩，意為親事「甩」不了；若不願意結親，便捧出一碗腐竹糖水，碗裡有腐竹、冰糖和白果，還有一味雞蛋花，打得極散，別人一看便知，這情事是「散了」。

月牙兒又氣又喜，心想就要為難他一下，讓吳勉也糾結一會兒。

三天後再將這點心的涵義傳出去吧。

……算了，還是明天就往外說吧！

——未完，待續，請看文創風881《吃貨出頭天》下

2020年9月出版

野蠻娘子求生記

文創風 878～879

顏末原本只想在這個陌生的世界好好活下去，
不料這個從不近女色的男人，卻願與她一生一世一雙人……

面對愛情，鋼鐵也成繞指柔／垂天之木

大難不死的顏末，意外穿越到了大瀚朝，
在這男尊女卑的古代，為了活下去，只好先混進國子監浣衣舍，
卻因緣際會，幫了大理寺卿邢陌言的忙，得以晉身當個小跟班，
這對前世是警界霸王花、蟬聯三屆全國散打冠軍的她來說，
還真是適得其所呀！不就是換個地方打擊罪惡嘛！
但是顏末想錯了，掌管司法的大理寺可不是好混的，
尤其那個大理寺卿邢陌言更是冷酷狡詐，不但強迫她每天練字練到手痠，
還老是揪住她的小辮子，似乎等著要拆穿她的底細……
紙包不住火，顏末的身分終於曝光了，
正憂心被踢出大理寺後該何去何從時，只聽到邢陌言淡淡的說——
「妳是特別的，所以讓妳留下來。」
這句話曖昧又撩人，顏末捂著怦然跳動的心，
不禁憧憬著與邢陌言一生一世一雙人的承諾……
在隨後追查失蹤人口的事件中，意外牽扯出十多年前的巫蠱之禍，
揭開了邢陌言的驚人祕密，而這個祕密竟關係著他與顏末的未來……

風 文創
880

吃貨出頭天 上

國家圖書館出版品預行編目資料

吃貨出頭天 / 蘭果著. --
初版. -- 臺北市 : 狗屋, 2020.09
冊 ; 公分. --（文創風）
ISBN 978-986-509-137-8（上冊：平裝）. --

857.7　　　　109010465

著作者	蘭果
編輯	黃淑珍　李佩倫
校對	沈毓萍
發行所	狗屋出版社有限公司
地址	台北市104中山區龍江路71巷15號1樓
電話	02-2776-5889～0
發行字號	局版台業字845號
法律顧問	蕭雄淋律師
總經銷	知遠文化事業有限公司
電話	02-2664-8800
初版	2020年9月
國際書碼	ISBN-13　978-986-509-137-8

本著作物由北京晉江原創網絡科技有限公司授權出版

定價250元
狗屋劃撥帳號：19001626
網址：love.doghouse.com.tw　E-mail：love@doghouse.com.tw